Bert Kretzer

**Mettes Duft
und all das andere**

D1727972

Für Hilde,
ohne deren Liebe und Toleranz
dieses Buch nie entstanden wäre.

Bert Kretzer

Mettes Duft
und all das andere

Roman

Projekte-
Verlag

Impressum

1. Auflage
Satz und Druck: JUCO GmbH • www.jucogmbh.de

© projekte verlag 188, Halle 2004 • www.projekte-verlag.de
ISBN 3-937027-73-4
Preis: 14,80 EURO

I. Prolog

Es war ein ganz normaler Freitag. Nichts, aber auch gar nichts deutete darauf hin, dass es ein ganz besonderer Tag in meinem Leben werden würde, an dessen Abend im Jazzkeller meiner Heimatstadt etwas geschah, dass mein ganzes bisheriges Leben in nur wenigen Wochen völlig umkrempeln und verändern sollte.

*

Alles begann und endete in einer kleinen Stadt im Süden Westfalens, die am Rande eines langgezogenen Gebirgszuges liegt und die sich in kurzer Zeit, aus den Trümmern der Nachkriegszeit, zu einem prosperierenden Mittelpunkt des Geschäftslebens sowie des gesellschaftlichen und kulturellen Geschehens der Region entwickelt hatte.

Das Zentrum der Stadt teilte sich in einen oberen Teil, der auf einem kleinen Berg lag und in einen unteren Teil, der über zwei Brücken, die einen nicht schiffbaren Fluss überquerten, in der Talsohle zu erreichen war. Dort befand sich auch der Hauptbahnhof. Reges Leben spielte sich wochentags in beiden Teilen der Innenstadt ab, und selbst an den Wochenenden erfreuten sich dort die vielen Restaurants und Kneipen lebhaften Zuspruchs.

Fremden gegenüber redete man nicht unbedingt offen darüber, eher hinter vorgehaltener Hand, aber: es gab sogar zwei Nachtbars – eine mit, die andere ohne Striptease.

Ein Bordell gab es meines Wissens nicht.

In der Oberstadt befand sich ein großer, schöner Park und mitten darin ein mittelalterliches, sehr gut erhaltenes trutziges Schloss, in dem ein Museum seine Schätze ausstellte.

Am westlichen Ende des Parks befand sich der besagte Jazzkeller, zu dem man über fünfundzwanzig steile Stufen hinuntersteigen musste und dessen Außenmauern gleichzeitig auch einen Teil der Begrenzungsmauern des Schlossparks bildeten. Dieser Jazzkeller war Ende der fünfziger bis Mitte der sechziger Jahre des vorigen Jahrhunderts, in denen ein großer Teil meiner Geschichte spielt, eines der Zentren kulturellen Geschehens in dieser Stadt und außerdem der meist frequentierte Treffpunkt vieler Menschen beiderseitigen Geschlechts in jüngeren und mittleren Jahren.

II. Jonas

In dieser Stadt wurde ich geboren. In ihr bin ich aufgewachsen, zur Schule gegangen und hatte bei einem großen Industriebetrieb meine Berufsausbildung – eine Lehre als Technischer Zeichner – absolviert, die nach der erfolgreich bestandenen Abschlussprüfung im Jahr 1957, glücklicherweise in ein festes Angestelltenverhältnis übergegangen war. Das war im vergangenen Jahr gewesen.

An trockenen Tagen liebte ich es, nach Büroschluss nicht auf direktem Weg nach Hause zu gehen, sondern erst in einem großen Bogen durch das Zentrum der Stadt zu schlendern. Meist traf ich irgendeinen Bekannten, mit dem ich ein Schwätzchen halten konnte, sah mir Schaufenster an oder informierte mich, was denn in den Kinos lief – oder demnächst anstand – und mich eventuell interessieren und zu einem Besuch verleiten könnte. Manchmal setzte ich mich auch für ein Weilchen auf eine Mauer oder eine Bank und schaute den vorübergehenden Leuten nach. Insbesondere natürlich den Mädels, bevorzugt meiner Altersgruppe, was an sonnigen warmen Tagen besonders reizvoll war. Die eine oder andere hätte ich mir schon als meine Freundin vorstellen können, aber leider war ich viel zu schüchtern, irgendeine von den vielen, die mir gefielen, anzusprechen. So blieb es bei flüchtigen Blickkontakten; das heißt, ich versuchte Blickkontakte herzustellen, und dadurch auf mich aufmerksam zu machen. Die Resonanzen der von mir Bevorzugten waren leider dürftig.

Auf einem dieser abendlichen Spaziergänge traf ich Hennes, den ich schon seit Wochen nicht mehr gesehen hatte. Eigentlich hieß er HannsGeorg, aber aus unerfindlichen Gründen nannten ihn alle, die ihn kannten, nur Hennes.

Ich kannte ihn aus gemeinsamen Trainingsabenden im Fechtclub, dem ich seit mehr als zwei Jahren angehörte und dem er auch, ungefähr ein halbes Jahr nach mir, beigetreten war.

Er war ein großer blonder Schlaks mit einem wirklich umwerfenden Lächeln, auf den die meisten Mädels in unserem Club, die mich leider alle bisher nicht bemerkt hatten, von Anfang an spitz waren; obwohl er ein ausgemachter Hallodri war, der überwiegend Flausen im Kopf hatte. Neben seinem Lächeln hatte er nichts besonderes vorzuweisen – außer vielleicht, dass er trotz seiner Größe bemerkenswert beweglich und fürs Sportfechten sehr talentiert war. Er machte aber nichts aus seinem Talent, da er ohne jeglichen Ehrgeiz und Kampfgeist, dazu undiszipliniert und trainingsfaul war; lauter Untugenden, die einer solch hochkomplizierten und äußerst anspruchsvollen Sportart wie dem Fechten extrem abträglich waren. Er betrachtete das Fechten und insbesondere die Turniere als Show, bei denen er sich besonders vor den Fechterinnen produzieren konnte und seinen Spaß haben wollte. Das genügte ihm. Ob er ein Gefecht gewann oder verlor, interessierte ihn nicht die Bohne. Hauptsache, die Show stimmte – ob er der Mannschaft diente oder nicht, war ihm schnurzpiepegal. Diesen Eindruck hatte ich jedenfalls bereits nach einigen Monaten seiner Mitgliedschaft in unserem Club von ihm gewonnen und stand mit meiner Meinung beileibe nicht alleine da.

Vor einem Hutladen stand er mir urplötzlich gegenüber. Nach beiderseitigem „Wie geht's, was machst du denn so? [....]", lud er mich auf ein Eis in das ‚da Lucio', dem schräg gegenüberliegenden italienischen Eiscafé, ein und sagte: „Ich muss aber vorher noch kurz in diesen Hutladen hier, gehst du mit?"

„Klar", sagte ich. Sicherlich wollte er für seine Mutter irgendeinen abgeänderten Hut abholen.

Wir betraten den Laden. Aus dem Hintergrund kam eine Verkäuferin mittleren Alters auf uns zu und blieb hinter einer gläsernen Vitrine mit Hutaccessoires stehen. Hennes näherte sich ihr langsam, blieb vor der Vitrine stehen, lächelte sein berühmtes Henneslächeln und sagte mit einem kleinen Kopfnicken in herzlichem Ton: „Guten Tag."

Angesichts solcher Freundlichkeit eines gutaussehenden jungen Mannes war es der Verkäuferin sichtlich warm ums Herz geworden. Sie lächelte ebenfalls und fragte freundlich: „Was kann ich denn für sie tun?"

Und Hennes antwortete ihr über das ganze Gesicht strahlend: „Ich hätte gern ein viertel Pfund Leberwurst, Kalbsleberwurst bitte!"

Ich zuckte zusammen. Der Verkäuferin gefror ihr Lächeln auf den Lippen und ich dachte, dieser Saukerl, jetzt treibt er wieder einen seiner üblen Späße und ich werde mit hineingezogen, obwohl ich damit überhaupt nichts zu tun habe und auch nicht haben will.

„Das soll wohl ein Scherz sein?", antwortete die Verkäuferin fragend mit nicht ganz fester Stimme.

„Hast du das gehört?" Hennes hatte sich zu mir gewandt und in ernstem Ton bemerkt: „Sie sagte, das soll wohl ein Scherz sein!" Er drehte sich wieder zu ihr um, stützte seine nun zu Fäusten geballten Hände auf die Glasplatte der Vitrine, lehnte sich mit hochgerecktem Kinn leicht vor und bellte die Verkäuferin mit barschen Ton und funkelnden Augen an: „Kalbsleberwurst – ein Viertel – von der Guten – ein bisschen Dalli!"

„Hennes, lass' es gut sein." Mehr als unangenehm berührt stand ich da.

Die Verkäuferin war blass geworden und zurückgewichen, bis sie mit dem Rücken an dem Hutregal hinter ihr stand und nicht weiter zurück konnte. Sie fing leicht an zu zittern, und nach einer kurzen Pause antwortete sie verängstigt mit einer ganz kleinen dünnen Flötentonstimme: „Leberwurst führen wir nicht."

Hennes drehte sich zu mir um und maulte mich an: „In was für einen Saftladen hast du mich hier eigentlich geführt?", und verließ mit großen Schritten den Hutladen. Wortlos folgte ich ihm.

Draußen vor der Türe wollte er sich ausschütten vor Lachen. Wir überquerten die Straße, und er schlug mir voller Begeisterung über seinen gelungenen Streich auf meine Schulter und sagte: „Hast du das Gesicht von der Frau gesehen?" Er konnte sich vor lauter Lachen kaum beruhigen.

Ich hatte diese Vorstellung ganz und gar nicht als amüsant empfunden, sondern als eine dreiste und unverfrorene Frechheit, zu der ich aber nichts sagen konnte, weil ich noch zu überrascht war. Wir betraten das Eiscafé und Hennes bestellte zwei Eisbecher für uns. Als diese kamen, war er immer noch bei seiner kurz zuvor begangenen Heldentat.

Plötzlich langte es mir und ich merkte, wie der Zorn in mir hochkochte.

„Ich will dir mal was sagen", knurrte ich und sah ihm ins Gesicht, „wenn du mich wieder einmal triffst und eines deiner spätpubertären Spielchen treiben willst, dann hast du mich gefälligst vorher darüber zu informieren. Dann kann ich nämlich für mich entscheiden, ob ich deinen Scheiß mitmachen will oder nicht und fühle mich anschließend nicht von dir ausgenutzt, wie jetzt zum Beispiel. Ach Quatsch, dein Verhalten finde ich einfach total bescheuert, wenn du's genau wissen willst!"

„Es war aber doch nicht ernst gemeint von mir, nur ein Ulk, ein Spaß", antwortete er immer noch grinsend, „sei doch kein Spielverderber."

„Wenn es dir Spaß macht, andere Leute in Angst und Schrecken zu versetzen, dann bitte ohne mich, dann spiele ich zukünftig nicht mehr mit", empörte ich mich weiter, „die arme Verkäuferin ist ganz blass geworden, sie hat gezittert, sie hatte richtig Angst vor dir. Ist es das, was du brauchst? Und mich hast du außerdem auch noch für deine Zwecke missbraucht, du Mistkerl!"

Er sah mich irritiert an. Anstelle von Vorwürfen hatte er sicherlich Lob und Schulterklopfen erwartet. Zornig fuhr ich fort: „Ich gehe jedenfalls jetzt noch einmal zurück und entschuldige mich bei dieser Frau."

„Was?", fuhr er zusammen, „Mensch, bleib hier, bitte. Es war vielleicht nicht ganz richtig von mir, aber so schlimm, wie du das siehst, war es doch auch wieder nicht."

„Ich gehe", sagte ich, stand auf und ging.

„Verrat' mich nicht, wenn das mein Alter erfährt, bringt der mich um. Du kennst ihn doch." Die Angst in seiner Stimme war unüberhörbar.

Ich ging zurück an seinen Tisch.

„Jetzt hast du auch noch die Hosen voll und feige bist du noch dazu. Du bist nichts als ein mieser kleiner Hosenscheißer!" sagte ich so laut zu ihm, dass es die anderen Gäste ringsherum mitbekamen und schnippte ihm wütend seinen noch fast vollen Eisbecher auf den Schoß. Er hatte als Reserve ja immerhin noch meinen Eisbecher, den ich bislang nicht angerührt hatte.

Er stand auf und sah an sich herunter: „So'n Mist, was für eine Sauerei", hörte ich ihn noch jammern.

Ich ließ ihn stehen, drehte mich um und ging zum Ausgang des Eissalons. Er rief hinter mir her:

„Verrat' ihr bloß nicht meinen Namen!"

Ich betrat den Hutladen und die Verkäuferin keifte mich sofort laut an: „Verlassen sie sofort meinen Laden oder ich rufe die Polizei."

„Ich möchte mich nur für vorhin entschuldigen", sagte ich ruhig, „ich habe meinen Bekannten zufällig vor ihrer Ladentür getroffen. Ich dachte, er wollte bei ihnen nur etwas abholen. Wenn ich gewußt hätte, was er vorhatte, wäre ich niemals mit zu ihnen hereingekommen. Es tut mir leid."

Sie sah mich an und schwieg.

Ich verließ den Laden und machte mich immer noch wütend, aber deutlich erleichtert, auf meinen Heimweg.

Hennes stammte aus einem gutsituierten, wohlangesehenen Elternhaus und war äußerst streng erzogen worden. Er hatte große Schwierigkeiten mit seinem zeitweise jähzornigen und despotischen Vater und dessen diktatorischen Erziehungsmethoden, gegen die er ständig anzukämpfen versuchte. Sein Vater, der als Chef der Buchhaltung und Prokurist in einem großen Unternehmen arbeitete, ließ jedoch seine Widersprüche in der Regel nicht gelten.

Hennes hatte mich einmal, als er sich am frühen Abend um nicht einmal eine Stunde verspätet hatte, sozusagen als Rechtfertigung für seine von ihm unverschuldete Verspätung mit zu sich nach Hause genommen. Trotz meiner Bestätigung seiner Ausführungen ließ sich sein Vater davon nicht beirren. Er stauchte Hennes in meinem Beisein gnadenlos zusammen und drohte ihm ernste Konsequenzen wie strengen Hausarrest an, wenn sich sein unkorrektes Verhalten nicht ab sofort ändern oder gar wiederholen würde.

Probleme mit einem jähzornigen Vater waren mir nicht unbekannt, rechtfertigten in meinen Augen aber nicht Hennes Verhalten gegenüber seinen Mitmenschen, wie etwa vorhin in dem Hutladen.

*

Mit meinem Vater hatte ich auch, seit meiner frühesten Kindheit, über viele Jahre lang bis zum Ende seiner Tage enorme Schwierigkeiten gehabt – wenngleich diese völlig anderer Art gewesen waren.

Mein Vater war in seinen jungen Jahren, mitten in der Innenstadt, auf dem Bürgersteig unverschuldet von einem städtischen Omnibus angefahren und überrollt worden. Er trug eine schwere Wirbelsäulenverletzung davon, die ihn fortan schmerzhaft behinderte. Nach langen Krankenhausaufenthalten mit vielen Operationen erhielt er von der Stadt eine Entschädigung auf die Hand und eine kleine lebenslange Rente zugesprochen, die es ihm ermöglichten, am damaligen Stadtrand, auf halber Hanghöhe gelegen, ein kleines Zweifamilienhaus mit unverbaubarem Blick ins Tal zu bauen. Das Dachgeschoss wurde etwas später noch zu einer kleinen Einliegerwohnung ausgebaut.

Bald nachdem der Hausbau abgeschlossen war, lernte mein Vater meine Mutter kennen. Er wurde der erste Mann in ihrem Leben, mit dem sie ausgehen durfte, der sie als Frau bemerkte und auch als solche behandelte. Damals war meine Mutter schon fast dreiundzwanzig Jahre alt.

Sie heirateten ein Jahr später, trotz eines Altersunterschieds von nahezu fünfzehn Jahren.

Meine Mutter war heilfroh gewesen, ihr Elternhaus endlich verlassen zu können und damit ihrem über Jahre währenden Albtraum zu entrinnen.

Der Albtraum hatte in ihrem vierzehnten Lebensjahr begonnen, kurz vor ihrem Volks- oder Hauptschulabschluss. Sie war an diesem Tag nach Schulschluss auf direktem Weg nach Hause gegangen und freute sich bereits auf das Mittagessen, da sie morgens das Pausenbrot vergessen hatte. Schon unmittelbar nach dem Öffnen der Haustüre hatte sie im Hausflur diesen streng-bitteren Fäkaliengeruch wahrgenommen, der immer dann durch Flur und Treppenhaus waberte, wenn jemand vergessen hatte, nach seinem Toilettengang den Holzdeckel über die kreisrunde Öffnung des Plumsklos zurückzuschieben. Ganz schlimm war's mit dem Gestank, wenn außerdem auch noch die Klotür einen Spaltbreit offen geblieben war. Meine Mutter hatte damals ihre Schultasche an der Garderobe abgelegt, laut „Mutter" gerufen und sich gewundert, keine Antwort zu bekommen. Überhaupt war es merkwürdig still im Haus gewesen. Sie war über den Flur zur Klotür gegangen, die sich neben dem Treppenabgang zum Keller befand und siehe da, wie sie bereits vermutet hatte: die Klotür stand eine Handbreit offen. Sie hatte noch die bräunliche Lache bemerkt, die unter dem

Türspalt hervorgeflossen war, und die sie im Halbdunkel des Flures nicht einordnen konnte. Dann hatte sie die Klotüre ganz aufgezogen und ihre Mutter war ihr bewusstlos, mit einem verstümmelten linken Unterarm und halbverblutet, entgegengefallen. Gleichzeitig mit ihrer Mutter waren auch das gezackte Brotmesser und das kleine Fleischerbeil aus der Küche – beide blutverschmiert – scheppernd auf den gefliesten Boden des Flurs gefallen.

Laut schreiend vor Entsetzen war meine Mutter panikartig aus dem Haus gerannt, die Straße hochgehetzt zu dem drei Häuser entfernten Krämerladen und hatte damit die gesamte Nachbarschaft alarmiert und in Aufruhr versetzt. Aus allen Ecken waren besorgte und hilfsbereite Nachbarn angelaufen gekommen, die umgehend das veranlassten, was zu tun war und die sich meiner Mutter angenommen hatten.

Von diesem Tage an war die gerade erst begonnene Jugend meiner Mutter auf einen Schlag beendet.

Ab sofort hatte sie den kompletten Haushalt – wie einkaufen, putzen, waschen, nähen, bügeln und alles, was sonst noch in dieser Art anfiel – für ihre Eltern, ihre fünf Brüder und sich führen müssen. Meine Oma hatte während des Schulbesuchs meiner Mutter versucht, sich in einem Anfall von Schwermut oder religiösem Wahn oder beidem zusammen, mit dem Brotmesser und dem Hackebeil ihre linke Hand kurz oberhalb des Handgelenks abzutrennen. Völlig war es ihr nicht gelungen, da sie während dieser äußerst blutigen Selbstverstümmelung in Ohnmacht gefallen war. Als sie dann endlich Stunden später von meiner Mutter gefunden wurde, war eine nachfolgende Amputation der verletzten Hand unvermeidlich geworden.

Nach Omas Rückkehr von langen Aufenthalten in Kliniken und psychiatrischen Anstalten konnte sie nur noch wenig belastet werden. Sie war mit ihrer verbliebenen intakten rechten Hand und dem linken Armstumpf ohnehin in dem großen Achtpersonenhaushalt eher eine Belastung als eine Hilfe, auf die zudem ständig aufgepasst werden musste, da ein depressiver Rückschlag ständig im Bereich des Möglichen lag. Es muss über all die Jahre hinweg eine unvorstellbar schwierige Zeit für meine Mutter gewesen sein, von der sie meiner Schwester und mir in späteren Jahren nur ganz selten einmal etwas erzählte – und wenn überhaupt, dann nur äußerst zurückhaltend und in dürren Worten.

Im Jahr nach der Hochzeit meiner Eltern wurde meine Schwester EvaMaria geboren und weitere viereinhalb Jahre später kam ich zur Welt. Ich hatte mich kräftig dagegen gewehrt – aber nach vielen Stunden stieß ich den für meine Mutter erlösenden ersten Schrei aus. Das war im November des Jahres 1940 und ich wurde auf Omas Wunsch hin auf den biblischen Namen ‚Jonas' getauft. Warum Oma ausgerechnet Jonas für mich vorgeschlagen hatte, habe ich nie in Erfahrung bringen können.

Wir wohnten im Erdgeschoss unseres Hauses. Die Wohnung darüber hatten wir vermietet und nachdem der Ausbau des Dachgeschosses beendet war, fand mein Vater auch dafür einen Mieter. Glücklicherweise einen jungen Schlosser, der ihm bei vielen Reparaturen und ähnlichen Arbeiten am Haus, die Vater aufgrund seiner Behinderung nicht mehr selbst bewältigen konnte, zur Hand gehen konnte.

Die Rückenverletzung bewahrte meinen Vater davor, als Wehrpflichtiger am zweiten Weltkrieg aktiv teilnehmen zu müssen. Er brauchte nicht einzurücken, blieb zu Hause und ging einer Teilzeitarbeit als Kranführer in einem großen Industriebetrieb nach, solange das in den Kriegszeiten möglich war.

Es gab immer mehr junge Kriegerwitwen oder Frauen, deren Ehemänner an der Front auf Adolfs Feld der Ehre kämpften und monatelang nicht zu Hause waren. Mein Vater war allzeit bereit, diesen Frauen trotz seines Korsetts, das er täglich tragen musste, Trost und Hilfe zu spenden und vernachlässigte darüber seine Familie in zunehmendem Maße. So war es denn kein Wunder, dass trotz dieser fürchterlichen, kriegswirren Monate erst die Liebe meiner Eltern zueinander zerbrach und kurze Zeit später auch ihre Ehe zu einem nicht mehr kittbaren Scherbenhaufen zerfiel.

Bald nach dem Kriegsende ließen sich meine Eltern scheiden. Es war kein Rosenkrieg – für meine Schwester und mich war es schlimmer. Ich begriff als fünf- oder sechsjähriger Junge überhaupt nicht, was da eigentlich passierte und wusste nur, dass es etwas ganz Schreckliches war.

Nach vielen Gerichtsterminen, bei denen in der Öffentlichkeit von beiden Seiten sehr viel schmutzige Wäsche gewaschen worden war und es hauptsächlich um das Alleinverschulden meines Vaters, die Höhe der zu zahlenden Alimente, eventuelles Mitverschulden meiner Mutter und um das Sorgerecht für uns Kinder ging, wurden meine Schwester und ich unserer Mutter zugesprochen.

In den Monaten während die Scheidung lief und auch noch einige Wochen danach, waren wir drei nur über Nacht im Haus meines Vaters und schliefen dort in einem separatem Zimmer, dem ehemaligen Elternschlafzimmer. Fast immer, wenn wir in dieser Zeit abends dort eintrafen und meinem manchmal angetrunkenen Vater in der Wohnung über den Weg liefen, gab es zwischen unseren Eltern einen lautstarken Streit mit teils heftigen gegenseitigen Vorwürfen.

Einmal prügelte mein Vater, außer sich in seinem Jähzorn, laut brüllend und schlimmer als je zuvor, auf uns drei ein – am heftigsten auf meine Mutter. Ich wollte ihn, an einem seiner Hosenbeine hängend, zurückhalten und schrie laut weinend: „Papa, nicht schlagen, bitte nicht mehr schlagen", und meine Schwester versuchte sich – ebenfalls weinend – zwischen ihn und unsere Mama zu drängen und ihn festzuhalten, seinen schlagenden Arm festzuhalten und ihn zu beruhigen, bis sie von seiner fliegenden Faust getroffen wurde, von der Faust, die sie umwarf, was ihn nicht davon abhielt, noch weiter völlig auszurasten, sich auch von mir loszureißen versuchte und weiter auf uns einzuschlagen, bis unsere Mama letztlich halb bewusstlos, mit hochgerutschtem Rock, wie ein dahingeworfenes Bündel schmutziger Wäsche in einer Ecke des Flurs lag, und meine Schwester ihn auf den Knien rutschend anflehte, nicht mehr weiter zu schlagen, und ich noch immer weinend an seinem Hosenbein zerrte und ihn dann verzweifelt durch den Stoff seiner Hose fest in den Oberschenkel biss, mir daraufhin noch einen weiteren Hieb mit seinem Handrücken einfing, der mich laut aufschreien ließ. Dann hörte er schimpfend und fluchend endlich auf und verließ uns, die Türen hinter sich zuknallend, um uns bis zum nächsten Wiedersehen in Ruhe zu lassen.

Sobald wir in unserem Schlafzimmer waren, schlossen wir jedes Mal die Tür hinter uns ab. Wenn in der Nacht dann einer von uns zur Toilette musste, blieben die im Schlafzimmer Zurückgebliebenen wach und lauschten auf jedes Geräusch, bis der Zurückkommende die Türe wieder hinter sich geschlossen und den Schlüssel herumgedreht hatte. Ängste, die wir nach dem Ende des Weltkrieges glaubten überwunden zu haben, waren in veränderter Weise wieder unser ständiger Begleiter geworden und ließen uns in diesem Haus keine Ruhe mehr finden.

Tagsüber hielten wir uns bei Bekannten auf, die eine Spedition und Schrottverwertung hatten und bei denen meine Mutter zum Ausgleich für unsere Tageskost und Bleibe als Köchin für die Fahrer und Arbeiter tätig war und darüber hinaus auch im Haushalt aushalf. Dadurch hatten wir wenigstens immer ausreichend zu essen und zu trinken. Das war in diesen Zeiten keineswegs selbstverständlich. In den meisten Familien um uns herum herrschte oftmals König

Hunger, und viele meiner Spiel- und Schulkameraden, und auch die meisten unserer Nachbarn, litten an Unterernährung.

*

Eines schönen Tages im Frühjahr begann eine neue Zeit für uns. Wir verließen unser damaliges Umfeld, unseren Vater und zogen unter Mithilfe von Mutters Freunden und Bekannten in eine kleine Wohnung, die am südlichsten Ende unserer Stadt lag.

Mutters Brüder, die eigentlich allen Grund gehabt hätten, sie zu unterstützen und unsere sonstigen, gottesfürchtigen nahen Verwandten mütterlicherseits, hielten sich aus diesem Geschehen voll und ganz heraus. Von Hilfe uns gegenüber war keine Spur zu sehen. Ihre Mithilfe für Bedürftige beschränkte sich auf die anonyme wöchentliche gewissensberuhigende Abgabe von Kollekten in ihrem Kirchenkreis.

So war es denn kein Wunder, dass sich unsere Wege im Laufe der Jahre immer weiter voneinander entfernten und man letztlich nur noch bei ganz bedeutenden Familienfeiern oder Beerdigungen zusammentraf.

Von der väterlichen Verwandtschaft war natürlich erst recht keine Hilfe zu erwarten. Erstens war seine Mutter schon seit Jahren tot, sein Vater schwer herzkrank, und zweitens lag er mit dem Rest seiner Sippe schon etliche Jahre wegen einer Erbschaftsgeschichte im Dauerstreit. Von dieser Verwandtschaft, die wir Kinder im Übrigen kaum kannten, hatten wir sowieso keine Hilfe erhofft.

Unsere neue Wohnung befand sich in einem großen, mehrstöckigen, im Stil der Patrizier erbauten Haus mit hohen Räumen, deren Decken in manchen Zimmern stuckverziert waren. Sie lag an einer Ausfallstraße, gegenüber eines weitläufigen Parks mit Bänken und hohen alten Bäumen, in dessen Mitte ein kleiner See vor sich hin schimmerte und dessen östliches Ende in einen felsigen, mit dichten Buschgruppen überwachsenen Hang überging. Dies war ein idealer Abenteuerspiel-platz, wie geschaffen für mich, den ich in den kommenden Jahren immer wieder mit großer Freude ausnutzten konnte.

Wir bezogen im untersten Stockwerk des Hauses bei einem pensionierten Amtmann zwei geräumige, nebeneinander liegende Zimmer zur Untermiete. Seine Küche durften wir mitbenutzen und unser Klo war im Treppenhaus zu finden, eine viertel Treppe nach unten in Richtung der Kellerräume. Einmal in der Woche – meist samstags – durften wir drei auch im Badezimmer unseres Vermieters, das einen gasbeheizten Warmwasserboiler hatte, baden. Als Gegenleistung wurde es von meiner Mutter sauber gehalten. Damit waren wir alle gut bedient.

Eine Zentralheizung gab es in dem ganzen Haus nicht. In den meisten Wohnungen wurde mit Kachel- oder Kohlenöfen geheizt. Bei uns stand der Kohlenofen in unserer Wohnküche oder unserem Mehrzweckzimmer, wie auch immer man diesen Raum bezeichnen wollte. Das Schlafzimmer nebenan blieb unbeheizt und im Winter nahm man abends, wenn es einem zu kalt wurde, eine Wärmflasche oder einen zuvor im Backofen gewärmten Ziegelstein, der in ein paar Lagen Tücher gehüllt wurde, mit ins Bett. Die Tücher waren absolut notwendig, damit man sich an dem heißen Stein nicht verbrannte. Der Stein war zwar ein bisschen unbequemer als die Wärmflasche, doch dafür hielt er die Wärme länger und er konnte nicht auslaufen und das Bett durchnässen, wie es mit unserer Wärmflasche schon einmal geschehen war.

Der Amtmann hieß Schubert, Robert Schubert und war ein großer Mann von Anfang sechzig mit einem dickem Bauch, einem weißen Spitzbart und Büschelhaaren in den Ohren. Seine Frau war vor einigen Jahren an Krebs gestorben und er hatte seit dieser Zeit ständig alleine gelebt. Ich glaube, er war froh, wieder etwas mehr Leben und Gesellschaft um sich herum zu haben.

Nach und nach lebten wir uns in unserer neuen Umgebung ein. Die Möbel aus dem elterlichen Schlafzimmer, mein Bett und Teile der Küche hatten wir mitgebracht. Den Rest unseres Mobiliars steuerten Freunde und Bekannte aus ihren eigentlich ausrangierten Beständen bei. Wir kamen mit diesem Sammelsurium gut zurecht und der freundliche Herr Schubert machte uns das Eingewöhnen leicht.

Endlich hatten wir Ruhe und Frieden und die Täler des Leidens und der Tränen endgültig hinter uns gelassen.

Natürlich hatten meine Schwester und ich die Schule gewechselt. Sie fand neue Freundinnen und ich neue Freunde und Spielkameraden, mit denen ich im gegenüber liegendem Park Sommer wie Winter ein phänomenales Betätigungsfeld vorfand, auf dem wir uns austoben konnten. Ich entwickelte mich zu einem temperamentvollen Lausbub, der stets zu Streichen aufgelegt und voller Abenteuerlust war.

Aufgrund meines Leichtgewichts verbesserte ich ständig meine Kletterkünste, wurde ein Klettermaxe, vor dem nichts, was man erklettern konnte, sicher war. Nachdem mich die Feuerwehr allerdings schon in kurzer Zeit das zweite Mal in Höhe des dritten Stockwerks von einer Hausfassade mit prächtigen Löwenköpfen, an deren Mähnen ich mich wunderbar festhalten konnte, heruntergeklaubt und ‚gerettet' hatte, wie meine Mutter künftig voller Besorgnis und heftig auf mich einschimpfend erzählen sollte, bewirkten die nachfolgenden Standpauken und mehr noch der restriktiv fällig gewordene Stubenarrest eine Verhaltensänderung bei mir. Ich beschränkte mich nunmehr auf das Erklettern aller möglichen Bäume, Laternenmasten und was sich sonst noch anbot und mir ebenfalls genügend Spaß bereitete. Hausfassaden blieben jedenfalls tabu.

Die väterlichen Alimente, die meine Mutter erhielt, waren kümmerlich. Die verschiedenen Gelegenheitsarbeiten – Halbtagsverkäuferin, Serviererin in einer Gaststätte, Putzfrau und so weiter – die sie neben unserer Erziehung ausübte, brachten auch nicht viel ein. Die wenigen Lebensmittelmarken, die uns zugeteilt wurden, reichten gerade einmal für eine Person, aber nie und nimmer für drei hungrige Mäuler. Die Geldscheine bekamen damals in immer kürzer werdenden Abständen immer höhere Zahlen mit immer mehr Nullen, aber leider konnte man dafür immer weniger kaufen. Durch die galoppierende Inflation lebten wir in der Zeit bis zur Währungsreform im Sommer 1948 ständig am Existenzminimum. Der Hunger hielt nun auch bei uns Einzug – wie schon längst bei den meisten anderen Familien. Manchmal, wenn mir der Magen besonders laut knurrte und in unserer Wohnung nichts Essbares aufzutreiben war, tauchte ich ein Stück nassen Bindfaden in eine Dose mit braunem Rohrzucker und kaute anschließend darauf herum, bis von dem Zucker nichts mehr zu schmecken und von dem Bindfaden auch nicht mehr viel übrig war. Schmalhans war unser täglicher Küchenmeister geworden.

*

An einem sonnigen Spätsommernachmittag nahm mich meine Mutter auf einen Spaziergang mit, der uns an den Stadtrand führte. Wir gingen im Sonnenschein auf Feldwegen zwischen Äckern, Wiesen und Getreidefeldern spazieren. Ich wunderte mich darüber, denn das war schon lange nicht mehr vorgekommen und fragte mich, was das bedeuten sollte. Denn das es ein ganz normaler Spaziergang sein sollte, konnte ich mir nicht vorstellen. Dazu war meine Mutter ungewöhnlich nervös. Sie schaute sich ständig um, als ob jemand hinter uns her wäre. Aber es war niemand zu sehen. Plötzlich zog sie mich vom Feldweg herunter und einige Meter hinter sich her in ein Getreidefeld. Mitten in diesem Feld öffnete sie einen kleinen Beutel, den sie die ganze Zeit über in ihrer Hand gehalten hatte und sagte:

„Jonas, du musst jetzt ganz still sein und mir helfen. Es ist sehr wichtig für uns und EvaMaria."

Sie nahm einen mittelgroßen, zusammengefalteten Jutesack aus dem Beutel heraus, den sie mir in die Hand drückte.

„Halt den Sack auf", sagte sie und verstaute darin, so schnell es ging, eine Hand voller Getreideähren nach der anderen, die sie mit der scharfen gebogenen Klinge eines Messers abgeschnitten hatte. Als der Sack schon zu dreiviertel gefüllt war, schrie außerhalb des Feldes eine Männerstimme ganz laut: „Achtung, da sind Diebe."
Dann krachten zwei Schüsse, schnell hintereinander. Meine Mutter entriss mir den Sack, warf ihr Messer hinein, packte mich an der Hand und wir rannten – voller Todesangst – durch die hochstehenden Getreidehalme, die uns ins Gesicht peitschten, als noch ein weiterer Schuss fiel. Wir rannten fort von dem Geschrei hinter uns zum abgewandten Rand des Getreidefeldes, hetzten auf der Flucht vor weiteren Schüssen und den lauten Stimmen der Feldwächter über einen anschließenden schmalen Acker in ein nahes Wäldchen, weiter mit rasendem Herzklopfen zwischen den Bäumen und Laubgehölzen einen Hang hoch und dann in eine Senke hinab, wo wir uns hinter einer Buschgruppe auf einer kleinen Lichtung erst einmal verbergen konnten.
Wir ließen uns zu Boden fallen, schwitzend und mit keuchendem Atem, bemühten uns, mäuschenstill zu werden und lauschten auf die Stimmen unserer Verfolger. Mutter versteckte vorsichtshalber noch schnell den Jutesack ein Stück von uns entfernt unter einem großen Busch.
Als wir eine Weile außer unserem Herzklopfen, das sich langsam normalisierte, dem wieder einsetzenden Vogelgezwitscher und den vertrauten Geräuschen der Bienen, Mücken und anderer Insekten nichts gehört hatten, das auf andere Menschen hindeutete, atmeten wir erleichtert auf. Wir erholten und beruhigten uns schnell und meine Mutter flüsterte mir zu: „Ich glaube, die haben aufgegeben und suchen uns nicht mehr."

„Ich höre auch nichts mehr", flüsterte ich zurück.

„Sicherheitshalber bleiben wir aber noch ein Weilchen hier in unserem Versteck und verhalten uns ganz ruhig, bevor wir uns auf den Heimweg machen." Mutter hatte demnach noch mehr Angst erwischt zu werden, als ich.

Ich kannte mich in diesem Wäldchen aus, da ich darin schon des öfteren mit Freunden Cowboy und Indianer gespielt hatte. Deshalb schlug ich nach einigen ruhigen Minuten meiner Mutter vor:

„Wir können doch nachher ein Stück hierunter zu dem stillgelegten Kieswerk gehen, das kann nicht mehr weit entfernt sein", ich deutete in die Richtung, die ich gemeint hatte, „und dann am Rand des Industriegebiets entlang nach Hause. Da fallen wir unter all den anderen Leuten bestimmt nicht auf."

„Gute Idee, aber wir werden besser trotzdem noch eine halbe Stunde oder etwas länger abwarten, bevor wir losgehen."

Erst jetzt, in der Stille des Waldes, hörten wir das Plätschern eines kleinen Baches, eher eines Rinnsals, das sich ganz in unserer Nähe am Fuße unserer Senke seinen Weg hangabwärts bahnte. Dieses Bächlein kam uns gerade recht. In seinem fließenden Wasser konnten wir unsere von dem Acker stark verschmutzten Schuhe und Füße säubern. Das Trocknen besorgte die Sonne und der leicht wehende warme Wind. Obwohl uns keine Menschenseele während unserer Wartezeit in unserem waldigen Versteck gestört hatte, verließen wir äußerst vorsichtig diesen Ort. Wir fanden nach knapp einer Viertelstunde das verlassene Kieswerk und reihten uns kurz darauf im Industriegebiet unauffällig in den beginnenden Feierabendstrom der Arbeiter und Angestellten ein, die nach Hause strebten.

Wir brachten unseren gefüllten Sack bei einer Freundin meiner Mutter vorbei. Die Freundin war in Mutters Vorhaben eingeweiht und wusste, was mit dem Sackinhalt zu tun war.

Ein paar Tage später hatten wir auf einmal eine mit Mehl gefüllte Tüte in unserem Haushalt und Mutter strahlte über das ganze Gesicht. Der vergangene „Feldzug" hatte sich gelohnt. Sie brachte noch am selben Tag aus der Gaststätte, in der sie gelegentlich aushalf, ein rohes Ei mit, das für mich überraschenderweise keine weiße, sondern eine merkwürdig bräunliche Schale hatte.

Alle Eier, die ich bisher gesehen hatte, waren weißschalig gewesen. Dieses nun sah anders aus und ich dachte mir deshalb, dass es ein besonderes Ei von einem besonderen Huhn sein müsste – vielleicht sogar von einem dieser seltenen braungefiederten Hühner. Die Farbe seiner Schale glich in meinen Augen der eines Kuhfladens; keinem frischen, sondern eher von einem schon angetrockneten, vielleicht mehrere Tage altem.

Als Mutter das Ei aufschlug, passte ich ganz genau auf und war erstaunt, dass dessen Inhalt nicht anders aussah, als der von weißen Eiern. Irgendwie hatte ich etwas anderes erwartet – was, weiß ich allerdings auch nicht.

Aber meine Enttäuschung hielt sich in Grenzen. Mutter buk zu unserer aller Freude köstlich duftende Pfannkuchen mit dünnen Apfelscheiben darauf, die noch viel besser schmeckten, als sie dufteten. Als ich gierig in den ersten Pfannkuchen biss, hatte ich schon vergessen, weshalb ich mir über dieses komische braune Ei überhaupt auch nur einen einzigen Gedanken gemacht hatte.

Das Auftreiben von Lebensmitteln beschäftigte uns jeden Tag unentwegt von morgens bis abends. Einen Tag lang keinen Hunger zu haben war selten geworden.

Es wurde alles mögliche getauscht, solange etwas zum Tauschen da war oder man half bei irgendwem aus. Ich trug Zeitungen, Illustrierte und Werbeprospekte aus, schippte in der Nachbarschaft die angelieferten Kohlen oder Briketts durch die Fenster in die Vorratskeller, bis ich blutige Blasen an den Händen hatte oder fungierte als Botenjunge für einen Lebensmittelhändler in unserer Straße. Dafür bekam ich, statt Geld, einen Laib Brot oder Zucker oder was auch immer. Hauptsache, es waren Lebensmittel, die man direkt verspeisen oder zu Speisen verarbeiten konnte.

Einmal fuhr meine Mutter mit zwei Freundinnen bereits frühmorgens auf eine Hamstertour zu Bauern aufs Land. Ihr geliehenes Fahrrad hatte sie mit Bett- und Tischwäsche bepackt – das Einzige, wovon wir dank Mutters Aussteuer reichliche Bestände hatten – die sie gegen Butter, Wurst, Schinken und Speck tauschen wollte. Die Tagestour wurde ein Erfolg. Alles hatte bestens geklappt, viel besser als erhofft. Die drei Frauen hatten Glück gehabt und kamen mit allem Erwünschten zurück. Ein paar Eier waren sogar dabei. EvaMaria und ich staunten und jubelten; es war wie ein Festtag für uns!

Immer wieder mussten wir auf allen möglichen Gebieten improvisieren, um beispielsweise im Winter nicht zu erfrieren oder etwas zu essen und zu trinken zu bekommen – von satt werden möchte ich in diesem Zusammenhang gar nicht erst reden.

Ein abgetragenes Kleidungsstück wurde nicht weggeworfen, sondern man versuchte es zu flicken, und wenn das nicht möglich war wurde es auseinandergeschnitten, eventuell gewendet und wieder zusammengenäht. Die Kragen und Manschetten meiner Hemden waren allesamt mindestens einmal gewendet worden. Abgelaufene Absätze oder Schuhsohlen wurden grundsätzlich aus Teilen alter Autoreifen ersetzt, die solange zurechtgeschnitten, weichgeklopft und präpariert wurden, bis sie als Ersatzsohle verwendet werden konnten. In unserem Bekanntenkreis gab es immer wieder jemanden, der aus der Not geborenen Einfallsreichtum bewies und uns in dieser oder jener Weise helfen konnte. Überhaupt, so scheint es mir in meiner Erinnerung, war die Hilfsbereitschaft in den damaligen Notzeiten erheblich stärker ausgeprägt als heutzutage.

*

Kurz nach meinem siebten Geburtstag schickte mich meine Mutter an einem trüben Novembertag, nachdem ich von der Schule nach Hause gekommen war, mit zwei Milchkannen quer durch die halbe Stadt zu einem Metzger, den sie persönlich kannte und der in einer großen Metzgerei arbeitete. Dort war an diesem Tag frisch geschlachtet worden.

Nach einem dreiviertelstündigen Fußmarsch war ich nach einigem Suchen dort angekommen und ging, weil der Eingang verschlossen war, um das Haus herum und klingelte, wie mir meine Mutter aufgetragen hatte, an der Hoftüre. Eine ziemlich dicke Frau mittleren Alters in einer geblümten, leicht blutigen Kittelschürze und einem blauen Kopftuch öffnete das Tor einen Spalt breit, sah zu mir herunter und fragte freundlich:

„Junger Mann, um was geht's?"

Ganz höflich antwortete ich: „Meine Mutter schickt mich. Ich möchte zu dem Metzger Schreyer und das Losungswort ist ‚Montag'."

„Dann komm mal herein", war ihre Antwort und sie führte mich durch einen Innenhof in die eigentliche Schlachterei.

„Bleib' hier stehen und warte einen Moment."

Sie ging zu einem großen, älteren Mann, der in der typischen blauweißen Metzgerkluft gekleidet, in einer Ecke an einem Tisch stand und mit einem Messer ein großes Fleischstück zerteilte. Sie deutete auf mich, während sie mit ihm redete und er blickte kurz zu mir herüber. Mir fiel auf, dass er rötliche Haare hatte und Sommersprossen im Gesicht. Er unterbrach seine Arbeit, kam zu mir und fragte mich mit einer ganz weichen tiefen Stimme: „Wer schickt dich denn?"

Schüchtern und ganz artig sah ich zu ihm auf: „Guten Tag. Ich heiße Jonas und von meiner Mutter Anna soll ich einen schönen Gruß ausrichten. Sie hat mich mit den Kannen zu ihnen geschickt. Wir wohnen in der Frankfurter Straße und sie hat mir gesagt, dass sie dann schon wüssten, weshalb ich komme."

„So, so, die Anna", antwortete der Metzger kopfnickend, „du bist also ihr einziger Sohn Jonas. Dann gib mir mal die Kannen und warte hier."

„Ich habe auch noch eine ältere Schwester. Sie heißt EvaMaria", antwortete ich voller Stolz.

„Ich weiß", murmelte der Metzger und nickte wieder mit seinem Kopf.

Komisch, dachte ich. Ich kannte diesen Mann überhaupt nicht, und trotzdem schien er über uns Bescheid zu wissen. Meine Mutter und er kannten sich aber sicherlich schon besser, mutmaßte ich weiter.

Ich stand in dem großen, vollständig gekachelten Raum, der durch einen breiten Durchgang mit einem weiteren Raum verbunden war. In dem hinteren Raum war wahrscheinlich am Morgen zuvor geschlachtet worden, weil dort ein Mann, dessen knöchellange Gummischürze voller Blut war, mit einem Wasserschlauch die gekachelten Wände und den Boden abspritzte. In dem vorderen Raum, in den ich geführt worden war, standen überall Bottiche und große Schüsseln mit den verschiedensten Würsten und Fleischteilen. Es roch unglaublich gut nach frischer Wurst, Gewürzen und gekochtem Fleisch. In einer anderen Ecke standen Schüsseln mit Innereien, wie rohe Nieren, Lebern, Herzen und was nicht sonst noch alles. Von den Decken hingen an großen Haken Rinder- und Schweinehälften herab. Mir fielen vor lauter Staunen fast die Augen aus dem Kopf, als ich all diese appetitlichen Leckereien sah und ich konnte kaum so schnell schlucken, wie mir das Wasser im Mund zusammenlief.

Der Metzger füllte meine Milchkannen mit frischer, noch warmer Wurstbrühe, in der ein paar Speckgrieben und kleine Wurststückchen schwammen und obenauf noch dicke Fettaugen glänzten. Anschließend verschloss er die Kannen sorgfältig mit den von mir mitgebrachten Deckeln und gab sie mir mit den Worten: „Das ist die Metzelsuppe, die ich deiner Mutter versprochen hatte."

„Danke", sagte ich, „vielen, vielen Dank", genau so, wie es mir meine Mutter aufgetragen hatte, und wollte mich umdrehen und gehen.

Doch die Frau, die mich hereingelassen hatte, stand plötzlich neben mir.

„Hier haben wir noch 'was für dich", sagte sie und drückte mir einen Blechteller und einen Löffel in die Hand. Sie füllte mir den Teller mit einer Schöpfkelle dieser warmen, unbeschreiblich verführerisch duftenden Wurstbrühe, die ich im Stehen mit dem ziemlich krummen Löffel fast andächtig und unendlich dankbar bis auf den letzten Tropfen aufaß. Es war mit Abstand das Köstlichste, was ich bis zu diesem Tag gegessen hatte. Zum Schluss bekam ich noch eine in Zeitungspapier eingewickelte kleine Blutwurst von dem Metzger Schreyer in die Hand gedrückt.

„Für zu Hause", wie er mir augenzwinkernd und lachend sagte.

Er ahnte insgeheim sicherlich, dass diese kleine Blutwurst mein zu Hause niemals sehen würde. Ich bedankte mich noch einmal und durfte dann wieder gehen. In meinem Bauch war ein wunderbares Gefühl warmer Sättigung, die mir die Kraft gab, die schweren Kannen zu schleppen. Ich nahm mir Zeit für den Rückweg und immer, wenn mir die Kannen zu schwer wurden, stellte ich sie neben meine Füße auf den Boden und biss ein kleines Stück der hausgemachten Blutwurst ab und kaute sie mit Genuss, noch die allerkleinste Geschmacksnuance auskostend.

Am selben Abend gab es bei uns zu Hause die erneut erhitzte Metzelsuppe – reichlich für jeden von uns Dreien – und dazu frische, krustige Schwarzbrotscheiben ohne jeden weiteren Belag.

Weihnachten konnte nicht viel schöner sein.

In den nächsten Wochen, brachte Mutter in unregelmäßigen Abständen mal ein paar Kringel verschiedener Sorten Wurst oder ein großes Stück Suppenfleisch mit Knochen oder gar ein Bratenstück mit nach Hause. Einmal gab es sogar für jeden von uns ein großes dickes Stielkotelett, dessen Knochen man am nächsten Tag noch abnagen konnte. Sensationell!

„Ich hab' mal wieder bei dem Metzger Schreyer ausgeholfen", erklärte Mutter knapp, als sie die Koteletts mitbrachte und meine Schwester, die schon fast dreizehn Jahre alt war, legte ihre Stirn in Falten und schüttelte ihren Kopf. Sie sagte mir aber nicht, was das zu bedeuten hatte.

*

Der Winter 1946/47 dauerte lang – und war von gnadenloser Kälte.

Die Kohlenvorräte für unseren Ofen wurden immer weniger, so sehr wir uns auch bemühten, damit hauszuhalten. Mittlerweile heizten wir unseren Ofen nur noch abends für ein paar Stunden an, wenn wir alle drei zu Hause waren und wir unsere Bettflaschen mit heißem Wasser füllen wollten. Ansonsten war es in unserer Wohnung bitterkalt und die Wände feucht. Wir konnten uns darin nur in dicken Pullovern, Hosen, Jacken und doppelter Unterwäsche aufhalten. An unseren Fenstern blühten innen und außen von oben bis unten die allerschönsten Eisblumen, die ein durchschauen nach draußen unmöglich machten. Da das Geld nichts mehr wert war und wir ohnehin auch längst nicht genügend Geld für weitere Kohleneinkäufe hatten, musste etwas geschehen, damit wir in den bevorstehenden Nächten nicht erfroren.

Meine Mutter bekam von einem Nachbarn, dem allzeit hilfsbereiten Herrn Hildebrandt, einen Tipp. Bald darauf standen wir einmal mitten in der Nacht auf, zogen uns dunkle Kleidung an, so warm wie möglich und trafen uns, in einer Seitenstraße mit besagtem Nachbarn, der zwei Handkarren dabei hatte. Einen seiner Karren bekamen wir zur Verfügung gestellt.

Mich hatte man notgedrungen mitnehmen müssen, da ich nachts, aufgrund unbewältigter Kriegserinnerungen, nicht alleine bleiben konnte, ohne in Panik zu geraten.

Die Nacht war wolkenverhangen und glücklicherweise nicht sehr hell. Wir gingen auf Nebenstraßen gemeinsam zu einem nahegelegenen Güterbahnhof und klauten von den dort abgestellten Waggons der Reichsbahn, in lautloser Verbundenheit mit anderen, Kohlen und Briketts soviel wir transportieren konnten. In dieser Nacht stand ich Wache, die Trillerpfeife im Mund, und passte auf, dass niemand kam und uns erwischte. Obwohl ich mich ständig bewegte, auf und ab ging, mich drehte, hüpfte, die Arme um mich schlug, fror ich erbärmlich. Das Thermometer war, wie in manchen Nächten zuvor, auch in dieser Nacht auf minus 25°C oder sogar noch darunter gefallen. Der Atem stand uns allen dampfend vor unseren Mündern und ich hatte das Gefühl, als ob mir die Nasenlöcher zufrieren würden.

Meine Mutter und meine Schwester schufteten in dieser Eiseskälte und beluden unseren geliehenen Handkarren, so schnell es ging. Vor unserem Rückweg deckten sie ihn sorgfältig mit Sackleinen ab. Unser Rückweg verlief problemlos. Wir verstauten unsere Beute in unserem Keller und gingen wieder zu Bett.

Ich weiß heute nicht mehr, wie oft wir in diesem Winter unsere nächtlichen Beutezüge unternahmen, bei denen wir dank unserer Vorsicht immer unentdeckt blieben. Ein- oder zweimal wurden die Waggons überwacht und wir mussten unverrichteter Dinge wieder nach Hause zurückgehen. Glücklicherweise waren wir aber ansonsten erfolgreich und überlebten auf diese Weise den strengen Winter ohne Erfrierungen.

Es war ein Segen, ein wunderbares Erwachen, als endlich der Frühling mit seinen wärmenden Sonnenstrahlen kam. Bald darauf durfte ich meine verhassten, kratzenden, wollenen Strickstrümpfe und das Leibchen mit diesen entsetzlichen Strumpfhaltern, die ich in Ermangelung besserer Alternativen den ganzen Winter über hatte tragen müssen, ausziehen.

Erst nach der Währungsreform im Juni 1948 änderten sich die bitteren, knüppelharten Zeiten. Es ging aufwärts – wenn auch für uns nur ganz langsam.

*

Jeden vierten Sonntag mussten meine Schwester und ich per Gerichtsbeschluss unseren Vater von 10 bis 17 Uhr besuchen. Diese Pflichtübung lag uns meist schon Tage zuvor schwer im Magen. Aber es half alles nichts: wir mussten ihr nachkommen, ob wir nun wollten oder nicht. Bei schönem Wetter gingen wir zu Fuß. Wir brauchten ungefähr eine dreiviertel Stunde, bis wir bei ihm waren – egal, ob wir einen Teil der Strecke mit der Straßenbahn fuhren, oder zu Fuß trödelten.

Es waren wenig amüsante Sonntage. Nach Vaters üblicher Anfrage bezüglich unserer schulischen Leistungen wussten wir oft nicht mehr, worüber wir miteinander reden sollten. Wir hatten uns entfremdet, und die Kluft zwischen uns wurde von Besuch zu Besuch immer größer. Die selbstgekochte Nudelsuppe, die er uns mittags vorsetzte (meist Makkaroni mit fetten Fleischresten), schmeckte grauenhaft und passte in den Tag. Danach hingen wir wieder herum und die Langeweile schaute zum Fenster hinein, während EvaMaria und ich uns ziemlich überflüssig vorkamen. Manchmal hatten wir das ungute Gefühl, dass er nur auf unseren Besuchen bestand, um unserer Mutter eins auswischen zu können. Deshalb waren wir jedes Mal heilfroh, wenn wir ihn am späten Nachmittag wieder verlassen durften.

An einem dieser Besuchssonntage stellte uns der Vater eine große, kräftige Frau von etwa achtundvierzig Jahren als seine zukünftige Ehefrau vor. Auf mich wirkte sie spröde, kantig und fürchterlich spießig. Wenn sie meckernd lachte, sträubte sich mir mein Nackenfell. Leider lachte sie oft, selbst wenn mir der Grund dafür meist verschlossen blieb. Diese alte Jungfer, die bis dahin unbemannt im Hause ihrer Eltern gelebt hatte und unser Vater, dessen Umtriebigkeit sich erschöpft hatte, gingen eine Art Zweckgemeinschaft ein, die für EvaMaria und mich zwei Vorteile hatte: zum Einen wurde fortan das Sonntagsessen viel besser und zum Anderen – welch besonderes Glück – brauchten wir nicht mehr unbedingt jeden vierten Sonntag beim Vater zu erscheinen.

*

Der Amtmann Schubert, bei dem wir jetzt wohnten, war ein kranker Mann, der an Diabetes und Angina pectoris litt. An den Tagen, an denen er sich gut fühlte, spielte er auf einem Konzertflügel, der in seinem Wohnzimmer stand, wunderschöne Klavierkonzerte, Sonaten und anderes nach Noten, die er vom Blatt ablas. Oft setzte ich mich still daneben auf einen Stuhl und hörte ihm zu. Er sagte zwar nichts, aber sah es mit sichtlichem Wohlwollen.

Als er erfuhr, dass meine Mutter früher jahrelang in einem Kirchenchor die erste Sopranstimme gesungen hatte, kam es zu gelegentlichen Hauskonzerten. Mutter sang gerne und mit Inbrunst das „Ännchen von Tharau" oder ähnliches und er begleitete sie auf dem Flügel. Sie hatte eine schöne, klare Stimme und genoss diese Stunden sichtlich, an denen sie, fern vom üblichen, von vieler Arbeit und monotonen Alltagstrott, regelrecht aufblühte. Das waren auch wirklich schöne Momente, die leider niemals lange andauerten und durch Herrn Schuberts schlechter werdende gesundheitliche Verfassung immer seltener wurden.

Anfangs versuchte er sogar, mir das Klavierspielen beizubringen und wir vereinbarten regelmäßige Klavierstunden, immer dienstags und freitags am Nachmittag. Zu meiner Hilfe baute er dann ein Metronom auf, das mir den Takt vorgab, wenn ich Tonleitern und andere einfache Tonfolgen und Melodien üben durfte. Leider hatte ich nicht das richtige Sitzfleisch für einen Klavierspieler und war viel zu quirlig für die ewigen Wiederholungsübungen.

Nachdem der Reiz des Neuen für mich vorbei war, schwänzte ich dummerweise immer häufiger die vereinbarten Klavierstunden, bis mein Hobbyklavierlehrer auch die Lust verlor, mich anzumahnen und hinter mir herzulaufen. In späteren Jahren habe ich es sehr oft bedauert, diese Chance, das Klavierspielen zu erlernen, nicht genutzt zu haben und stattdessen lieber auf Bäume geklettert war.

*

Es muss zu dieser Zeit gewesen sein, als es eines abends bei uns klingelte.

Wir saßen zu dritt am Abendbrottisch. Meine Schwester ging zur Haustür und kam mit unserem Onkel Bernhard wieder.

Onkel Bernhard war der älteste Bruder meiner Mutter, der Einzige ihrer Brüder, zu dem wir noch Kontakt hatten. Er hatte es nach dem Ende des Krieges mit allerlei undurchsichtigen Geschäften und, wie man munkelte, einigen erfolgreichen größeren Schiebereien bereits zu einem gewissen Wohlstand gebracht, der es ihm erlaubt hatte, vor kurzem ein nagelneues Auto, einen Opel mit Platz für vier Personen, zu kaufen. Er war der einzige in unserer Verwandtschaft und Bekanntschaft, der zu dieser Zeit ein eigenes Auto besaß, um welches er von uns allen natürlich glühend beneidet wurde. Mit diesem Wagen war er auch heute zu uns gekommen.

Wie immer war er in Anzug und Krawatte, adrett das Haar in der Mitte gescheitelt und nachdem er uns betont freundlich seine schlaffe, schweißnasse Hand zur Begrüßung gereicht hatte, sagte er zu meiner Mutter mit ernstem Gesicht: „Anna, ich muss dringend mit dir unter vier Augen reden, komm am Besten mal kurz mit vors Haus. Es ist sehr wichtig", und dann beugte er sich zu ihr herunter und flüsterte ihr noch etwas ins Ohr, das weder EvaMaria noch ich verstehen konnten.

Mutter sah ihn erschrocken an, stand sofort auf und wir sahen, dass sie blass geworden war.

Sie nickte ihm zu: „Ich komme sofort mit nach draußen, ganz kleinen Moment", dann zu uns gewandt, „ihr esst schön weiter, wir sind gleich wieder zurück", und folgte Onkel Bernhard nach draußen vor die Türe.

Ich mochte Onkel Bernhard nicht. Er war mir zu groß, zu dick, roch meist nach Schweiß und seine schlaffe fleischige Schweißhand, in der meine Kinderhand völlig verschwand, ohne dass man einen Knochen spürte, ekelte mich an. Er kam mir scheinheilig vor und hinterlistig wie der Wolf, der seine Pfoten in Mehl getaucht hatte.

Bald darauf kamen beide zurück. Mutter war noch blasser als vorher geworden und hatte rotgeweinte Augen. Sie versuchte ihrer Tränen Herr zu werden und sie vor uns zu verbergen.

Als sie unsere fragenden Gesichter sah, sagte sie kurz angebunden: „Ich fahre jetzt mit Onkel Bernhard zu Oma und Opa, beiden geht es leider gar nicht gut. Onkel Bernhard bringt mich heute Abend auch wieder zurück. Es kann aber später werden. Ihr seid heute bitte ganz besonders brav, räumt den Abendbrottisch ab und geht bei Zeiten ins Bett. EvaMaria, du achtest darauf, dass Jonas sich ordentlich die Zähne putzt. Ich erzähle euch morgen alles."

Onkel Bernhard legte väterlich seine Hand auf EvaMaria's Schulter.

„Macht's gut Kinder, ihr braucht euch keine Sorgen zu machen, ich bringe euch eure Mama wieder." Mutter zog sich einen Mantel über und dann gingen beide zur Tür hinaus.

Irgendetwas stimmte da nicht. Das hatten wir beide gemerkt und wir vermuteten, dass etwas ganz Schlimmes passiert sein musste. Wir beschlossen daher zwar ins Bett zu gehen, aber solange wach zu bleiben, bis Mutter zurückkommen würde.

Daraus wurde leider nichts, da uns der Schlaf im Laufe des Abends übermannte.

Am anderen Morgen am Frühstückstisch erzählte uns die Mama: „Also, ich muss euch etwas ganz Trauriges erzählen und ihr müsst ganz tapfer sein. Der Opa ist nämlich gestern überraschend an einem Herzschlag gestorben und die Oma hat sich darüber so sehr aufgeregt, dass sie ein paar Stunden später auch einen Herzschlag erlitten hat und daran auch gestorben ist. Wie ihr wisst, hat es der Opa schon seit langem mit dem Herzen gehabt und die Oma war auch schon länger schwer krank. Und die Jüngsten waren sie schließlich alle beide nicht mehr. Es ist sehr schade, dass es so gekommen ist, aber wir können es nicht ändern und wir müssen es einfach hinnehmen."

Das war eine lange Rede unserer Mutter, die sonst meistens eher knapp angebunden war.

Oma und Opa tot, das war ja unglaublich!, dachte ich. Beide am selben Tag, beide an einem Herzschlag. EvaMaria und ich konnten es kaum fassen. Wir bestürmten die Mama mit Fragen, wollten mehr Einzelheiten wissen, aber soviel wir auch fragten, mehr war aus unserer Mama nicht heraus zu bekommen.

Erst Monate nach der Beerdigung der Großeltern habe ich von EvaMaria die ganze Wahrheit erfahren.

„Onkel Bernhard nimmt an", sagte sie mir in verschwörerischem Tonfall, als wir einmal alleine waren, „dass die Oma einen ganzen Tag lang allen in ihrer Umgebung verschwiegen hat, den Opa morgens, als sie aufwachte, neben sich tot in seinem Bett gefunden zu haben. Am selben Tag muss sich die Oma einen dicken Strick besorgt haben, und mit dem hat sie sich in der darauffolgenden Nacht am Kleiderschrank selbst aufgehängt. Das darfst du aber niemandem weitersagen, Jonas, versprichst du mir das? Das musst du mir schwören, denn wie sich das alles nun ganz genau abgespielt hat, weiß niemand. Schließlich war keiner dabei. Die Polizei meint aber auch, dass es genau so gewesen sein müsste, wie ich es dir erzählt habe."

„Großes Ehrenwort, ich verspreche es", schwor ich ihr ganz automatisch, noch ziemlich verwirrt und die Gedanken in meinem Kopf purzelten durcheinander. Ich fragte sie verwundert: „Was hat denn eigentlich die Polizei mit dem Tod von Oma und Opa zu tun?"

„Die Polizei musste doch untersuchen, ob da nicht vielleicht ein Mord oder sogar ein Doppelmord oder was auch immer vorlag und ob alles mit rechten Dingen zugegangen ist", antwortete mir EvaMaria und schüttelte den Kopf über meine, in ihren Augen, dumme Frage.

Ein Mord? In meiner Familie? Heiliger Strohsack, es wurde ja immer schlimmer bei uns je älter ich wurde, dachte ich immer noch ziemlich durcheinander.

Andererseits, wenn ich es mir recht überlegte, waren die Zweifel der Polizei irgendwie zu verstehen. Wie hatte es unsere Oma mit ihrer einen Hand und dem übriggebliebenen linken Armstumpf überhaupt fertiggebracht, die Knoten in den Strick zu machen und sich dann ohne fremde Hilfe an der Ecke des Kleiderschranks aufzuhängen? Ich überlegte hin und her, konnte es mir aber nicht vorstellen und fragte EvaMaria danach.

Sie wusste es aber ebenfalls nicht, obwohl sie auch schon mehrfach darüber nachgedacht und sogar unsere Mama befragt hatte. Die konnte zur Klärung dieser Frage allerdings genauso wenig beitragen wie die Polizei, von der sie lediglich wusste, dass im Haus von Oma und Opa keinerlei Spuren von Fremden gefunden worden waren.

Es blieb dennoch für uns alle ein ungelöstes Rätsel.

Oma hatte eine Lösung für sich gefunden, und damit mussten wir uns abfinden. Ob wir es nun verstanden oder nicht. Punkt und aus!

Das alles erfuhr ich ungefähr zu jenem Zeitpunkt, als Onkel Bernhard das Haus von Oma und Opa übernahm und unsere Mama und seine anderen Brüder anteilmäßig auszahlte. Er scheute sich dabei keineswegs, seine Geschwister durch allerhand Tricks, wie zum Beispiel die Übernahme der angeblich sehr hohen Resthypotheken, der Notarkosten, der nötigen Sanierung des seiner Ansicht nach maroden Zustandes des Hauses zu täuschen und übers Ohr zu hauen. Alle misstrauten ihm, aber niemand blickte durch und Onkel Bernhard konnte darauf vertrauen, dass seine Geschwister, die sowieso kaum miteinander redeten, sich nicht gegen ihn verbünden würden. Mit dieser Annahme behielt er recht.

Meine Mutter war ohnehin sehr glücklich, überhaupt etwas zu bekommen. Es war Geld, bares Geld auf die Hand, mit dem sie nie gerechnet hatte. Sie strahlte, sprühte vor Lebensfreude und konnte endlich einmal einkaufen gehen, stolz bar bezahlen und nicht, wie sonst fast immer, um Ratenzahlung bitten zu müssen oder anschreiben zu lassen.

Mir war das ziemlich egal. Ich war sowieso viel zu jung, um das alles zu begreifen und freute mich darüber, dass wir von dem Geld, einen dringend benötigten neuen Kleiderschrank kaufen konnten und für jeden von uns ein paar warme Schuhe für den Winter, der vor der Türe stand. Es langte sogar noch für einige Kleidungsstücke und immer, wenn ich meinen neuen Pullover und die Schuhe anzog, musste ich an meinen Onkel Bernhard denken, dem ich das alles zu verdanken hatte.

Mit unseren bescheidenen Anschaffungen war die Auszahlung erschöpft und Onkel Bernhard glücklicher Inhaber eines weiteren Hauses geworden, dessen Mieteinnahmen ihn bald seine Auszahlungen und die viel bejammerten sonstigen Kosten vergessen ließen.

Wenige Jahre später aber hatte Justitia aufgepasst und erwischte ihn bei einem richtig fetten Ding, an dem er gedreht hatte. Er kam vor Gericht, erlebte sein Waterloo und wurde rechtskräftig verurteilt. Noch im Gerichtssaal hatte man ihn verhaftet, und anschließend bezog er Logis im städtischen Gefängnis.

Als er nach mehr als zwei Jahren wieder herauskam, setzte er sich kurzerhand ins Allgäu ab, wo er schon vor seiner unfreiwilligen Zwischenstation ein Haus erworben hatte. Was heißt schon Haus: es war ein feudales Anwesen mit bewirtschafteten Äckern und Wiesen. Trotz einer – wie man sich hinter vorgehaltener Hand erzählte – abenteuerlichen Verschuldung nach seinem verlorenen Prozess, lebte er nicht schlecht von Geldern, die ihm von irgendwelchen Konten zuflossen.

Aber das Glück, das ihm lange Zeit treu zur Seite gestanden hatte, mochte nichts mehr von ihm wissen. Seine Frau, die all die Jahre seine wirtschaftlichen und auch die damit verbundenen amourösen Eskapaden erduldet hatte, starb wenige Monate nach dem Umzug an Krebs.

Und wenn man das Pech einmal gepachtet hat, klebt es einem zäh an den Füßen. So auch bei ihm.

Er suchte und fand eine Haushälterin, die ihm – ohne das er es merkte – allmählich das Ruder aus der Hand nahm, sein Bett eroberte und ihn in den folgenden Jahren nach Strich und Faden ausnahm. Ausgestattet mit allen nötigen Vollmachten verfrachtete sie, sobald möglich, Onkel Bernhard in ein Alten- und Pflegeheim der unteren Kategorie und residierte fortan in seiner Villa und von seinem Geld, ohne das er irgendetwas dagegen hätte tun können. Er hatte es selbst so bestimmt.

*

In der Zeit, die wir bei Herrn Schubert wohnten, ging es uns von Jahr zu Jahr besser. Zwar nur in ganz kleinen Schritten, wie meine Mutter feststellte, aber immer etwas besser, als im Jahr zuvor. Ich hatte alles, was ich brauchte: Spielkameraden, einen Abenteuerspielplatz vor dem Haus und der Weg zur Schule war auch nicht weit.

Alles hatte sich bei uns wunderbar geregelt – wenn nur meine Albträume nicht gewesen wären, die mich von Zeit zu Zeit nachts plagten, ängstigten und schlecht schlafen ließen. Manchmal schrie ich mitten in der Nacht laut auf und weckte dadurch Mutter und Schwester, die im gleichen Zimmer schliefen.

Eines Nachts war es besonders schlimm.

Ich hatte wieder einmal von meiner Tante Klara geträumt, die wir zwischen zwei Fliegerangriffen auf der Flucht in den nächstgelegenen Luftschutzbunker blutüberströmt, mit nur noch einem Bein und hochgeschlagenem Rockfetzen, unweit unseres Hauses tot auf dem Rücken liegend gefunden hatten. Es war ein entsetzliches Bild gewesen, das sich mir tief eingeprägt hatte und seitdem nicht mehr los ließ. In dieser einen Nacht schrie ich, wie damals, laut: „Mama, Tante Klara", und meine Mutter antwortete erbost: „Sei still, Jonas, Tante Klara ist tot. Das war im Krieg, und der Krieg ist lang vorbei. Jetzt lass mich endlich weiterschlafen, ich habe morgen einen langen, harten Tag vor mir."

Ich lag verängstigt und nass geschwitzt in meinem Bett, bemühte mich still zu liegen, obwohl ich weinte und immer wieder zuckte. Krampfhaft versuchte ich, meine Augen offen zu halten, damit diese schrecklichen Bilder nicht wiederkamen: diese Bilder, die man in seinem Leben nicht mehr los wird, die sich wie Brandzeichen im Gehirn festgesetzt haben und die ich niemals würde verdrängen können auf irgendein Nebengleis des Versteckens oder in einem Abgrund des Vergessens.

Warum ließ mich meine Mutter mit meinen Ängsten so allein? Hatte sie mich nicht mehr lieb? Dachte sie denn nur noch an sich selbst? Nicht mehr an mich, an EvaMaria? Ich wäre so gerne zu ihr ins Bett gekrochen – auch wenn es nur für einen kurzen Moment gewesen wäre. Verstand sie mich denn gar nicht mehr, oder wollte sie mich nicht verstehen?

Kurz darauf kam EvaMaria zu mir ins Bett. Sie kuschelte sich an mich, wärmte mich. Wir lagen ,Löffelches' und still, bis ich ruhiger wurde und sie leise wieder zurück in ihr Bett ging. Ich wusste schon gar nicht mehr, wann ich das letzte Mal zuvor in den Arm genommen worden war. Irgendwann schlief ich doch wieder ein.

Von dieser Nacht an erfüllte mir meine Mutter einen von mir schon seit langem geäußerten Wunsch und ließ die Schlaf- zimmertüre spaltbreit offen, wenn ich abends als erster ins Bett ging. Und auch der Vorhang am Schlafzimmerfenster wurde nicht mehr lichtdicht geschlossen.

Beides half glücklicherweise. Im Laufe der Zeit wurden mei- ne Albträume weniger und somit störte ich auch nicht mehr den Schlaf meiner Mutter.

*

Wie fast immer, wenn ich Kummer hatte, mich von meiner Mutter unverstanden fühlte oder von ihr wieder einmal aus irgendeinem oder keinem Grund niedergemacht worden war, ging ich nach der Schule auf einem meiner verschiedenen Heimwege, die ich je nach Lust und Laune beschritt, bei Alf vorbei und erzählte ihm alles. Erzählte einfach alles, was meine Seele belastete. Und wie immer hörte er mir geduldig zu und tröstete mich durch seine Nähe und Wärme.

Alf war ein prachtvoller Schäferhund, der hinter einem Ma- schendrahtzaun auf einem großen nicht genutzten Grund- stück in seiner Hütte, die sich neben einem alten, halbver- fallenem Haus befand, lebte und als abgerichteter Wachhund dort seine Pflicht erfüllte und das Grundstück bewachte. Sicherheitshalber war er aber noch mit einer starken Kette an dem alten Haus angepflockt. Immerhin ermöglichte ihm die lange Kette einen relativ großen Auslauf auf dem Grund- stück und an einer Stelle konnte er sogar bis direkt an den Drahtzaun kommen und mich begrüßen. Er legte seine Ohren an, leckte mir die Hände, drückte sich an den Zaun und schnüffelte an meinem Gesicht. Ich griff durch den Zaun, streichelte, kraulte ihn und er legte sich auf den Rücken und knurrte voller Wohlbehagen. Als Alf und ich uns noch nicht kannten, hatte ich zufällig gehört, wie ein Mann seinen Namen rief. Ich hatte ihn mir gemerkt.

Am Anfang, als Alf und ich uns kennen gelernt hatten, war das natürlich ganz anders mit uns gewesen. Jedes Mal, wenn ich an seinem Zaun stehen geblieben war, kam er laut bellend auf mich zugeschossen, nur gebremst durch seine Kette, tobte wild an der Kette reißend, knurrte furchterregend, die Lefzen hochgezogen, sein Gebiss fletschend und ignorierte völlig, dass ich beruhigend auf ihn einredete. Irgendwann änderte sich sein Verhalten mir gegenüber. Kleine Veränderungen waren es zunächst. Er bellte – fast unmerklich – weniger aggressiv, riss weniger an der Kette und später dann – von Tag zu Tag immer deutlicher – reduzierte er sein Wachhund-Imponiergehabe. Sein warnendes Knurren verwandelte sich in ein vorsichtiges Grummeln, bis er auch dieses einstellte und mir mit steil aufgestellten Ohren aufmerksam entgegen sah, wenn ich mich dem Zaun näherte und er meine Stimme hörte.

Eines Tages hatte ich mich vor seinem Zaun niedergekniet, meine Hand durch den Maschendraht gesteckt und ihn gerufen: „Komm, Alf, komm zu mir, ich will dich doch nur streicheln." Er hatte zwar seine Nase nach mir ausgestreckt und kurz gefiept, war aber geblieben, wo er war. Ich hatte es unverdrossen tagelang weiter versucht und endlich war es dann soweit: Er überwand seine Scheu, kam langsam und sehr vorsichtig zu mir an den Zaun, schnüffelte lange an meiner Hand, die ich ihm hinhielt und ließ sich von mir streicheln.

Von diesem Tag an waren wir Freunde. Er wartete schon immer auf mich und freute sich von Tag zu Tag mehr, wenn er meine Stimme hörte und ich ihn durch den Zaun hindurch streicheln konnte und ihm dabei alles erzählte, was mir zwischen heute und unserem letzten Treffen passiert war. An einem Donnerstag, während wir miteinander redeten, trat plötzlich ein Mann hinter dem verfallenen Haus hervor. Sein Herr und Gebieter. Ein dunkelhaariger Hüne mit grauem Gesicht, das kantig und verwittert wie ein Grenzstein war und Böses ausstrahlte. Ein Pfiff, der Alf erschrocken von vorne bis hinten zusammenzucken ließ und seine herrische Stimme rief: „Alf, zu mir, bei Fuß!"

Alf raste in großen Sätzen zu seinem Herrchen zurück, wollte an ihm hochspringen und ihn freudig begrüßen. Er wurde stattdessen barsch abgewehrt und zu meinem Entsetzen mit einer Hundeleine verprügelt. Schläge, die auch mich trafen, die ihn winseln ließen und ihn in seine Hundehütte trieben. Dann kam sein Herrchen auf mich zu, sah mich mit harten Augen an und fragte in grimmigem Tonfall:

„Was tust du eigentlich hier? Was machst du mit meinem Hund? Das ist alleine mein Hund, merk' dir das ein für allemal. Alf ist ein streng erzogener, gut abgerichteter Wachhund, in den ich mehr als zwei Jahre lang sehr viel Arbeit gesteckt habe. Den werde ich mir von dir Lausejungen nicht versauen und kaputt machen lassen. Und jetzt troll dich, mach dich davon, bevor ich dir Beine mache und lass' dich hier nie wieder blicken."

„Aber Alf ist doch mein Freund", wagte ich schüchtern einzuwenden.

Er aber schrie: „Hau ab, sonst komme ich raus und versohle dir deinen Hosenboden, dass es nur so kracht", und sein plötzlich gerötetes Gesicht war kurz vorm Entgleisen.

Ich schlich mit hängenden Ohren davon, verließ Alf, der meinetwegen verprügelt worden war und beschloss sofort, heimlich wieder zu ihm zurück zu kommen.

Leider sah ich ihn nur noch ein einziges Mal. Es war an einem grauen, regnerischen Nachmittag, kurz nachdem wir erwischt worden waren und als ich mich an seinen Zaun geschlichen hatte, ihn vorsichtig rief und er leise winselnd und fiepend auf seinem Bauch zu mir gekrochen kam.

In den folgenden Wochen ging ich nach der Schule fast jeden Tag an dem Grundstück vorbei, das Alf bewacht hatte – leider sah ich ihn nie wieder. Nur seine Kette lag noch dort auf dem Boden und erinnerte mich an ihn. Sein Herr hatte ihn an einen mir unbekannten Ort gebracht.

Ich war unendlich traurig und vermisste ihn sehr. Mit wem sollte ich denn jetzt reden, wenn ich Kummer hatte oder wie so oft, Ärger mit meiner Mutter?

Ich musste lernen, mit seinem Verlust zu leben. Das fiel mir schwer genug und ich versuchte mich damit zu trösten, dass Alf wenigstens in meinem Herzen für immer mein Freund bleiben würde.

*

Herr Schuberts Gesundheitszustand verschlechterte sich im Laufe der Jahre, die wir bei ihm wohnten, zusehends. Er stellte das Klavierspielen ein, verließ kaum noch seine Wohnung und bekam dick angeschwollene, offene Beine, nässend von den Knien bis zu den Knöcheln, die zu einem späteren Zeitpunkt immer mehr von weißlichen Maden befallen wurden. Meine Mutter avancierte mehr und mehr zu einer Art Haushälterin für ihn. Das tat unserer Haushaltskasse außerordentlich gut. Anfänglich versorgte sich Herr Schubert in medizinischer Hinsicht noch selbst – bis auf die Arzneimittel, die ich ihm aus der Apotheke holen musste – und sein Hausarzt, der einmal wöchentlich zu ihm kam, überwachte seinen Gesundheitszustand. Später übernahm die medizinische Pflege außerdem noch eine ältere Krankenschwester, die mehrmals in der Woche stundenweise zu ihm kam.

Das rohe Fleisch seiner offenen Beine musste täglich gesalbt und mit frischen Verbänden umwickelt werden. Die Beine stanken fürchterlich süßlich nach Verwesung und Tod. An manchen Tagen hing dieser Gestank in der ganzen Wohnung, obwohl zwischen seinen und unseren Zimmern ein Flur lag und wir immer mehr auf ausreichende Belüftung achteten. Ich – der ihn immer gerne besucht hatte – traute mich kaum noch zu ihm hinein, und er machte sich auch nichts mehr aus Besuchen, gleich welcher Art. Seinen Ohrensessel, in dem er nun Tag und Nacht saß, verließ er nur noch, wenn er zur Toilette musste.

In diesem Sessel saß er auch, als ihn meine Mutter eines morgens tot auffand. Er hatte noch die Zeitung vom Tag zuvor in seiner verkrampften Hand.

Sein Tod war eine absolute Katastrophe für uns, denn als seine Untermieter hatten wir keine Chance, länger in unseren gemieteten Räumen zu bleiben. Die große Fünfzimmerwohnung konnten wir nicht übernehmen und erst recht nicht bezahlen. Also mussten wir möglichst bald ausziehen, wie uns der Vermieter unmittelbar nach Herrn Schuberts Tod unmissverständlich klar machte.

Wir hatten dort fast fünf Jahre in Frieden mit uns und unserem Umfeld gelebt. Es tat uns allen drei sehr weh, unsere mittlerweile angenommene zweite Heimat verlassen zu müssen und damit fertig zu werden – ganz abgesehen von den nicht einkalkulierten Kosten, die jetzt durch den bevorstehenden und unvorhergesehenen Umzug auf uns zukommen würden. Vor uns türmte sich urplötzlich ein Problemberg nach dem anderen auf.

*

Nach tagelangem, kilometerlangem Suchen zu Fuß fanden wir in einem vielfach verschacheltem Dreifamilienhaus eine andere Wohnung. Sie war oben auf einem der vielen Berge unserer Stadt gelegen – aber dennoch in der Nähe der Schule, die ich besuchte. Meine Schwester hatte zwischenzeitlich mit knapp fünfzehn Jahren die Volksschule beendet, eine Lehre als Zahnarzthelferin begonnen und fluchte täglich wie ein Rohrspatz, über ihren nun verlängerten Fußmarsch zur Straßenbahnhaltestelle.

Wir fingen also wieder einmal völlig von vorne an. Es war halt so und gehörte scheinbar zu unserem unabänderlichen Schicksal. Unsere neue Wohnung, die alles andere als neu war, war billig und meine Mutter konnte sie bezahlen. Das zählte, alles andere war zweitrangig. Sie bestand aus drei hintereinander angeordneten kleinen Zimmern und hatte weder Zentralheizung noch Bad – und selbstverständlich auch keinen Warmwasserboiler oder Durchlauferhitzer.

Das erste und größte Zimmer war unsere Wohnküche. In dem mittleren, dem kleinsten unserer Zimmer, schlief ich und in dem hintersten Zimmer war das Schlafzimmer von Mutter und EvaMaria. Das Schlafzimmerfenster war eher eine Schießscharte als ein Fenster, zeigte nach Norden und die Raumbelüftung erwies sich als schwierig. So kam es, dass sich dort in der feuchten Herbst- und Winterzeit an den Wänden Schimmelpilzbefall bildete, den wir trotz aller Bemühungen nicht dauerhaft entfernen konnten. Folglich waren die Betten dort in diesen Monaten ständig klamm und die Raumluft modrig.

Unser Klo befand sich hinter dem Haus in einer Art Bretterverschlag. Sicherlich war es dort einmal nachträglich für die zusätzliche Wohnraumeinheit installiert worden. Es war nur von außen, wenn man um das halbe Haus herumgegangen war, zugänglich und musste im Winter, an Frosttagen, mit einem elektrischen Heizofen vor dem Einfrieren bewahrt werden. Manchmal genügte auch das nicht und wir mussten es zusätzlich mit einigen Eimern heißen Wassers wieder auftauen. Eigentlich war es im Sommer schon alles andere als komfortabel (von blickdicht möchte ich gar nicht reden) – aber im Winter war es eine extreme Zumutung und ein einziges, riesiges Ärgernis. Da es keine Alternative gab, mussten wir uns damit abfinden und das Beste daraus machen.

Es gab kein Badezimmer im Haus. Also wurde, nach Absprache mit den anderen Hausbewohnern, samstags in einer Zinkbadewanne gebadet, die in der gemeinschaftlichen Waschküche stand und deren Fenster wir sorgfältig mit Tüchern zugehängt hatten. Hintereinander, immer zwei Personen pro Familie abwechselnd, so lautete die Regel.

Das Badewasser wurde vorher im Waschbottich durch ein Kohlenfeuer erhitzt und musste anschließend mit einem Eimer in die Badewanne umgefüllt werden. Falls das Wasser etwas zu heiß war, ließen wir kaltes Wasser aus einem Schlauch zulaufen, den wir an einen Wasserhahn angeschlossen hatten. Im Winter war das wöchentliche Bad auf diese Weise in der ungeheizten Waschküche jedes Mal ein ganz besonderer Härtetest – insbesondere, wenn man aus dem heißen Badewasser in die ungeheizte Umgebung aussteigen musste. Und weil das alles so fürchterlich mühselig war, badeten meine Schwester und ich meistens nacheinander in demselben Badewasser – mal sie zuerst, mal ich zuerst, je nachdem.

Ich konnte nicht gerade behaupten, bislang vom Leben verwöhnt worden zu sein. Doch diese Art von Lebensqualität war nun gewiss kein Zuckerschlecken und ging mir trotz meiner Jugend fürchterlich gegen den Strich. Den allermeisten meiner Schulkameraden und Freunden ging es mittlerweile erheblich besser als mir, und so vermied ich mit ihnen von meinem Zuhause zu reden, da ich mich sonst in Grund und Boden geschämt hätte.

EvaMaria, die von Woche zu Woche immer aufmüpfiger wurde und bei jeder Gelegenheit mit meiner Mutter in teils heftigen Streit geriet, passte das alles noch viel weniger als mir, und sie übernachtete daher auch immer öfter an den Wochenenden bei einer ihrer vielen Freundinnen. Vielleicht waren die Freundinnen aber auch nur ein Vorwand, und in Wirklichkeit schlief sie bei einem ihrer Freunde oder Verehrer.

Jedenfalls wurde sie unglücklicherweise mit achtzehn Jahren schwanger, heiratete kurz darauf notgedrungen den Verursacher, zog bei uns aus und gründete einen eigenen Hausstand in einer mehr als dreißig Kilometer entfernten Kleinstadt. Ihr Hausstand – wie auch die bescheidene Hochzeitsfeier – wurden von ihren Schwiegereltern finanziert. Eine großzügige Geste, die in den künftigen, immer schwieriger werdenden Jahren immer öfter als Bindemittel für die bröckelnde Ehe erwähnt wurde.

Leider war EvaMaria, nach dem Anfangsglück des jungen Paares und der Geburt ihres ersten Sohnes, vom Regen in die Traufe gekommen. Mein Schwager arbeitete als selbständiger Handelsvertreter, der seine Einnahmen bevorzugt für sich selbst ausgab, salopp seine Rechnungen zu bezahlen vergaß, zum Ausgleich meiner Schwester jedoch noch einen weiteren Sohn schenkte und sich mit den Jahren als ein ziemlich verantwortungsloser Taugenichts entpuppte. Darüber hinaus machte er in einem beachtlich kurzen Zeitraum einen beachtlichen Haufen Schulden, die ihn zum Offenbarungseid und die Ehe letztlich zum Scheitern führte.

*

Ungefähr ein halbes Jahr nach der Hochzeit meiner Schwester zogen meine Mutter und ich erneut in eine neue, moderne Wohnung um.

Das kam ganz plötzlich, ohne große Vorankündigung, und überraschte mich total. Die neue Wohnung lag zentral in einer sehr guten Wohngegend, hoch an einem Berghang, über dem oberen Stadtzentrum. Wenn man aus dem Wohnzimmerfenster sah, hatte man einen wunderbaren Blick über große Teile der Stadt, deren Pulsschlag man an den Adern der Bahngleise weit unten zu spüren glaubte.

Endlich hatten wir ein Badezimmer für uns alleine. Einen Ölofen im Wohnzimmer und einen weiteren in meinem eigenen, abschließbaren Zimmer. Welch ein Luxus – vor kurzem für mich noch unvorstellbar. Jetzt konnte ich endlich auch einmal Freunde mit nach Hause bringen, ohne mich für mein Zuhause schämen zu müssen. So war ich voll und ganz zufrieden; zumal ich meine Lehrstelle, die ich mittlerweile angetreten hatte, bequem in einer viertel Stunde zu Fuß erreichen konnte.

Ich habe mir damals als vierzehnjähriger Junge keine Gedanken gemacht, wer uns geholfen haben konnte, die entstandenen Umzugskosten zu schultern. Hatte meine Mutter etwa einen Bankkredit (ganz ohne Sicherheiten?) aufgenommen, den sie in der Folgezeit per Ratenzahlung abstottern musste, oder hatte sie sich mittlerweile einen gönnerhaften Freund zugelegt, von dem ich nichts mitbekommen und der uns den Umzug nebst den damit verbundenen Kosten eventuell finanziert hatte? Selbst wenn ich zurückblickend heutzutage darüber nachdenke, weiß ich nicht, wie die finanzielle Seite seinerzeit geregelt worden war. Plausibel schien mir ein geheimgehaltener Freund zu sein, da meine Mutter für ihr Alter recht attraktiv war und sicherlich den einen oder anderen Mann auf sich aufmerksam gemacht hatte. Jedenfalls kamen wir über die Runden, wenn auch meistens nur knapp, und ich stellte keine neugierigen Fragen. Ich hatte auch genug mit mir und meiner allmählich immer wilder wuchernden Gefühlswelt zu tun.

Außer Jungs gab es auch noch Mädels – das war unübersehbar. Sie waren plötzlich da, in meinen Augen, meinen Gedanken und überhaupt ...

Sie hatten Figuren, vorne und hinten, lange Beine und lange Haare und waren aufregend anders als wir junge Gernegroß. Sie rochen auch anders. Ich ertappte mich, dass ich manchmal verstohlen hinter einem Mädchen herschnüffelte. Meinen Freunden hätte ich das natürlich nie im Leben erzählt.

*

Damit mir ein ähnliches Schicksal wie meiner Schwester oder besser gesagt: das einer frühen Vaterschaft erspart blieb, passte meine Mutter wie ein Wachhund auf mich auf, sobald ein Mädchen meines Alters in meiner Nähe zu sehen war. Besser wäre es sicherlich gewesen, mich aufzuklären. Doch dieses Thema war für sie absolut tabu, und ich blieb weiterhin ahnungslos. Einen Sexualkundeunterricht in der Schule gab es natürlich auch noch nicht. Meine ältere Schwester, die mir dazu bestimmt auch etwas hätte sagen können, war aus dem Haus, wohnte weit weg und hatte mit der Bewältigung ihrer eigenen Probleme gerade genug zu tun.

So sorgten allein meine Kumpels in der Schule und auf der Straße für meine Aufklärung, die aber trotz vieler prahlerischer Reden auch nicht viel mehr wussten als ich. Jedenfalls auch nichts genaueres. Manch einer warf zwar hin und wieder mit Zoten um sich, die er irgendwo aufgeschnappt hatte, und ein anderer protzte mit schmutzigen Witzen – vielleicht sogar ohne genau zu wissen, wovon er überhaupt sprach. Das war aber dann schon alles, obgleich die Mädchen, nicht nur unserer ehemaligen Schulklasse, sondern unseres gesamten Umfeldes, meine Freunde und mich in immer größer werdendem Maße interessierten; was natürlich jeder von uns, darauf angesprochen, vehement abgestritten hätte.

Demzufolge war es nicht verwunderlich, dass meine pubertäre Zeit lange anhielt und ich ein Spätentwickler wurde. Eine Zeit, in der ich mich von allen und jedem unverstanden fühlte, in der ich mal störrisch, aufsässig und ungehobelt, mal unsicher, schüchtern und fürchterlich gehemmt auftrat. An manchen Tagen traten alle diese Eigenschaften gleichzeitig auf und jedem Katastrophentag folgte ein nächster Katastrophentag. Ich war ständig hin- und hergerissen von inneren Antrieben und äußeren Einflüssen. Meine Brille, die ich wegen meiner Kurzsichtigkeit seit meinem vierzehnten Lebensjahr tragen musste, verunsicherte mich noch mehr und setzte dem

Ganzen noch die Krone auf; denn leider konnten wir uns nur eine der billigen und unförmigen Brillenfassungen leisten, deren Kosten die Krankenkasse übernahm.

Eine Art von Frieden spürte ich lediglich in mir, wenn ich las und mich in die gelesenen Geschichten und die darin vorkommenden Gestalten versetzen konnte.

Ich las alles, was mir in die Finger fiel. Karl May (alle Bände), Lederstrumpf, Indianer-, Liebes-, Wildwest- und Spionageromane, Jerry Cotton und immer mehr Krimis von Edgar Wallace bis hin zu Dashiell Hammett und Raymond Chandler, dessen Romane mich zunehmend faszinierten und mir eine ganz neue Betrachtungsweise und literarische Qualität vermittelten – selbst wenn ich anfänglich beileibe nicht alles verstand, was er schrieb. Doch je mehr ich las, desto mehr lernte ich, zu verstehen.

Ach, könnte ich doch nur so sein wie Chandlers Romanheld Philip Marlowe, schwärmte ich, oder eine der vielen anderen Figuren, die in meinen jungen, unerfahrenen Augen alles Helden waren – selbst wenn sie zu den Verlierern gehörten.

*

Von unserer wirtschaftlichen Situation einmal ganz abgesehen – dem ständigen Geldmangel, der mich unsäglich nervte – kam ich mit meiner dominanten Mutter und ihrem Gluckenverhalten immer weniger klar. Mit mir selbst allerdings auch nicht und mit den Mädchen meiner Altersklasse, die natürlich meine Unreife registrierten und sich kichernd oder herablassend zurückhielten, erst recht nicht. Dabei wäre ich gerade bei denen liebend gerne auf so manche Entdeckungsreise gegangen. Aber wie sollte ich das anstellen? Wenn mich einmal ein Mädchen direkt ansah oder vielleicht sogar aus irgendeinem noch so nichtigen Grund ansprach, bekam ich einen roten Kopf, stammelte voller Hemmungen krächzend eine Antwort zusammen oder bekam gar keinen Ton mehr heraus. Es war ein ganz fürchterlicher Zustand!

Nun ja, meine Mutter konnte nicht überall sein. Aber dass es zu meinen ersten heftigen Kontakten mit dem schönen Geschlecht in Gestalt einer jungen Frau, die mindestens fünf Jahre älter war als ich, ausgerechnet in unserer Küche kommen sollte, während meine Mutter im Nebenzimmer zu tun hatte, gehört zu den wundersamen Fügungen, bei denen das Leben den Federhalter selbst geführt und die Geschichte in dem großen Buch der Weisen, in dem ohnehin alles und jedes über alle und jeden steht, festgehalten hatte.

Mittlerweile hatten wir den Spätherbst des Jahres 1955 erreicht. Es muss an einem Freitag, nicht lange nach meinem fünfzehnten Geburtstag und vor meinem letzten, bald danach einsetzendem Wachstumsschub gewesen sein, der mich immerhin auf schlanke, stolze – großzügig gemessene – 175 cm bringen sollte. Aber zum damaligen Zeitpunkt des Geschehens war ich noch klein und dünn, viel eher ein Junge als ein Jüngling.

In unserem Wohnzimmer, meinem Zimmer, im Flur und Bad sollten die Wände und Decken renoviert werden. Keinesfalls natürlich von einem Anstreicherunternehmen. Das wäre für uns nicht bezahlbar gewesen, sondern vielmehr von einem Bekannten meiner Mutter, der Hugo hieß (viele Jahre später, als ich nach meinem Abendstudium weggezogen war, wurde er der zweite Ehemann meiner Mutter), und von Jörg, einem jungen Studenten aus der Nachbarschaft, mit dem ich seit einiger Zeit morgens, bevor ich zu meiner Arbeitsstelle ging, eine halbe Stunde durch Feld und Wiesen joggte. Damals nannte man das natürlich noch ganz einfach Waldlauf.

Die Renovierungsarbeiten begannen erst nach Hugos Feierabend am späten Nachmittag und sollten bis in die späten Abendstunden andauern. Darüber hinaus war geplant, die Restarbeiten tags darauf und gegebenenfalls auch noch am Sonntag zu beenden.

In meinem Zimmer, welches ich am Abend zuvor schon mühselig entsprechend vorbereitet hatte, wurde angefangen und da es bald darauf dort sehr stark nach frischer Farbe roch wurde beschlossen, dass ich die Nacht in unserer Küche auf unserem Behelfssofa verbringen sollte.

Im Laufe des Abends klingelte die Freundin von Jörg an unserer Tür und wollte ihren Freund abholen. Sie war etwa 20 bis 22 Jahre alt, schlank, mit mittelblondem schulterlangem Haar. Sie trug einen knielangen schwarzen, ziemlich engen Rock und eine helle Bluse mit V-Ausschnitt. Sie sah sehr attraktiv aus und hatte, wie sich in unserer folgenden Unterhaltung herausstellen sollte, ein fröhliches und unkompliziertes Temperament.

Ihr Name war Jutta.

Da die Renovierungsarbeiten noch in vollem Gange waren, wollte sie auf ihren Freund warten.

In der Zwischenzeit hatte ich meinen Schlafanzug angezogen, mich gewaschen, meine Zähne geputzt und lag mit einem Buch in der Hand in meinem Ersatzbett in der Küche, als Jutta hereinkam und zu mir sagte:

„Ich stehe der arbeitenden Anstreichergesellschaft da drüben im Weg herum. Darf ich mich ein wenig zu dir setzen, bis Jörg soweit fertig ist?"

Ich nickte hocherfreut, verfluchte heimlich meine rotgewordene Birne (die irgendwann bestimmt noch zu meinem Markenzeichen werden würde!) und sie setzte sich zu mir an den Küchentisch, der an der Längsseite meines Ersatzbetts stand.

Sie fragte mich neugierig: „Was liest du denn da?"

„Och", antwortete ich, immer noch verlegen, „das ist nur so ein Krimi."

Aber damit war das Eis gebrochen und ich konnte sie anschauen, ohne wieder rot zu werden oder zu stottern. Wir unterhielten uns über das, was ich außer Krimis alles las, über meine Lehre und das, was sie studierte, welche Filme sie und ich zuletzt im Kino gesehen hatten und anderes mehr.

Sie war die Tochter eines Arztes und einer Biologin und studierte Kunst und Innenarchitektur, oder so etwas Ähnliches, im zweiten Semester. Mittlerweile hatte ich mich erst aufgesetzt, etwas später auf das Sofa gekniet und stützte meine Ellbogen auf dem Küchentisch ab. So war ich näher bei ihr. Viel näher. Sie gefiel mir sehr.

Einmal schaute ihr Freund kurz zur Tür herein und meinte, dass er in ungefähr einer Stunde für heute fertig wäre und sie dann gehen könnten. Ansonsten blieben wir völlig ungestört.

Nach welcher Zeit und wie es überhaupt dazu kam, dass der Zeige- und Ringfinger meiner rechten Hand Juttas Augenbrauen zart berührten und nachfuhren, weiß ich nicht mehr. Jedenfalls ließ sie mich mit einem kleinen Lächeln gewähren. Ich streichelte langsam und sanft in gleicher Weise ihre Stirn, ihre Schläfen, ihre Wangen, fuhr sacht über ihren Nasenrücken – wir sprachen nicht mehr – ihre Ohrläppchen, Unterkiefer und zuletzt über ihre Lippen, die durch meine Berührungen leicht zitterten und voller zu werden schienen.

Unsere Köpfe näherten sich immer mehr und auf einmal, wie von selbst, berührten sich unsere Lippen. Ich spürte ihren warmen Atem, spürte ihre nasse Zungenspitze an meinem Mund, die Einlass begehrte und ich öffnete ihn gehorsam, meinen Mund, der zuvor so fest verschlossen war. Ihre Zunge war auch warm, lang und beweglich, wie die einer Schlange und ich spürte sie überall. Ich versuchte Gleiches mit Gleichem zu vergelten, doch zunächst kam es durch meine Ungeschicklichkeit zu einem kurzen heftigem Zahnkontakt, der Jutta zurückzucken ließ. Aber dann tat meine Zunge in ihrem Mund das, was ihre Zunge in meinem Mund tat.

Wir küssten uns. Wahnsinn, dachte ich, heller Wahnsinn, und alle Glocken in meinem Kopf läuteten. Anschließend fragte sie mich etwas irritiert: „Sag' mal, war das dein erster richtiger Kuss?", und legte ihren rechten Zeigefinger leicht auf meine Lippen. Ich strahlte sie an, nickte begeistert und Jutta lächelte noch mehr.

Das war schon etwas ganz anderes als die Hasenküsse, die ich bisher mit einigen, wenigen Mädels ausgetauscht hatte. Bei Hasenküssen hatten das Mädchen und der Junge jeweils das Ende eines ca. einen viertel Meter langen Bindfadens in ihrem Mund, von dem beide auf Kommando kauend versuchten, möglichst viel davon in ihren eigenen Mund zu bekommen. Dabei verringerte sich zwangsläufig der Abstand zwischen den beiden kauenden Köpfen, bis es zum Lippenkontakt und damit auch zum Lippenkuss kam. Manchmal versuchten beide Beteiligte noch, mit Zunge und Zähnen dem quasi Widersacher etwas mehr von dem Bindfaden abzunehmen, wodurch der Lippenkontakt intensiver und die ganze Geschichte irgendwie zungenkussähnlicher wurde. Schwierig – aber aufregend!

Und nun Jutta! Noch einmal küssten wir uns unter Juttas Führung genüsslich, länger und weniger ungestüm.

Von nun an nahmen die Dinge von selbst ihren Lauf. Meine mutig gewordenen Finger rutschten völlig automatisch und ohne mein Zutun tiefer und verirrten sich in ihrem V-förmigen Blusenausschnitt. Jutta ließ es nicht nur zu, sondern kam mir etwas entgegen, indem sie sich leicht nach vorne beugte, so dass ich oberhalb ihres BHs ihre Brüste betasten konnte. Dann küssten wir uns nicht mehr, weil ich nach unten sehen musste und auf das, was meine Finger ungeschickt und aufgeregt befühlten.

Sie war es dann selbst, die den obersten Knopf ihrer Bluse öffnete und ihre Schultern weiter nach vorne winkelte. Dadurch hatte sie mir sehr geholfen. Ihr Büstenhalter lag nun nicht mehr ganz so straff an ihrer Haut wie zuvor, und der Weg zu ihren Brüsten war für mich und meine Hand leichter geworden. Endlich war ich dort angekommen, wo ich schon als sie sich zu mir setzte hingewollt hatte. Meine gesamte rechte Hand war auf einmal in ihrem BH und hatte ihre linke Brust vollständig umfasst. Ich war überwältigt und atmete immer heftiger. Diese Fülle, die so fest und trotzdem so weich war, mit Ausnahme ihrer Brustwarze, die ich mitten in meiner Handfläche spürte und die sich hart und spitz anfühlte und immer größer zu werden schien. Ich wühlte weiter, geriet völlig außer mir vor Erregung und packte fester zu.

„Nicht ganz so fest", sagte Jutta leise, fasste mir mit ihrer rechten Hand in meine Haare und zog mich sanft, aber bestimmt zu sich heran. Wir küssten uns ein drittes Mal, diesmal leidenschaftlicher, und Jutta schob auf einmal ihren Zeigefinger zu ihrer ungebärdigen, saugenden und lutschenden Zunge, die mich völlig um meinen Verstand brachte, in meinen Mund und fuhr damit ebenfalls darin herum. Das war zu viel für mich! Diese Zunge in meinem Mund, diese steife Brustwarze in meiner Hand, die ich rieb und knuddelte und urplötzlich kam es zu einer Katastrophe in meiner Schlafanzughose, die mir vorne herum schon länger viel zu eng geworden war. Es ruckte und zuckte erst einmal, dann noch ein paar Mal und dann war es passiert. Ich löste mich von Jutta, sah an mir herunter und dann Jutta hilfesuchend an.

Natürlich konnte ich gar nichts machen gegen das, was mir passiert war. Es geschah einfach. Jutta, die sich in allen menschlichen Dingen offensichtlich schon von Haus aus gut auskannte, hatte selbstverständlich mitbekommen, was mit mir geschehen war. Meine Schlafanzughose war vorne ganz nass geworden, fühlte sich ziemlich klebrig an und ich genierte mich fürchterlich vor ihr.

Völlig unaufgeregt meinte Jutta: „Mach' dir nichts daraus, das ist ganz normal, ganz natürlich, du brauchst dich überhaupt nicht zu schämen. Ich mach' nur mal schnell das Fenster auf, damit frische Luft hereinkommt und keiner was riecht. Dann helfe ich dir."

Sie stand auf, öffnete unser Küchenfenster sperrangelweit und schnappte sich den Spüllappen von unserer Spüle, den sie kurz unter das laufende Wasser hielt und ausdrückte. Dann kam sie zurück zu mir, zog mir ganz sachlich, ehe ich mich versah, meine Schlafanzughose ein kleines Stück herunter und wischte mich und die Schlafanzugshose mit dem nassen Lappen, den sie zwischendurch ein- oder zweimal ausspülte, so gut es ging sauber. Der kalte Spüllappen zeigte bei mir allerdings nur vorübergehend deutliche Wirkung. Bevor ich aber erneut wachsende Probleme bekam, zog mir Jutta entschlossen meine Hose wieder hoch, was ich sehr bedauerte, da ich an diesem Spielchen mittlerweile großen Gefallen gefunden hatte. Nachdem sie anschließend den Spüllappen gründlich unter fließendem Wasser ausgewaschen und ausgewrungen hatte, legte sie ihn zurück auf den Spülenrand, schloss das Küchenfenster und setzte sich wiederum zu mir an den Küchentisch.

Sie sah mich mit einem merkwürdigen, leicht amüsierten Blick an und wir steckten wieder die Köpfe zusammen. Leider schloss Jutta ihren obersten Blusenknopf wieder, hielt meine Hände fest in ihren Händen und fragte mich leise: „Irre ich mich oder bist du noch nicht aufgeklärt?"

Verlegen antwortete ich: „Noch nicht so richtig, glaube ich", hörte mein Herz in meinen Ohren klopfen und bekam schon wieder einen roten Kopf. Himmel noch mal, fluchte ich innerlich, wenn das nicht bald aufhörte, würde ich noch die Krise bekommen!

„So ist das also", lächelte sie, „dann wollen wir mal damit anfangen. Ich glaube, es wird höchste Zeit damit. Dann hör mir mal gut zu. Ich erzähle dir jetzt einmal was von Männern und Frauen und wie das ist, wenn sie miteinander Liebe machen. Das interessiert dich doch, oder?"

„Und ob!", antwortete ich ihr. Seitdem sie bei mir saß, konnte ich sowieso an gar nichts anderes mehr denken. Erst recht nicht nach unseren Küssen und ihrer Zunge, die ich noch in mir spürte, und diesen Brüsten, die mein Gehirn immer noch total vernebelten.

„Falls jemand überraschend hereinkommt", meinte sie noch, „erzählst du mir von dem letzten Western, den du im Kino gesehen hast, okay?"

Ich nickte und sie schob ihren Stuhl ein kleines Stück vom Tisch weg. Sie streckte ihre langen Beine aus und lehnte sich bequem zurück, so dass sich ihre Bluse über ihren schwellenden Brüsten spannte, von denen ich meine Blicke nur mit allergrößten Schwierigkeiten lassen konnte und in die ich am liebsten mein Gesicht vergraben hätte. Außerdem glitt mein Blick immer wieder nach unten zu ihren Oberschenkeln und zu der Mitte ihres schwarzen Rocks, was meine wild schweifenden Fantasien noch mehr auf Touren brachte.

Sie erzählte mir ganz sachlich von den Dingen, die ich vorher nur in Bruchstücken oder andeutungsweise gehört hatte. Danach verstand ich auf einmal viel besser, was mit mir geschehen war und noch einiges mehr. Ich hatte ihr sehr aufmerksam zugehört. Warum hatte mir von all dem, was sie mir erzählte, noch niemals irgendjemand etwas gesagt?, fragte ich mich.

„Bist du denn vorhin auch feucht geworden da unten", fragte ich sie anschließend, all meinen Mut zusammennehmend und war erschrocken über das, was ich da gefragt hatte. War ich das wirklich gerade gewesen, der diese Worte laut ausgesprochen und nicht nur gedacht hatte? Kaum zu glauben. Das hätte ich mich bei keiner anderen Frau zu fragen getraut. Ganz bestimmt nicht.

Sie nahm's gelassen und antwortete mir immer noch amüsiert lächelnd: „Na ja, aber ein bisschen erregt war ich schon. Außerdem war es auch unerwartet schön für mich, wenn du das meinst. Es hatte etwas, was ich irgendwie nicht einordnen kann, da es für mich auch eine ganz neue Erfahrung war."

Daraufhin schwiegen wir beide. Sie sah mich lange aufmerksam und ruhig an, blickte dann kurz zu der Milchglasscheibe in unserer Küchentüre, hinter der alles ruhig war und fragte mich leise: „Hast du denn schon einmal eine Frau nackt gesehen oder weißt du, wie Frauen da unten in Wirklichkeit aussehen?"

Ich schüttelte meinen Kopf, in den erneut das Blut der Erregung geschossen war und blickte gebannt auf ihre Mitte. Sie wartete einen unschlüssigen Moment und biss sich schwankend in ihrem Aufklärungsdrang oder ihren exhibitionistischen Neigungen nervös auf ihre Unterlippe.

Dann stand sie entschlossen auf, griff mit einer schnellen Bewegung unter ihren Rock, zog ihr Höschen ein Stück nach unten und schubbelte ihren engen Rock mit hastigen Bewegungen über ihre Schenkel nach oben. Sie zeigte mir stolz und dennoch leicht verlegen ihr dunkles, geheimnisvolles Dreieck. Verlangend streckte ich meine Hand nach ihrem von Strumpfhaltern umgebenen gekräuselten Vlies aus, doch leider stand sie viel zu weit weg von mir.

„Da unten kann ich dich aber jetzt nicht dran lassen", sagte sie mit etwas rauerer Stimme, die leicht schwankte und brachte rasch ihre Kleider wieder in Ordnung, bevor sie sich abermals setzte und mit ihrem Stuhl erneut näher zu mir an den Tisch rutschte.

Schade, dachte ich mit trockener Kehle und sie merkte, was ich dachte. Ich konnte nicht anders, als wieder nach ihren Brüsten zu greifen, mit meinem Mund den ihren zu suchen, bis das Brausen in meinem Kopf alles übertönte und ich zusammenzuckte, einen erstickten Laut ausstieß und wieder hilfesuchend Jutta ansah, die noch einmal das Küchenfenster öffnen und den Spüllappen holen musste.

Anschließend strich sie mir mit ihrer Hand leicht über mein verschwitztes Haar, schüttelte lächelnd kurz ihren Kopf und gab mir ein freundschaftliches Küsschen auf meine Wange.

Dann stand sie auf, zog ihren Rock glatt und ging mit schwingenden Hüften zur Küchentür.

„Jetzt ist es aber genug. Außerdem muss ich mal aufs Klo", sagte sie, verschwand im Flur und meine Augen folgten ihr inklusive meiner immer noch lebhafter werdenden Fantasien. Ich war total durcheinander. Wer hätte das gedacht! Ich hatte eine erwachsene Frau glücklich gemacht, dachte ich, oder zumindest fast glücklich. Das hatte ich wirklich nicht erwartet. Dieser Abend war – nachdem sich Jutta zu mir gesetzt hatte – unerwartet und viel viel besser verlaufen, als ich mir in meinen allerkühnsten Träumen hätte erhoffen können.

Immerhin: jetzt war ich fast schon ein ganzer Mann!

Bald darauf gingen Jutta und ihr Freund Jörg. Sie verabschiedete sich von mir, in der Küchentür stehend und warf mir ein verschwörerisch zugekniffenes Auge zu. Sie legte verstohlen ihren Zeigefinger quer über ihre Lippen, nachdem sie mir noch einmal ganz kurz ihre rosige Zungenspitze gezeigt hatte. Ich winkte ihr zu – meinen Laufkumpel Jörg übersah ich einfach – und nickte überglücklich, obwohl ich immer noch nicht verstehen konnte, weshalb sie mir erlaubt hatte, sie zu berühren, ihr Dreieck anzusehen und sie mich geküsst hatte. Dazu noch leidenschaftlich und mit offensichtlichem Vergnügen. Sie war doch so unendlich viele Jahre älter als ich.

Liebe war es jedenfalls nicht, das war mir klar. Was war es dann? Vielleicht ein erregendes schönes Spiel, ein Amüsement? Zweifel befielen mich – oder hatte sie sich etwa nur Appetit für den weiteren Verlauf des Abends mit ihrem Jörg geholt? Dieses Rätsel blieb ungelöst und, was ich nicht wissen konnte: ihm würden im Laufe der nächsten Jahre in Verbindung mit dem weiblichen Geschlecht ständig weitere ungelöste Rätsel folgen.

Ich wünschte Jutta und Jörg jedenfalls einen heißen Abend. Eifersüchtig war ich nicht – dazu war ich viel zu aufgewühlt. Schließlich hatte sie mir sehr viel von sich gegeben.

In der darauffolgenden Nacht träumte ich von Brüsten, von gekräuselten, dunklen Dreiecken, von Jutta, und meine Schlafanzughose wurde mindestens noch einmal nass und klebrig. Am nächsten Morgen war sie aber wieder trocken – allerdings fühlte sie sich vorne an, als ob sie mit Wäschestärke behandelt worden wäre. Spätestens bei der nächsten Wäsche musste meine Mutter bemerken, was mir nächtens passiert war. Falls es so gewesen war, ließ sie sich dennoch nichts anmerken. Nicht einmal, als sich solche feuchten, nächtlichen Träume in den kommenden Zeiten öfters wiederholten. Niemals verlor sie auch nur ein einziges Wort darüber, nicht einmal eine Andeutung. Ich wiederum sah für mich auch keinerlei Veranlassung, mit ihr darüber zu reden. Ich wusste schließlich, was mit mir los war.

Von diesem Tag an waren in den nächsten ein oder zwei Jahren neben den Dreiecken, die Brüste von Mädchen oder jungen Frauen das, was mich an der weiblichen Anatomie am meisten interessierte. Immer wieder, wenn ich ein Mädchen sah, das mir gefiel – und das kam damals mindestens ein halbes Dutzend Mal am Tag vor – versuchte ich, soviel wie möglich von ihrem Busen zu sehen, wenngleich ich mich natürlich bemühte, immer nur möglichst verstohlen zu dem Ziel meiner Interessen hinzuschauen. Ich war jedes Mal aufs Neue fasziniert von den vielfältigen Überraschungen, die sich mir boten und meine ohnehin lebhafte Vorstellungskraft oftmals in den Schatten stellten. Daran änderten auch die kommenden Zeiten, in denen es glücklicherweise nicht immer nur beim Hinschauen blieb, nicht viel.

Als ich – kurz nach der Geschichte mit Jutta – einmal alleine zu Hause war, beschloss ich, mich auf das, was hoffentlich bald auf mich zukommen würde, vorzubereiten.

Ich nahm einen BH meiner Mutter aus der Schublade ihres Kleiderschranks, spannte ihn in der Küche über die Lehne eines unserer Küchenstühle und verschloss ihn hinter ihr.

Es war eine massive, leicht nach außen gewölbte Lehne aus graublauem Kunststoff, deren Rückwand in etwa den Rundungen eines Rückens glich und dem Verschlussband des Büstenhalters die nötige Spannung gab. Die schlaffen Körbchen zeigten Richtung Sitzfläche. Ich ging um den Stuhl herum, kniete mich vor seiner Sitzfläche auf den Boden, umfasste die Rückenlehne und versuchte blind tastend, den Büstenhalterverschluss zu öffnen. Nach ein bisschen Fummelei gelang es mir und dann verschloss ich ihn wieder. Das Gleiche übte ich noch einige Male hintereinander. Dann wusste ich Bescheid, wie die Angelegenheit voraussichtlich zu handhaben war. Jedenfalls besser Bescheid, als vorher.

Nun, dachte ich, war ich ausreichend gerüstet. Es fehlten mir lediglich nur noch die Mädchen, an denen ich meine jüngst erworbenen Erfahrungen ausprobieren konnte.

Dass es auch Büstenhalter mit Frontverschlüssen gab, erfuhr ich erst viele Monate später, als ich auf der Suche nach dem nicht vorhandenen Rückenverschluss bei einem Mädchen nervös in betriebsame Hektik geraten war und mich von ihr, die meine vergeblichen Bemühungen höchst amüsiert verfolgt hatte, korrigieren lassen musste, was mir äußerst peinlich war! Es war verdammt schwierig für mich, Erfahrungen zu sammeln, da ich kaum auf irgendwelche hilfreichen Tipps aus meinem Umfeld zurückgreifen konnte.

Lange Zeit war ich der Ansicht, dass jegliche Kontaktaufnahme zum anderen Geschlecht von mir auszugehen hätte. Meine Rolle, so dachte ich, müsste stets die eines Jägers, eines Eroberers sein. Dass ich dagegen selbst einige Male auch das von den Mädels ausgesuchte Opferlamm war, bekam ich über viele Jahre hinweg überhaupt nicht mit.

Ich war mit meinen fünfzehn Jahren unglaublich naiv. Eine Eigenschaft, die sich auch in den darauffolgenden Jahren nur erschreckend langsam abbauen sollte.

*

Je älter ich wurde, desto schwerer tat ich mich, Freundschaften mit anderen jungen Leuten aus meiner Umgebung, sei es nun am Arbeitsplatz, aus der Nachbarschaft oder sonst wo zu schließen. Mit den Jüngeren wollte ich nichts zu tun haben und für die Gleichaltrigen war ich immer nur der 'Kleine'. Das machte mir natürlich auch keinen Spaß. Und etwas ältere Jungs oder gar Mädchen nahmen mich eigentlich überhaupt nicht zur Kenntnis.

Also streunte ich nachmittags nach Büroschluss oder abends normalerweise alleine durch die Gegend; ähnlich einem Flugreisenden, der in einem großen Flughafen seine verlorengegangenen Koffer sucht – immer auf der Suche nach „ich-weiß-nicht-wo-oder-was". Ich war der einsame Hund, der irrlichternd durch seine Stadtwüste schlich, der sich seiner Unzulänglichkeiten, seiner mangelnden Bildung immer bewusster wurde, darunter litt und gerne ein ganz kleines Licht am Ende seines Tunnels gesehen hätte.

In der Turnhalle des Leibniz-Gymnasiums brannte Licht. Es war an einem Dienstagabend kurz nach acht Uhr und die Dämmerung hatte bereits eingesetzt. Neugierig geworden versuchte ich, durch die Fenster in die Turnhalle zu schauen, zumal ich ab und zu einen Ausruf, ein Kommando oder einen kurzen Schrei vernahm und außerdem merkwürdige, metallisch klingende Geräusche hörte.

Die Fenster lagen in unerreichbarer Höhe für mich. Daraufhin entschloss ich mich, in die Turnhalle zu gehen und nachzusehen, was da los war. Ich ging durch einen Flur zur Turnhallentür, schaute durch deren Glasscheiben und sah ungefähr fünfundzwanzig Frauen und Männer in weißen gesteppten Anzügen, einige mit merkwürdigen Drahtmasken vor dem Gesicht die, wie die drei Musketiere, Degen in ihren Händen hielten und damit herumfuchtelten.

Ich war in einen Trainingsabend des einzigen städtischen Fechtclubs geraten und es waren die ersten Fechter meines Lebens, die ich erblickte.

Ich betrat die Turnhalle, stellte mich still neben die Tür, lehnte mich mit dem Rücken an die Wand, sah zu und war auf Anhieb gefangen. Fasziniert vom Spiel mit den Degen, der Eleganz der Fechter und ihrer Bewegungen und dem Spaß, mit dem die Akteure ihren Tätigkeiten offensichtlich nachgingen.

Man bemerkte mich, doch da ich mich absolut ruhig verhielt und niemanden störte, vergaß man mich auch bald wieder. Ich blieb länger als eine halbe Stunde dort stehen und auf dem Nachhauseweg beschloss ich voller Begeisterung, den nächsten Trainingsabend der Fechter wieder als Zuschauer aufzusuchen.

So geschah es. Von diesem Tag an war ich jeden Dienstagabend bei den Fechtern. Ich betrat die Turnhalle, sagte höflich: „Guten Abend", nahm Platz auf einer der schmalen Bänke an der Hallenlängsseite und sah dem Treiben vor mir zu. Nachdem ich ein paar Mal dort gewesen war, setzte sich eines Abends ein älterer Mann, der keine Sportkleidung, sondern einen grauen Anzug trug, neben mich auf die Bank und sprach mich lächelnd an: „Ich hab' dich jetzt schon des öfteren hier bei unseren Trainingsabenden gesehen. Interessiert dich der Fechtsport oder weshalb kommst du zu uns?" Ziemlich nervös antwortete ich schüchtern: „Ich habe vorher noch nie so etwas Aufregendes gesehen und ich finde es total toll."

„Na, das freut uns aber zu hören", lachte er und ich sah, dass er rechts oben einen goldenen Eckzahn hatte und auch noch unglaublich dicke rosafarbene Ohrläppchen, die bei seinem Lachen nach oben schwappten. Er lächelte jovial (oder sollte es gütig sein?), wie Herr Kolping auf dem Bild in unserem alten Gemeindehaus. Mein Nackenfell geriet leicht in Krisenstimmung.

„Hast du denn vielleicht einmal Lust an unserem Training teilzunehmen? Zunächst mit den Schrittübungen als Grundstock für Anfänger ohne Waffe und dann später mit einigen Lektionen von unserem Trainer mit dem Florett?", lockte er. Er stand auf, holte einen dieser Degen und drückte ihn mir in die Hand.

„Das ist ein Florett. Damit fängt jeder Neuling an zu üben. Außerdem gibt es noch den Degen und den Säbel als Sportwaffen, die aber etwas anders, als ein solches Florett aussehen und mit denen man auch anders fechten muss. Das Florett ist nämlich nur eine reine Stichwaffe, mit der man lediglich einen streng begrenzten Teil des gegnerischen Körpers treffen darf", erklärte er mir und fuhr fort, „na, und was hältst du von meinem Vorschlag?"

Aha, dachte ich, deshalb sahen alle die von mir als Degen angesehenen Fechtwaffen auch so unterschiedlich aus.

Ich hatte bereits das erste kleine bisschen vom Fechten gelernt und war über alle Maßen interessiert, mehr davon zu erfahren.

„Ja, geht das denn?", antwortete ich ihm und konnte vor Aufregung kaum sprechen, „ich habe aber doch gar keine Ausrüstung und ich bin auch kein Mitglied in diesem Verein."

„Das weiß ich", sagte er und zeigte schon wieder sein Kolpinglachen, „schließlich bin ich der erste Vorsitzende dieses Vereins, der im übrigen kein Verein, sondern ein Club ist. Du hast aber doch sicherlich Turnschuhe und ganz normales Turnzeug. Für die ersten Trainingsabende würde das voll und ganz genügen. Komm doch einfach nächsten Dienstagabend um acht Uhr hierher und mach mit. Du kannst aber auch schon am Donnerstagabend kommen, wenn du willst, denn donnerstags trainieren wir hier auch, zur gleichen Zeit."

Ich sah ihn mit großen Augen an und nickte begeistert. Er fragte mich nach meinem Namen und rief dann mit lauter Stimme in den Raum: „Hört mal alle zu. Das hier ist der Jonas. Er hat Interesse am Fechten und er nimmt die nächsten paar Mal als unser Gast an unserem Training teil. Ich hoffe, ihr nehmt ihn gastfreundlich auf und bringt ihm was bei; schließlich brauchen wir noch jede Menge Nachwuchs und ein neues Mitglied würde auch nicht schaden."

Er blickte sich suchend um und rief: „Tobias, komm' doch bitte einen Moment zu uns", und dann zu mir gewandt, „Tobias ist unser Jugendwart. Bei dem meldest du dich, wenn du zu uns kommst und er wird sich dann um dich kümmern."

Tobias war ein großer, schlanker Mann mit einem auffallend energischem Kinn. Er begrüßte mich freundlich lächelnd und wir gaben uns die Hand.

Auf diese Weise kam ich zum Fechtsport.

Dann ging alles sehr schnell. Nach wenigen Übungsabenden stellte sich heraus, dass ich recht talentiert und auch vom Körperbau gut geeignet für diese Sportart war. Insbesondere für das Fechten mit der, vom Gewicht her leichtesten Waffe, dem Florett. Der Club rüstete mich zunächst mit abgelegten Fechtklamotten anderer Mitglieder aus. Da ich klein und zierlich war, waren es – wie peinlich – überwiegend Mädchen- oder Frauenklamotten, die meine Mutter zu meinem Erstaunen ohne Widersprüche wusch, meinen Maßen entsprechend abänderte und mir anpasste. An den Trainingsabenden lieh man mir einen ledernen Fechthandschuh, eine Maske und stellte mir ein Florett zur Verfügung.

Meine blitzschnellen Reflexe, meine Beweglichkeit, die meine mangelnde Reichweite ausglich und nicht zuletzt meine Kampf- intelligenz, instinktiv zum richtigen Zeitpunkt das Richtige tun zu wissen, zeichneten mich schon nach kurzer Zeit des Trainings aus, und alle staunten über mich und meine rasan- ten Fortschritte. Anfangs kämpfte ich meistens gegen die Da- men des Clubs, da die männlichen Kameraden mich nicht für konkurrenzwürdig hielten und daher nicht mit mir fechten wollten. Fünf Monate später hatte ich auch bei den Herren keinen Gegner mehr, der mir nur annähernd gewachsen war. Jonas, das Florettwunderkind des Clubs war geboren.

Zu Weihnachten schenkte mir Herr Neubart, unser erster Vorsitzender, der sehr früh schon mein Talent erkannt hatte, eine komplette nagelneue Fechtausrüstung und bezahlte meine Clubmitgliedschaft für ein Jahr im voraus, wie auch die Eintrittsgebühr in den Club. Dieses in mich unausgesprochene Vertrauen hatte mich fast umgehauen, rührte mich zu Tränen und großer Dankbarkeit.

Herr Neubart war sehr wohlhabend. Ein Forst-, Wald- und Sägewerksbesitzer, wie ich erfahren hatte. Er förderte mich, wo immer er konnte und dafür versprach ich ihm, in diesem Jahr immer am Training teilzunehmen, sowie an allen Turnieren, Lehrgängen – die er für mich aussuchte und gegebenenfalls auch bezahlte – und sonstigen Clubveranstaltungen.

Endlich hatte ich gefunden, was ich immer gesucht hatte: einen Ort, an dem ich mich unter Gleichgesinnten befand, die mich mochten und akzeptierten, einen Ort, an dem meine Leistung abgefordert wurde, die ich sehr gerne zu geben bereit war und an dem ich mich mit großer Freude aufhielt. Ich war an meinem kleinen, ganz persönlichen Glückshafen angekommen.

*

Mittlerweile war ich siebzehn Jahre alt und hatte in diesem Frühjahr einen Jungen aus meiner Nachbarschaft kennen gelernt. Er hieß Armin, war ein halbes Jahr jünger als ich, doch dafür überragte er mich um mindestens eine Haupteslänge.

Irgendwann waren wir uns auf der Straße entgegen gekommen. Er blieb vor mir stehen und sprach mich an: „Ich habe dich schon in meinen vergangenen Winterferien und auch jetzt in den letzten Tagen des öfteren gesehen. Du musst in der Straße unter uns wohnen, ganz in meiner Nähe. Ich heiße Armin."

Er reichte mir seine Hand, die ich ergriff und schüttelte.

„Ich bin der Jonas", antwortete ich ihm, „und ich wohne in der Heinestraße, ziemlich weit hinten. Aber ich habe dich noch nie gesehen, jedenfalls nicht, dass ich's wüsste."

„Macht nichts", sagte er und bot mir eine Zigarette an, die ich, als damals notorischer Nichtraucher, freundlich ablehnte und er fuhr fort, „jetzt kennen wir uns ja. Wir wohnen im letzten Haus in der Lessingstraße, direkt vor den Wiesen und Feldern. Weißt du, das ist der Bungalow in dem Blockhausstil mit dem weißen Anbau, den hast du doch bestimmt schon gesehen, oder bist du da noch nie vorbeigegangen?"
Ich schüttelte achselzuckend meinen Kopf.
„Den Bungalow hat mein Vater vor ein paar Jahren gebaut. Es ist übrigens kein Wunder, dass du mich noch nicht gesehen hast. Ich bin immer nur in den Ferien hier zu Hause, wie jetzt zu Ostern. Ansonsten bin ich das ganze Jahr über in einem Schweizer Internat und soll dort meine Matura, also auf deutsch, das Abitur machen."
„Warum gehst du denn nicht hier aufs Gymnasium, wie alle anderen auch, die das Abi machen", fragte ich ihn verwundert. Er grinste.
„Das hat bei mir nicht funktioniert. Ich bin chronisch faul. Als ich das zweite Mal hängen geblieben war, hat mein Vater die Notbremse gezogen und mich in dieses Internat verfrachtet."
„Und da klappt das besser?"
„Ich bin auch dort ziemlich faul", gab er freimütig zu, „aber da dort sonst nichts los ist, bin ich nicht ganz so faul wie hier zu Hause. Die werden mich schon irgendwie durch die Matura bringen", schloss er hoffnungsvoll, „und was machst du?"
Ich sagte es ihm und er erzählte dann wieder von seinem Internat und dass es leider kein gemischtes, sondern ein reines, äußerst streng geführtes Jungeninternat wäre, in dem man als Schüler sehr wenig Freiheiten gewährt bekäme. Zu allem Unglück läge es auch noch ziemlich abseits von jeglicher Freizeit- oder Vergnügungsmöglichkeit oben auf einem Bergplateau in mehr als elfhundert Meter Höhe.
„Es ist sterbenslangweilig dort. Da kannst du die Kekse wachsen hören oder die Krise kriegen oder dich besaufen", erzählte

er, „leider gibt's aber auch keinen Alkohol zu kaufen. Können wir nicht hier gemeinsam etwas losmachen, oder weißt du nicht, wo hier was los ist? Ich meine, wo man auch mal ein paar Tussis treffen und mit denen rummachen kann. Möglichst solche, mit denen sich auch richtig was anfangen lässt."

Na prima und ich dachte an meine vielen vergeblichen Anstrengungen in dieser Richtung. Vielleicht klappte es mit Armin an meiner Seite besser. Schließlich war er größer, beeindruckender als ich. Einen Versuch war es allemal wert und wenn es tatsächlich einmal klappen sollte, dann sollte es mir nur mehr als recht sein.

Mit 'Tussis' konnten nur Mädels gemeint sein, so viel war mir klar. Den Ausdruck hatte ich zwar noch nicht gehört, aber den musste ich mir unbedingt merken. Und was er mit denen anfangen wollte, bedurfte auch keiner weiteren Erklärung.

„Wir können's versuchen", meinte ich, „ich weiß schon, wo hier was los ist, aber richtig viel Erfolg habe ich bis jetzt noch nicht zu verzeichnen gehabt. Das sage ich dir gleich."

„Du hast also auch keine feste Freundin oder so etwas ähnliches", stellte er daraufhin fest und ich nickte zustimmend, „dann wollen wir mal gemeinsam sehen, was sich machen lässt."

Und damit waren wir zu zweit.

Wir schlenderten ziellos durch die Stadt. Ich zeigte ihm stolz unser einziges – erst vor kurzem eröffnetes – Bistro, dann die Milchbars, Cafés, Kneipen und all die bekannten Treffpunkte unsere Altersklasse. Er lud mich auf unserem Bummel zu einer Currywurst ein und ich revanchierte mich später mit einem Eis aus der Tüte. Am Ende des Abends, als wir uns wieder auf den Heimweg machten, hatten wir uns angefreundet, unsere Telefonnummern ausgetauscht und für den nächsten Tag verabredet.

In diesen Osterferien verbrachten wir jede freie Minute miteinander. Er nahm mich mit zu sich nach Hause, stellte mich seinen Eltern und seiner Schwester vor. Sie war einige Jahre älter als er und stand kurz vor ihrer Verlobung, wie mir Armin erklärte.

Sein Elternhaus verschlug mir den Atem. Einen solchen Luxus hatte ich noch nie gesehen. Die Fußböden bestanden aus Parkett oder Steinfliesen, auf denen überall Teppiche und Felle von Wildtieren lagen, die sein Vater als passionierter Jäger zum großen Teil selbst erlegt hatte. Es gab, unter vielen anderen Zimmern, sogar ein separates Jagdzimmer, mit einem großen offenem Kamin und einem Waffenschrank mit mehreren verschiedenen Gewehren. An den Wänden hingen Geweihe aller Größenordnungen und ein ausgestopfter Wildschweinkopf. Und ein buntschillernder Fasan stand auf einer Vitrine.

Armin führte mich durchs Haus und ich kam aus dem Staunen nicht mehr heraus. Sogar einen klimatisierten Weinkeller gab es. Auf dem Weg zu seinem Zimmer, das in dem weißen seitlichen Anbau lag, begegneten wir einer kleineren, drallen dunkelhaarigen Frau, die eine weiße Schürze trug und um die fünfunddreißig Jahre alt war. Wir blieben stehen und Armin stellte uns vor: „Das ist mein Freund Jonas", sagte er zu ihr und dann zu mir gewandt, „das ist Magda, unser Dienstmädchen und die treue Seele unseres Hauses. Du kannst ruhig ‚Du' zu ihr sagen, das machen wir hier alle so, stimmt's, Magda?"

Magda nickte und gab mir ihre kleine feste Hand und Armin fragte sie: „Wo ist denn der Fritz?", und dann zu mir gewand, „Fritz ist unser Chauffeur und außerdem Magdas Freund. Den musst du unbedingt einmal kennen lernen. Das ist eine ganz ulkige Type. Der hat mindestens tausend schräge Sprüche drauf – und die allermeisten davon sind unanständig."

Magda kicherte und sagte: „Er ist vor ein paar Minuten mit dem Chef weggefahren, ich glaube ins Geschäft."

Armins Zimmer war um einiges größer als unser Wohnzimmer und hatte einen Balkon. Aus einem Schrank, der eine ganze Wand einnahm, holte er eine bauchige Flasche mit zwei Gläsern und kam damit auf mich zu.

„Jetzt trinken wir erst einmal einen Cognac auf unsere Freundschaft – es ist übrigens ein echter französischer. Schau dir mal die Farbe an. Er sieht doch wie Bernstein aus, meinst du nicht auch – und dann überlegen wir uns, was wir am Wochenende anstellen. Hättest du vielleicht Lust, am Sonntagmorgen mit meinem Vater und mir raus auf unsere Jagd zu fahren? Mein Vater hat sie vor drei Jahren gepachtet. Wir könnten bis zum Abend bleiben. Es ist nicht weit von hier, nur ungefähr dreißig bis fünfunddreißig Kilometer, ganz in der Nähe der neuen Talsperre, da oben im Norden, bei den großen Steinbrüchen. Deren Namen vergesse ich immer wieder. Ich weiß auch nicht warum. Weißt du ihn vielleicht?"

„Nein, weiß ich leider auch nicht. Aber Lust mitzufahren hätte ich schon", antwortete ich ihm schnell. Ich wusste genau, welche Talsperre er gemeint hatte. Vor deren Bau hatte es einen Riesenwirbel um zwei Dörfer gegeben, die jetzt überflutet und deren Bewohner damals zwangsumgesiedelt worden waren. Der Kirchturm des einen Dorfes, von dessen Spitze man aber das Kreuz entfernt hatte, sollte angeblich schon bei normalem Wasserstand nur wenige Meter unter der Wasseroberfläche von Booten aus zu sehen sein. Dort hatte ich schon immer einmal gern hingewollt und ich ärgerte mich fürchterlich, dass mir der Name der Talsperre entfallen war. Wenn ich deren Namen gewusst hätte, oder wenigstens den der Steinbrüche, hätte ich auch etwas zum Vorzeigen gehabt – aber so stand ich ganz schön blöd da. Wie so oft.

Armin nahm's gelassen. Er drückte mir ein Glas mit dem bernsteinfarbenen Cognac in die Hand, dessen Duft mich beim Eingießen schon fast betäubt hatte.

Mir schwirrte ohnehin schon der Kopf von all diesen vielen neuen Eindrücken. Zuerst dieses unglaubliche Haus, dann das Dienstmädchen, der Chauffeur, die gepachtete Jagd, zu der mich Armin mitnehmen wollte und jetzt noch französischer Cognac aus seinem Schrank. Irgendwie glaubte ich: Du wachst jetzt auf und alles war nur Kino.

„Prost", sagte Armin und wir ließen unsere Gläser klingen.

Ich träumte also nicht, sondern sagte stattdessen ebenfalls „Prost, auf dein Wohl und danke für deine Einladung zur Jagd. Das würde ich wirklich gerne einmal mitmachen. Ich war bisher noch nie zur Jagd."

Dann tranken wir einen Schluck und der Cognac rann mir heiß den Rachen herunter, entfachte in meinem Magen ein loderndes Feuerchen und fuhr mir anschließend durch alle Adern. Cognac zu trinken war ich nicht gerade gewohnt, sondern war wie so vieles, seit ich Armin kennen gelernt hatte, absolut neu für mich.

„Teufel", entfuhr es mir und ich holte Luft, „der ist aber gut, und stark ist er auch. So etwas habe ich noch nie getrunken. Aber er schmeckt mir wirklich prima."

„Den habe ich von einem Freund aus dem Internat, dessen Vater hat eine Brennerei in Cognac", erklärte er mir – „Morgen sag' ich dir Bescheid, ob das mit dem Jagdausflug am Sonntag klappt. Und du fragst inzwischen am Besten deine Mutter, ob du mitfahren darfst oder nicht, okay?"

Das mit der 'Brennerei in Cognac' hatte ich nicht so ganz verstanden. Ich wollte aber auch nicht hinterfragen, um mich nicht zu blamieren. Hätte das nicht ganz einfach ‚Cognacbrennerei' heißen müssen?

Tags darauf nahm ich Armin, trotz vieler heimlicher Bedenken, mit zu mir nach Hause und stellte ihn meiner Mutter vor. Ich hatte ihm vorher schon gesagt, dass wir nicht gerade zu den Begüterten dieser Welt gehörten, sondern dass wir uns Monat für Monat immer bemühen mussten, mit unseren geringen Einkommen auszukommen.

Wir gingen in mein Zimmer. Während ich mich umzog und meine Büroklamotten zum Lüften aufhängte, sah er sich meine Büchersammlung auf meinen selbst zusammengezimmerten Wandregalen an.

„Du liest wohl viel, oder?", fragte er mich und als ich nickte, fuhr er eher uninteressiert fort, „aus Büchern mache ich mir nicht viel. Meist langweilt mich ein Buch schon nach ein paar Seiten. Ich gehe lieber ins Kino. Am liebsten Western, mit viel Rumgeballerei und den Barmädchen und so. Je größer die Titten, desto besser." Er lachte leise und verschmitzt in sich hinein. Also Ausdrücke hatte der Kerl! Das kam sicherlich von dem Internat, dachte ich.

„Western sehe ich mir auch ganz gerne an – aber nicht ausschließlich. Manchmal finde ich auch ernste Filme mit Problemen, die uns alle betreffen, sehr spannend. Natürlich nur, wenn sie gut gemacht sind."

„Nee, das ist nichts für mich, dabei schlafe ich dann meistens ein."

Na ja, dachte ich, darin unterscheiden wir uns dann doch etwas. Aber das war mir ziemlich egal.

„Weißt du eigentlich, wie Österreicher in ihrem Jargon zu Titten sagen?"

Als ich ihn verblüfft ansah, gab er sich selbst die Antwort: „Duddeln!", und lachte fröhlich vor sich hin, „die ham 'se doch nicht alle, oder?"

„Woher weißt du denn das?"

„Vom Franzl, einem österreichischen Schulkameraden. Die Österreicher haben noch mehr solch komischer Ausdrücke. Neulich erzählte mir der Franzl noch, dass er es in den letzten Ferien nach mehreren vergeblichen Anläufen endlich geschafft hätte, die Alexa – eine ungefähr Gleichaltrige aus seiner Nachbarschaft – zu pudern."

Na und, dachte ich arglos, was ist schon dabei? Obwohl es mir sicherlich im Traum nicht einfallen würde, mit einer

Puderdose hinter einem Nachbarmädchen herzulaufen. Selbst, wenn sie noch so schön, reizvoll, scharf oder was sonst auch immer gewesen wäre. Aber wenn sich Österreicher so verhalten? Okay – was soll's.

Grinsend fuhr Armin fort: „Die meinen aber gar nicht pudern mit der Puderquaste, sondern bumsen und ständig spricht der Franzl zwar deutsch, aber meint was anderes, als wir verstehen. Das führt manchmal zu sagenhaften Missverständnissen und ist irre komisch."

Aha, dachte ich, und musste lachen, also doch das Internat, ging aber nicht weiter auf seinen Sprachkurs ein.

„Was macht ihr denn nach der Schule da oben auf dem Berg?", wollte ich wissen.

„Fußballspielen, oder Tennis, oder Streiche gegenüber den Lehrern oder dem Personal aushecken. Und rumlümmeln und von Weibern quatschen. Hauptsächlich sogar – je länger das Semester dauert. Leider gibt's aber außer den Zimmermädchen – die schon alle nahe am Verfallsdatum sind – und dem Küchenpersonal keine Weiber bei uns da oben. Und Jüngere sowieso nur drei oder vier. Du glaubst gar nicht, wie schön die im Laufe der Zeit bis zu den nächsten Ferien werden."

Verständnislos sah ich ihn an und er erklärte mir, wie das zu verstehen war.

„Also, wenn du aus den Ferien zurück ins Internat kommst und die Weiber vom Service und aus der Küche siehst, denkst du, oh Gott, sind die hässlich. Die sind zum Davonlaufen und du weißt, mit keiner von der möchtest du nur das Geringste anstellen, wie etwa mit dem 'Hungerturm'. Christine arbeitet in der Küche, ist ungefähr zwanzig Jahre alt und wir nennen sie so, weil sie so groß ist wie ich, fürchterlich dünn dazu und außerdem noch eine ausgeprägte Hakennase, einen richtig krummen Indianerzinken hat. Du glaubst aber gar nicht, wie attraktiv und schön dieser Hungerturm nach ein paar Monaten Internat geworden ist und wie scharf alle Jungs in der Zeit vor den nächsten Ferien auf dieses Klappergestell sind!"

Ich grinste schon wieder. Armin erzählte schon merkwürdige Sachen. In einem solchen Internat wäre ich auch gerne gewesen, seufzte ich heimlich.

Wir gingen hinüber in unsere Küche.

Er setzte sich zu uns an den Abendbrottisch, langte zu, ohne sich lange bitten zu lassen. Er aß mit uns, und offensichtlich mit großem Appetit, die Leber- und Blutwurstbrote, die Radieschen und die selbst eingelegten Gewürzgurken. Wenige Tage später erzählte er zu meiner Überraschung und ungemeiner Freude seinen Eltern davon und wie gut es ihm bei uns geschmeckt hätte. Er war, trotz seines vielen Geldes, überhaupt kein feiner Pinkel, sondern ein ganz natürlicher Junge. Vielleicht nicht gerade der Intelligenteste – aber ungeheuer liebenswert und charmant.

Die Osterferien gingen viel zu schnell zu Ende und leider war es nicht zu dem geplanten Jagdausflug gekommen. Sein Vater hatte an dem von Armin vorgeschlagenen Sonntag keine Zeit gehabt und mich auf ein anderes Mal vertröstet.

Mit den 'Tussis' hatte es auch nicht richtig geklappt. Aber immerhin: wir hatten ein paar Mädchen kennen gelernt und auf uns aufmerksam gemacht. Einige von ihnen hatten ganz große, glänzende Augen bekommen, als Armin von seinem Internat in der Schweiz erzählt hatte. In seinen kommenden Sommerferien wollten wir dann aber mächtig loslegen, wie er mir zum Abschied sagte. Wir versprachen uns Briefe zu schreiben – und dann war er weg.

Schon wenige Tage nachdem er abgereist war stellte ich fest, wie sehr ich ihn vermisste. Ihn und die Zeit mit ihm, die nie langweilig gewesen war, sondern im Gegenteil für mich immer voller Überraschungen. Ich schrieb ihm schon bald nachdem er weggefahren war meinen ersten Brief, und als er nach etwas mehr als zwei Wochen antwortete – wenn auch nur kurz und bündig – wusste ich, dass ich einen Freund gewonnen hatte. Dieser Gedanke hob meine Stimmung und ich dachte schon jetzt an seine baldigen Sommerferien und an das, was wir uns fest vorgenommen hatten. Sogar meine Mutter, die sonst immer maulte, wenn ich einen Freund oder Bekannten mit nach Hause gebracht hatte, war von Armin angetan. Keiner, vor Armin, war ihr gut genug gewesen und an allen hatte sie immer irgendwas zum Nörgeln gefunden. Aber Armins erfrischendem Charme war sie erlegen.

Mädels nach Hause mitzubringen war mir immer noch strikt verboten. Ein Verbot, worüber es oft Streit zwischen uns gab. Es war eine merkwürdige Zeit. Mit einem Mädchen in aller Harmlosigkeit Hand in Hand in der Öffentlichkeit des öfteren herumzuspazieren besagte: die gehen fest miteinander! Und wenn man das Mädchen mit nach Hause nehmen durfte, bedeutete das: die sind schon so gut wie verlobt! Meiner Meinung nach war das Unsinn oder sehr spießig – was aber bei meiner Mutter nicht zählte.

Und überhaupt: meine Mutter war meine Mutter, die es nicht leicht gehabt hatte in ihrem bisherigen Leben – aber war das etwa ein Grund, mir andauernd Steine in den Weg zu legen, mich nur ganz selten einmal liebevoll zu unterstützen, sondern viel eher mich zu demütigen? Na ja, „liebevoll" wäre sicherlich zuviel von ihr verlangt gewesen, da sie eine solche Art der Zuwendung in ihrer Jugend auch nicht erfahren hatte.

Manchmal hätte ich sie liebend gerne zum Teufel gejagt; sie mitsamt ihrer kleinkarierten Einstellung.

*

Im Florettfechten machte ich rasante Fortschritte und wurde von Monat zu Monat immer besser. Ich hatte, gleich im ersten Versuch, meine Anfängerprüfung bestanden, meinen Fechtpass erhalten, auf den ich stolz war und im Herbst letzten Jahres überraschend die Junioren-Meisterschaft unseres Clubs gewonnen.

Es waren zwar nur fünf Teilnehmer gewesen, aber immerhin: ich hatte alle meine Gefechte klar und überzeugend gewonnen. Meine Begeisterung beschränkte sich zunächst ausschließlich auf den sportlichen Teil des Fechtens. Doch nach und nach wurde auch der gesellige Teil des Clublebens für mich interessanter, zumal meine Fechtkameradinnen anfingen, mich aufgrund meiner sportlichen Erfolge hin und wieder einmal mit etwas anderen Augen anzusehen. Ganz so schlecht sah ich auch nicht aus, fand ich, mein Spiegelbild begutachtend – wenn ich doch nur nicht so fürchterlich linkisch gewesen wäre.

Neben den fechterischen Trainingseinheiten und den damit verbundenen sportlichen Zielen, wurde in diesem Club zu jeder passenden und unpassenden Gelegenheit gefeiert, dass es nur so krachte. Leisten konnte es sich – außer Herr Neubart – eigentlich kaum einer, aber das tat der Freude am Feiern wenig Abbruch.

Das fing jährlich mit dem Neujahrsumtrunk an und endete am Jahresende mit der Silvesterfeier. Dazwischen lagen der Frühlingsball, der Tanz in den Mai, das Sommerfest, die Clubmeisterschaft, der Herbstball, die Nikolaus- und Weihnachtsfeier, diverse runde oder unrunde Geburtstage und noch einige andere kleinere Festivitäten, für einfach mal zwischendurch.

Gefeiert wurde in unserem (angemieteten) sogenannten 'Clubhaus' – ganz in der Nähe unserer Trainingshalle.

Das Clubhaus war in Wirklichkeit der Anbau einer größeren Kneipe und bestand aus zwei ineinander übergehenden Räumen. In dem vorderen der beiden Clubräume befand sich neben Tischen, Stühlen und Sitzbänken ein großer Gläserschrank, eine kleine Theke und eine Durchreiche zur Kneipentheke. In diesem Raum tagte die Festgesellschaft, während im hinteren Raum zu Schallplattenmusik getanzt wurde. Von dort führte auch eine separate Tür nach draußen in eine Art Biergarten, der aber als solcher nur an den wenigen sehr warmen Sommertagen genutzt wurde.

Auf allen diesen Feiern wurde gebechert, gelacht, gesungen, erzählt und viel getanzt. Letzteres konnte ich leider nicht, woher denn auch, und so saß ich immer da und schaute den Tanzenden ein bisschen traurig zu. Irgendwann, bei einem der samstäglichen Zwischendurchfeste, als wir sozusagen unter uns im kleineren Kreis waren, erbarmten sich zwei Fechterinnen, Uschi und Kiki, meiner und zerrten mich auf die Tanzfläche, um mir das Tanzen beizubringen. Beide waren vier bis fünf Jahre älter als ich und, jede auf ihre Weise, ganz attraktiv. Pro forma zierte und sträubte ich mich natürlich etwas, aber die beiden Frauen ließen nicht locker und ich freute mich insgeheim natürlich unheimlich darüber. Obwohl die sehr schlanke Uschi mehr als einen halben Kopf größer war als ich, erwies sie sich als eine sehr gute Lehrmeisterin für die schnellen Tänze. Ich entpuppte mich nach einigen Tanzstunden in der folgenden Zeit als guter Schüler, der von ihr sehr schnell Wiener Walzer, Foxtrott, Swing, Twist und Rock'n'Roll lernte. Besonders letzterer hatte es mir angetan – zum einen, weil ich mich dabei richtig austoben konnte und zum anderen, weil dabei der Körperkontakt zu meiner Tanzpartnerin immer nur ganz kurz war; denn mit den Körperkontakten hatte ich meine gewissen Probleme.

Das merkte ich besonders, wenn ich mit der stupsnasigen Kiki, die in Wirklichkeit Kristina hieß, die langsameren Tänze wie Slowfox, langsamer Walzer, Blues oder (ganz schlimm) tangoähnliches probierte. Sie war etwas kleiner als ich und nicht so gertenschlank wie Uschi, sondern eher gerundeter und knuffig-griffiger. Solange genügend Abstand zwischen uns beiden war und ich zwischen unseren Körpern mit Blick nach unten auf die Schrittfolge unserer Füße achten konnte, war alles in Ordnung. Aber wehe, der Abstand bestand nicht mehr. Dann tobte der Teufel in mir.

Am Ende solcher Übungsabende war ich fast immer ziemlich durcheinander. Manchmal sogar, durch all diese verdammten Hormonausschüttungen in meinen Blutbahnen, völlig durch den Wind.

Als die Übungen mit den Schrittfolgen der einzelnen Tänze zwischen Kiki und mir schon ganz gut klappte, verblüffte sie mich eines Abends total, als sie sagte: „Bis jetzt habe ich dich immer halbwegs geführt. Aber eigentlich ist es die Aufgabe des Herrn, seine Tanzpartnerin zu führen und dazu gehört, gerade bei langsamen Tänzen, ein gewisses Maß an Körperkontakt, damit die Tanzfiguren optimal klappen und das Ganze harmonisch aussehen lässt, verstehst du? Du tanzt schließlich nicht alleine, sondern mit mir und wir sind ein Tanzpaar. Wir müssen enger miteinander tanzen. Versuche es einfach mal."

Ich zögerte, und wie üblich in solchen Fällen schoss mir das Blut in den Kopf und ganz heiße Ohren hatte ich auf jeden Fall schon. Doch Kiki drängte: „Komm, ich beiß' dich bestimmt nicht."

Sprach's und nahm Tuchfühlung auf. Wir tanzten einen langsamen Walzer und plötzlich hatte ich bei jedem Schritt einen ihrer Oberschenkel zwischen meinen Oberschenkeln. Mir wurde noch heißer und zu allem Unglück war der nächste Tanz ein Blues – „Only you" von den Platters.

Ziemlich durcheinander sagte ich zu ihr: „Komm, lass' uns eine kleine Pause machen, bitte", aber sie antwortete, „nichts da, so einfach kommst du mir jetzt nicht davon", und schmiegte sich eng an mich. Dann wiegten wir uns langsam im Takt des Blues. Ich spürte ihren warmen Körper und ihre Rundungen an mir und in meinem Unterleib tanzten meine Hormone Samba. Mindestens Samba – oder noch etwas viel Wilderes.

Ich versuchte, die Region unterhalb meines Gürtels etwas von Kiki zu entfernen, doch sie zog mich wieder körpernah an sich, legte ihren Kopf an meinen und sagte leise in mein Ohr: „Hiergeblieben, da müssen wir jetzt durch. Sei kein Dummkopf, ich spüre dich doch gerne an mir."

Es wurde immer schlimmer. Bald war es nicht mehr auszuhalten! Ich atmete immer heftiger und wusste nicht mehr, wo ich mit mir und meiner Männlichkeit noch hin sollte. Kiki hob ihren Kopf und sah mich an. Sie wusste genau, wie es um mich stand, kein Wunder. Mit ihrem verworfenen Lolita-Schnutenmund, der mich schon kirre machte, wenn ich ihn nur ansah, der mich spontan jedes Mal nur an das Eine denken ließ, gab sie mir ein schnelles, verstohlenes Bussi auf meinen Mund und murmelte: „Geh' hier unauffällig zur Seitentür raus in den Biergarten, als ob du Luft schnappen möchtest. Ich gehe vorne heraus zu den Toiletten und komme zu dir nach hinten ins Dunkle. In zwei Minuten bin ich bei dir und helfe dir."

Es dauerte tatsächlich nicht länger. Wir suchten uns eine besonders dunkle Ecke an der Rückwand des Anbaus aus, an den ich mich rücklings anlehnte und wo wir uns umarmten. Dann küssten wir uns heftig mit Zunge, rieben uns aneinander bis ich mich losriss. Es ging nicht mehr. Ich spürte ihren Körper, ihre Schenkel an mir und dann ihre Hände, die meine Hose öffneten und mich mit wenigen Bewegungen von meinem Überdruck befreiten. Irgendwohin in das uns umgebende Dunkel schoss ich das Ergebnis meiner aufgestauten Erregung. Es war wie eine Eruption, die mich sehr erleichterte und Kiki sagte wenige Augenblicke später in ganz sachlichem Ton: „Kann ich mal dein Taschentuch haben?"

Sie wischte damit ihre Hände ab, wischte auch mich trocken, verstaute mit Sorgfalt, was es bei mir zu verstauen gab und zog den Reißverschluss meiner Hose wieder hoch. Anschließend gab sie mir mein Taschentuch zurück und wies mich an: „Das musst du aber erst ein bisschen auswaschen und trocknen, bevor du es deiner Mutter in den Wäschekorb wirfst. Womöglich merkt sie sonst noch, was los war." Sie musste es wissen. Schließlich besaßen ihre Eltern eine große Wäscherei und Reinigung. Als wir langsam aus dem Dunkel nach vorne gingen, bat sie drängend: „Das, was wir zwei gerade gemacht haben, bleibt aber nur unter uns beiden, sonst mache ich das nie wieder mit dir. Wenn du damit angibst, ist alles aus zwischen uns. Du erzählst das bitte niemandem, versprochen?"

Nickend versprach ich es.

Wir gingen wieder hinein in unser Clubhaus – sie durch den Vordereingang und quer durch die Kneipe in unseren Bereich und ich, zeitversetzt von hinten durch den Seiteneingang. Niemand schien etwas bemerkt zu haben.

Kurze Zeit später tanzten wir wieder miteinander. Meine Knie waren zwar noch etwas mürbe, aber der Samba in mir hatte sich glücklicherweise weitgehend beruhigt und Kiki sah mich mit einem sanften Lächeln an und sagte: „Siehst du, so geht das schon viel besser mit uns, oder?"

Das fand ich auch – allerdings war ich mir nicht sicher, wie lange der Samba wegbleiben würde, bei der stark körperbetonten Tanzweise von Kiki.

*

Der Herbst nahte und damit der Termin für die südwestfälischen Fechtmeisterschaften der Herren, die unser Fechtclub in diesem Jahr an einem der nächsten Wochenenden auszurichten hatte.

Ich hatte schon seit Monaten meine täglichen, morgendlichen Waldläufe vor Bürobeginn stark intensiviert, so dass ich meinem Nachbarn Jörg, der nur ein oder zweimal in der Woche mitlief, inzwischen locker davonrannte. Als ich ihn eines Morgens nach Jutta – die mir womöglich mein ganzes Leben lang nicht mehr aus dem Kopf gehen würde – fragte, winkte er mürrisch ab: „Mit der ist's aus: ich hab' sie vor ein paar Wochen in flagranti mit einem Freund im Bett erwischt und anschließend nach einem Riesenkrach sofort Schluss mit ihr gemacht. Und zwar endgültig!"

Da schau her, dachte ich, in Flagranti! Wo dieser Ort lag, wusste ich zwar nicht, aber sicherlich irgendwo in Italien, wo Jörg in diesem Frühsommer zum Tauchen gewesen war. Aber der Ort spielte sowieso keine Rolle in diesem Drama. Ich fragte auch nicht weiter, denn das Thema schien Jörg äußerst unangenehm zu sein. Wenn er allerdings gewußt hätte, was seine Jutta und ich schon vor zwei Jahren in unserer Küche getrieben hatten ... – nicht auszudenken!

Meine Haupttrainingseinheiten mit den üblichen Schritt- und Reaktionsübungen und den von unserem Fechtmeister erteilten Lektionen über Kampftaktiken mit dem Florett, leistete ich natürlich jeden Dienstag- und Donnerstagabend in unserer Trainingshalle. Außerdem fuhr ich bei trockenem Wetter samstags mit meinem Fahrrad durch die Gegend, um meine Kondition noch mehr zu verbessern. Das Fahrrad hatte ich, für wenig Geld, einem von Jörgs Freunden abgekauft. Es war nicht gerade der letzte Schrei und hatte nur eine hakelige Dreigang-Schaltung. So gestaltete sich mein Konditionstraining in dem hügeligen Umland, in dem ich wohnte, als ein recht mühseliges und schweißtreibendes Unterfangen.

Es ließ sich nicht vermeiden: irgendwie führten mich meine Fahrradtouren immer an Kikis Elternhaus vorbei, in dem sie noch wohnte. Zigmal war ich mittlerweile dort vorbeigeradelt und nie hatte ich Kiki gesehen. Heute, an diesem Samstag, hatte ich Glück. Sie war auf der Wiese hinter dem Haus und saß im hellen Sonnenschein an einem kleinen runden Tisch. Ihre Füße hatte sie auf einen zweiten Stuhl gelegt. Ein dritter stand unbesetzt in der Nähe des Tischchens.

Das Grundstück war auf der Gartenseite von einer mannshohen Hecke umgeben und lediglich über dem halbhohen

Gartentor einsehbar. Dort stand ich mit meinem Fahrrad und rief: „Hallo Kiki."

Sie sah hoch: „Hallo Jonas, wo kommst du denn her? Willst du reinkommen?" Und als ich nickte, fuhr sie fort: „Wenn du über das Tor greifst und den Knauf drehst, ist das Tor offen." Ich nahm mein Rad mit hinein und stellte es an der Hecke ab. Als ich auf sie zuging bemerkte ich, dass sie nicht viel an hatte – nur ein buntes Bikinihöschen und über ihre Brust hatte sie ein schmales Handtuch gelegt, das sie unter den Achseln mit ihren Oberarmen festhielt.

Wir begrüßten uns, und offensichtlich erfreut über meinen unerwarteten Besuch sagte sie: „Setz dich doch hier neben mich, ich mache nur ein bisschen Nagelpflege, wie du siehst, aber ich bin gleich fertig. Ich muss nur noch nachfeilen, polieren und anschließend den Nagellack auftragen. Ich hoffe, es stört dich nicht, oder? Ich kann uns danach ja 'was zu trinken holen. Oder hast du keine Zeit?"

„Doch, doch, stört mich nicht, nimm' dir ruhig Zeit", hatte ich hastig geantwortet, „ich bin auch nur ganz zufällig auf meiner Trainingstour hier vorbei gekommen. Die Steigung zu euch hoch ist ganz schön heftig – gibt aber Kraft, denke ich."

„Ja", nickte sie, „im Winter ist es mit dem Auto manchmal ein Riesenproblem. Besonders, wenn erst spät abgestreut wird." Sie war wirklich fast nackt. Das Handtuch verrutschte immer ein wenig beim Feilen und Polieren ihrer Nägel und gab immer wieder ihren gebräunten Brustansatz meinen Blicken preis. Sie zog zwar jedes Mal, während wir uns über die bevorstehenden Fechtmeisterschaften, die Trainingseinheiten und meine eventuellen Chancen unterhielten, das Handtuch zurecht, doch durch ihre anschließenden Bewegungen kam es wieder ins Rutschen, so dass keine zwei Minuten später meine Augen schon wieder lachten.

„Du siehst gut aus", bemerkte ich leichthin, „ohne Handtuch wäre es natürlich noch viel interessanter für mich. Bist du etwa alleine zu Hause?"

„Männer", seufzte sie mit kokettem Augenaufschlag, „immer dasselbe! Das Handtuch bleibt, wo es ist, und zu deiner Frage: nein, ich bin nicht alleine, meine Mutter ist auch da und irgendwo im Haus."

Ich schwieg daraufhin und sah erneut neugierig auf ihr rutschendes Handtuch. Sie bemerkte meine Blicke und sagte in leicht amüsiertem Tonfall: „Guck' doch nicht so. Wenn ich gewußt hätte, dass du kommen würdest, hätte ich vielleicht 'was anderes angezogen."

„Das hätte ich aber bedauert und nett, dass du vielleicht gesagt hast", antwortete ich, blies leicht in ihre Richtung und der obere Rand des Handtuchs kam ins flattern. Ich blies kräftiger; das Handtuch verschob sich noch ein bisschen mehr. Sie grinste und sah mich ohne eine Antwort zu geben von der Seite an.

Mittlerweile hatte sie ihre Nägel lackiert und hielt ihre Finger zum Trocknen gespreizt von sich. Ich nutzte ihre momentane Wehrlosigkeit aus, neigte mich zu ihr und pustete auf einmal ganz kurz und kräftig. Ihr Handtuch hob sich und ich erhaschte einen kurzen Blick auf eine ihrer rosafarbenen Brustwarzen.

„Lass das doch bitte", lachte sie, „jetzt ist es aber genug. Wenn uns meine Mutter sieht, kriege ich Ärger. Die mag es sowieso nicht, wenn ich so leicht bekleidet in unserem Garten sitze."

„Bekleidet ist gut ausgedrückt", meinte ich und sie grinste schon wieder.

Kiki war ein ungeplanter Spätkömmling. Ihre Mutter war schon knapp zweiundvierzig Jahre alt gewesen, als sie das Licht der Welt erblickte, und ihr Vater weitere zwölf Jahre älter. Ihre zwei Brüder lebten in anderen Städten – einer von ihnen war in diesem Frühjahr sogar schon geschieden worden, der andere in festen Händen. Somit war Kiki des Vaters erklärter Liebling, der sich sehr viel herausnehmen durfte – auch manchmal gegen den Willen ihrer Mutter. Irgendwann einmal sollte Kiki die Wäscherei übernehmen. Sie hatte Mühe, mit den frisch lackierten Fingernägeln das Handtuch wieder an seinen richtigen Ort zu bugsieren. An ihre Mutter hatte ich gar nicht mehr gedacht – eher schon an die Sambarhythmen, die sich bei mir schon wieder bemerkbar machten.

„Wenn du aufhörst und tust, was ich sage, kriegst du vielleicht auch gleich eine kleine Belohnung von mir."

Na gut, dachte ich. Ärger mit Kikis Mutter wollte ich nicht haben. Ich hörte auf, Wind zu erzeugen, sah Kiki beim Trocknen ihres Nagellacks zu und versuchte, meinen Samba unter Kontrolle zu halten.

Endlich war es soweit. Der Nagellack war getrocknet. Sie stand auf, hielt ihr Handtuch fest, ging Richtung Haus und sagte: „Bin gleich zurück." Ich sah ihr nach, wie sie barfuss und fröhlich ihren runden Popo schwenkend über die Wiese ging. Unter der Veranda an der rückwärtigen Hauswand drehte sie sich zu meiner Überraschung zu mir um, winkte mir, ihr zu folgen und als ich noch zwei Meter von ihr entfernt war, bedeutete sie mir stehen zu bleiben. Sie ging wenige Schritte rückwärts in den Hauseingang, blieb dort im Halbschatten stehen und nahm ihr Handtuch herunter. Sie drehte sich leicht zur Seite, stellte sich auf die Zehenspitzen, drückte ihr Kreuz durch und sah mich lächelnd an.

Es war ein atemberaubender Anblick. Meine Speichelproduktion nahm rasant zu. Meine Güte, dachte ich, du bist ja schlimmer als ein hungriger Hund, dem man ein kleines Stückchen trockenes Brot hinwirft.

Dann bedeckte sie sich leider wieder und verschwand im Haus mit den Worten: „Setz dich wieder hin, ich hole uns was zu trinken."

Als sie wieder erschien, hatte sie sich eine cremefarbene Bluse übergezogen, großzügig an erhabenster Stelle mit einem

Knopf zugeknöpft, und stellte zwei Gläser mit Zitronenlimonade vor uns auf den Tisch. Wir tranken einen Schluck und sie bemerkte genau wie ich, dass meine Hand mit dem Limonadenglas leicht zitterte. Immer wenn sie sich bewegte, verschob sich ihre Bluse und gewährte mir für Sekundenbruchteile die unterschiedlichsten, erregenden Einblicke.

Ich konnte meine Augen nicht von ihr lassen. Natürlich registrierte sie auch das, sagte aber nur beiläufig, als ob sie übers Wetter reden würde: „Hat es dir gefallen, was ich dir gezeigt habe?"

Ich nickte. Dieses durchtriebene Luder, dachte ich, die bringt mich doch absichtlich total von der Rolle. Ich bin jetzt schon wieder völlig durcheinander. Sie sah mich lächelnd und gelassen an und wusste natürlich schon wieder ganz genau, was mit mir los war – ein bisschen kannte sie mich schließlich schon.

„Oh, oh, steht's so schlimm mit dir?", sagte sie, „und das so kurz vor der Fechtmeisterschaft. Wann hast du denn eigentlich abends Feierabend in deinem Büro und kommst du dann pünktlich raus?"

Sie wusste, wo ich arbeitete, weil sie mich dort schon des öfteren in meiner Mittagspause gesehen und mir zugewinkt hatte, wenn sie in ihrem Wäschereiwagen, einem Kombi, vorbeigefahren war.

„Um viertel nach Fünf", antwortete ich ihr, „und spätestens fünf Minuten später bin ich draußen. Warum fragst du?"

„Wenn du übermorgen, am Montag, nichts anderes vorhast, könntest du mich nach Feierabend begleiten. Ich muss zu ein paar größeren Kunden in der Umgebung fahren und Wäsche ausliefern. Es wird eineinhalb bis zwei Stunden dauern. Alleine ist die Tour ziemlich langweilig. Du siehst ein bisschen was von der Gegend und ich habe ein wenig Gesellschaft. Wie wär's, hast du Lust dazu?"

„Klar, natürlich, abends – außer an unseren Trainingstagen – habe ich meist nichts besonderes vor. Und Montag bestimmt nicht."

Schnell hatte ich geantwortet. Der Gedanke an eine kleine Rundreise mit ihr war verlockend. Vielleicht – ich wagte nicht weiterzudenken – und hatte trotzdem schon Herzklopfen bekommen.

„Gut", sagte sie, „abgemacht, dann hole ich dich ab und bringe dich natürlich auch später wieder nach Hause. Aber sag' deiner Mutter besser nichts von unserer Verabredung. Die guckt sowieso immer so komisch, wenn sie mal bei unseren Clubfesten dabei ist und wir miteinander tanzen."

Ich trank meine Limonade aus und sie begleitete mich zum Tor. Sie sah mir mit einem merkwürdigen Blick in die Augen und dann kurz an mir herunter. Ich wurde noch verlegener, als ich es ohnehin schon war.

„Kannst du so überhaupt noch Rad fahren", wollte sie amüsiert lächelnd wissen und als ich mit meinem heißem Kopf nickte und ein „Geht schon" knurrte, sagte sie, „also gut, mach mir keine Dummheiten unterwegs und tschüss bis Montag."

Ich schwang mich auf mein Rad und machte, dass ich davonkam.

*

Sie wartete schon auf mich, als ich an dem folgenden Montagabend aus dem Büro kam.

Ich stieg in ihren Wagen und wir fuhren los. Es waren überwiegend Hotels, Restaurants und Gaststätten, die wir aufsuchten. Ich half ihr, die Wäschekörbe mit der sauberen Wäsche hereinzutragen und im Austausch die Körbe mit der Schmutzwäsche in dem Lieferkombi zu verstauen. Zum Schluss, als die Dämmerung schon eingesetzt hatte, landeten wir in der „Krone", einer sehr gemütlichen Gaststätte in einem kleinen Ausflugsort, nicht weit von unserer Stadt entfernt.

„Hier trinken wir erst einmal etwas", sagte Kiki zu mir, „und als Dankeschön für deine Hilfe lade ich dich ein." Wir setzten uns in den hintersten der drei ineinander übergehenden

Schankräume, in dem wir die einzigen Gäste waren und Kiki bestellte, zusätzlich zu unserer Cola, für jeden von uns ein Glas ‚Escorial grün'.

„Was ist das denn", wollte ich wissen.

„Eine Überraschung", klärte sie mich auf, „er wird brennend serviert, ist höllisch scharf und schmeckt sehr gut."

Beides stimmte. Nach dem ich mir an dem heißen Glasrand um ein Haar meine Lippen verbrannt hatte, schluckte ich genau wie Kiki das Zeug auf einen Schluck herunter. Kaum war es unten, schoss es durch mich hindurch, von der Kopfhaut bis zu den Fußspitzen. Ich japste nach Luft und Kiki legte mir beruhigend ihre Hand auf meinen Oberschenkel, die aber nicht zu meiner Beruhigung führte. Eher zum Gegenteil.

„Einen kann man ruhig davon trinken", meinte sie, „aber nur einen, sonst kann es einen umhauen."

Wir waren alleine in dem Gastraum und Kikis warme Hand lag gefährlich weit oben auf meinem Oberschenkel. Mir wurde von dem Schnaps noch wärmer, als mir ohnehin schon in Kikis Nähe war und dann war da noch ihre Hand, die beharrlich anfing, meinen Oberschenkel sanft zu streicheln und zu drücken und zu zupfen ...

Sie sah mich nachdenklich an und hatte ein Einsehen mit mir. Ihre Hand verließ mein Bein, aber nur um meinen Kopf entschlossen zu sich heranzuziehen und mich sanft und dennoch sehr bestimmt auf meinen Mund zu küssen.

„Ich glaube, ich zahle mal besser", sagte sie anschließend, „und danach fahren wir an einen kleinen verschwiegenen Ort. Einverstanden?"

Mein Herz machte einen kleinen Satz. Ich war im Nu wie eine Feder gespannt darauf, wie es denn weiter gehen würde. Als wir zum Auto gingen – es war in der Zwischenzeit bereits ziemlich dunkel geworden – und bevor wir einstiegen, küssten wir uns noch einmal. Diesmal allerdings wesentlich weniger sanft, sondern saftig und leidenschaftlich mit engem Körperkontakt. Es ging zur Sache und mir wurde mulmig zu Mute.

Sie startete den Wagen und diesmal legte ich, frech geworden, meine Hand auf ihren Oberschenkel. Das ging ohne Probleme, da ihr Wagen mit einer Lenkradschaltung ausgerüstet war und keine störende Mittelkonsole mich daran hinderte. Kiki schien nichts dagegen zu haben. Auch nicht, als meine Hand in die Wärme zwischen ihren Schenkel nach oben rutschte.

Sie fuhr schnell und geschickt aus dem Ort heraus und nach wenigen hundert Metern schnurstracks in einen engen Waldweg, wo sie bald darauf auf einer Lichtung anhielt, den Motor abstellte und auch die Beleuchtung. Ich war mir absolut sicher, dass sie auf dieser Lichtung nicht das erste Mal war. Egal war's mir, total egal. Ich dachte an Anderes und konnte es kaum erwarten, zu ihr zu kommen. Es war fast stockfinster und man sah im ersten Moment, nachdem die Scheinwerfer gelöscht waren, kaum die eigene Hand vor den Augen, was uns aber nicht sonderlich störte.

Der Schnaps, unsere Küsse und Berührungen hatten uns angeheizt und in die richtige Stimmung gebracht für das, was wir miteinander vorhatten. Wir rutschten aufeinander zu, griffen nach uns und nachdem wir unsere Jacken ausgezogen hatten, versuchten wir, während wir heftig weiter miteinander knutschten, uns gegenseitig die Hosen herunterzuziehen. Das war nicht ganz so einfach, denn auf den Vordersitzen war es ziemlich eng und ständig war uns das verdammte Lenkrad im Weg.

„Lass' uns nach hinten auf die Rückbank gehen, da ist mehr Platz", sagte Kiki schließlich, und wir unterbrachen unsere hektischen Fummeleien. Unsere Hosen ließen wir einfach auf den Vordersitzen liegen und nur noch halb angezogen kletterten wir mit unseren bereits entblößten Unterleibern über die Sitzlehnen nach hinten, wo wir erneut über uns herfielen und uns von den restlichen Klamotten befreiten. Sie kniete über oder lag halb auf mir, drückte mir ihre Brüste ins Gesicht, wo meine Brille störte, die ich abnahm und zur Sicherheit unter einen der Vordersitze schob. Dann küsste sie mich wild, während meine Hand sich zwischen ihren Beinen hin und her bewegte und ich ungeschickt versuchte, in ihre feuchtwarme Mitte einzudringen.

Doch bevor es wirklich dazu kam, war alles schon vorbei. So viel Frau auf einmal hatte ich nicht aushalten können. Meine Erregung war nicht mehr zu zügeln gewesen und ich war einfach explodiert, bevor es zum eigentlichen Vollzug gekommen war. Kleckerte Kiki und mich voll mit dem Produkt meiner Erregung und die Rückbank bekam auch noch einiges ab.

„Oh je, so war das aber nicht geplant", bemerkte eine stark enttäuschte Kiki und rückte von mir ab.

„Kiki, entschuldige bitte, ich habe mich nicht mehr zurückhalten können", antwortete ich verschämt, „es tut mit leid. Aber ich war die ganze letzte Zeit schon völlig verrückt nach dir. Immer wenn ich dich sah, habe ich ständig nur an eines denken können und vom letztem Samstag an bis heute sowieso."

„Das habe ich schon gemerkt und das war auch genauso von mir beabsichtigt", kam, nun verständnisvoller, ihre Antwort. Ursprünglich wollte ich auch erst am Mittwoch mit dir zusammen sein – aber dann fiel mir ein, dass ich dann wahrscheinlich meine Regel haben werde und bis zur nächsten Woche wollte ich dich nicht warten mehr lassen, bei den Nöten, in denen du schwebtest. Jetzt wischen wir erst einmal die Flecken weg und dann ziehen wir uns wieder an. Es ist doch nichts passiert."

Mit meinem Taschentuch – ich hatte mir morgens in hoffnungsvoller Voraussicht ein frisches eingesteckt – säuberten wir uns notdürftig, so gut es eben ging. Nachdem wir uns wieder angezogen hatten, nahm Kiki einen kleinen Kopfkissenbezug aus einem der Wäschekörbe hinter den Sitzen und wischte im Schein der Innenbeleuchtung über die hintere Sitzbank und die Rückseite der Vordersitzlehnen. Es wirkte sehr gekonnt, fast routiniert auf mich und ich dachte mir mein Teil. Ärgern tat es mich allerdings nicht; dazu war ich viel zu sehr mit meinem blamablen Versagen beschäftigt.

„Also", nahm sie unsere Unterhaltung wieder auf, „ich komme diese Woche nicht zum Training, weil es mir ab morgen, oder spätestens übermorgen, vermutlich nicht besonders gut gehen wird. Gutgelaunt werde ich sicherlich auch nicht sein. Aber ich werde am kommenden Wochenende als Zuschauer in der Fechthalle sein, ganz in deiner Nähe. Du darfst dir aber nichts anmerken lassen! Niemand darf etwas von uns wissen. Vielleicht gewinnst du ja und wirst Meister."

Lachend hatte sie das gesagt.

„Wo denkst du hin. Und nach der Pleite vorhin", zweifelte ich, „kann ich mir das überhaupt nicht vorstellen."

„Vergiss es ganz schnell. Glaub' mir, so etwas passiert eben und ist schon ganz anderen als dir passiert", versuchte sie mich zu beruhigen. Aha, dachte ich, wenn sie es so genau weiß.

Im Licht der Autoscheinwerfer kontrollierten wir noch einmal unsere Kleidung. Dann fuhr sie mich ziemlich wortkarg nach Hause – jedenfalls bis rund zweihundert Meter davor, wo sie auf einem Parkplatz wenden konnte. Blöde Situation, dachte ich, und redete ebenfalls nicht viel. Sie wünschte mir viel Glück für die anstehenden Fechtmeisterschaften und fuhr winkend davon. Einen Kuss hatte ich nicht mehr bekommen.

Ob sie mich noch einmal abholen würde, bezweifelte ich stark.

Verunsichert drehte ich mich um und ging – an der Scham meiner Blamage nagend – nach Hause.

*

Den Rest der Woche verbrachte ich jeden Abend im Training oder half bei den Vorbereitungen des Clubs zur Meisterschaftsausrichtung.

Für den Freitag, und als Option für den darauffolgenden Montag, hatte ich mir im Büro Urlaub eintragen lassen. Ich hatte in dem zurückliegenden Vierteljahr ausdauernd und vielseitig trainiert, mich sorgfältig vorbereitet, war fit wie nie zuvor und war gespannt, wie das Fechtturnier für mich verlaufen würde. Es konnte losgehen. Ich würde versuchen, mein Bestes zu geben.

Es begann am Samstagmorgen um neun Uhr. Ich hatte vor lauter Nervosität in der Nacht zuvor sehr schlecht geschlafen. Die Faszination des Fechtens, der Kampf Mann gegen Mann, bei dem es kein Unentschieden gibt und einer der beiden Kontrahenten am Ende des Kampfes gesenkten Hauptes abtreten muss, hatte mich mehr als die halbe Nacht beschäftigt. Und auch jetzt, als ich gewissenhaft ein leichtes Aufwärmtraining absolvierte (wie man es mir in den vorangegangenen Lehrgängen beigebracht hatte), zappelte ich voller Wettkampfspannung ungeduldig herum, bis ich zu meinem ersten Kampf aufgerufen wurde. Der Aufruf war wie eine Erlösung für mich. Als ich das erste Mal in einem für mich wichtigen Turnier auf der Planche stand, waren meine Adern vollgepumpt mit Adrenalin und meine Nervosität wie weggeblasen. Ich nahm nichts mehr von meinem Umfeld wahr und sah nur noch meinen Gegner.

Nachdem wir uns durch das Heben unserer Klingen fechtsportlich begrüßt und die Masken aufgesetzt hatten, sagte der das Gefecht leitende Obmann: „Allez", und der Kampf begann.

Ich griff an – fintierte – wich zurück – meine Beine waren schnell – meine Konzentration hoch – griff wieder an – hohes Tempo – zurück auf Distanz – beschäftigte meinen Gegner in der Defensive und setzte den ersten Treffer …

Ich kam leicht durch die Vor- und Zwischenrundenkämpfe, die ich alle gewann. Am Sonntagvormittag hatte ich im Halbfinale einen zähen, älteren Fuchs zum Gegner, der mir alles, was ich an Technik und Taktik zu bieten hatte abverlangte und den ich letztendlich glücklich mit einem Treffer Unterschied in einem langen, kräftezehrenden Gefecht niederkämpfte und besiegte.

Es war 11.14 Uhr und ich war im Finale! Ich fasste es kaum. Wer hätte das vorher gedacht? Ernsthaft gewiss niemand meiner Clubkameraden. Und ich bestimmt am Allerwenigsten.

In der Zeit vor dem Finalkampf trank ich reichlich Mineralwasser, aß Haferflocken mit Apfelsaft und ruhte mich aus. Rund eine viertel Stunde vor Beginn des entscheidenden Kampfes dehnte und lockerte ich meine Muskulatur und brachte mich auf Betriebstemperatur.

Der Finalkampf begann gegen 15.00 Uhr und ich ging schnell in Führung. Ich merkte vom ersten Moment an, dass mir die Fechtweise meines Gegners lag und es gab noch einen weiteren Vorteil für mich: er kannte die Art meiner explosiven Überraschungsangriffe nicht wirklich. Da wir noch nie zuvor aufeinander getroffen waren, wusste er auch relativ wenig damit anzufangen. Beim Stand von 3:2 für mich brach mir bei einem meiner Sturzangriffe meine Florettklinge ab und ich musste – da ich nur ein einziges eigenes Florett besaß – mit einem geliehenen Florett eines Clubkameraden weiterfechten, welches einen völlig anderen Knauf hatte, der mich absolut irritierte. Ich achtete mehr auf dieses für mich ungewohnte Griffverhalten als auf meinen Gegner, setzte keinen Treffer mehr und hatte im Nu das Gefecht sang- und klanglos verloren.

Ich nahm total entnervt meine Maske ab, gratulierte fassungslos und wie in Trance meinem Gegner, dankte dem Obmann und den vier Kampfrichtern für ihre faire Gefechtsleitung und schlich fürchterlich enttäuscht, den Tränen nahe, gesenkten Hauptes von der Planche zu meiner Bank zurück, auf der ich mich, zurückgezogen in einer Ecke der Halle, eingerichtet hatte. Ich spürte plötzlich die Anstrengungen der letzten beiden Tage, war leer im Kopf und haderte mit meinem Schicksal. Ich hätte diese Meisterschaft locker und leicht gewonnen, wenn mir diese verdammte Klinge nicht abgebrochen wäre, dachte ich und war mir dessen sicher. Der vorherige Gegner war ungleich stärker gewesen und den hatte ich schließlich besiegt. Aber alles hätte, wenn und aber nützte mir nichts – der Sieger war ein anderer, der jetzt noch einmal zu mir kam und tröstend zu mir sagte: „Ohne dein Missgeschick hätte ich es sehr schwer gehabt, gegen dich zu gewinnen. Ich glaube, du hast eine große Zukunft als Fechter vor dir und dafür wünsche ich dir viel Glück."

Ich dankte ihm, versuchte meine Enttäuschung zu verbergen und meine Clubkameradinnen und -kameraden kamen auf mich zugelaufen, beglückwünschten mich zu meinem zweiten Platz, drückten mich, klopften mir anerkennend auf die Schultern, bedauerten mein Pech und trösteten mich in meinem Schmerz. Ganz besonders die sonst so spröde und blasse Uschi, meine Tanzpartnerin für die schnellen Sachen, die mich länger umarmte und fest an sich gedrückt hielt und mir sogar einen scheuen Kuss auf meinen Mund drückte. Es muss komisch ausgesehen haben, bei unserem Größenunterschied – aber das war mir jetzt auch egal. Trost war Trost – und den brauchte ich jetzt in rauen Mengen. Ganz zum Schluss gratulierte mir Kiki, gab mir Bussis auf beide Wangen, drückte mich eher beiläufig kurz an sich und sagte leise in mein Ohr: „Heute Abend, beim Tanzen, habe ich eine Überraschung für dich."

Meine Laune wurde sofort spürbar besser und nach der Siegerehrung, den Fotos für die Zeitungen, dem Duschen und Umziehen, freute ich mich wie ein Schneekönig über meinen sensationellen, von niemandem erwarteten, zweiten Platz.

Ich war auf Anhieb Vizemeister geworden! Südwestfälischer Vizemeister der Florettfechter genau gesagt und platzte fast vor Stolz und Glück. Das Glück vertrieb mein Pech, meine Niedergeschlagenheit und ich sah voller Hoffnung in meine sportliche Zukunft, zumal mir unser erster Vorsitzender als Preis für meinen Erfolg versprach, die Kosten für eine Ersatzklinge meines Floretts zu übernehmen und mir ein neues, zweites Florett nach meiner Wahl zu schenken.

Die abendliche Schlussfeier wurde sehr schön; gut, dass ich mir für Montag einen Urlaubstag hatte reservieren lassen. Wir aßen, tranken, erzählten einander launige Geschichten, lachten gemeinsam und ich genoss es, endlich einmal bemerkt zu werden und sogar eine der Hauptpersonen zu sein. Den einzigen Missklang des Abends leistete sich meine Mutter, die, anstatt mir zu gratulieren, nur meinte: „Na, das war ja nix Tolles."

Na klar, ich errang den größten Erfolg in der Geschichte unseres noch jungen Fechtclubs und für meine Mutter war das einfach nur Scheiße. Viel hatte ich ohnehin nicht von ihr erwartet, aber ein kleines Wort der Anerkennung wäre nicht zuviel gewesen. Stattdessen beschämte sie mich mit ihrer Äußerung und dafür hätte ich sie hassen können. Gut, dass es andere gab, die meine Leistung besser einschätzten und mir halfen, meine Restenttäuschung über den verpassten Sieg herunterzuschlucken und zu verarbeiten.

Im Laufe des Abends flüsterte mir Kiki während des Tanzens zu: „Du warst so toll gestern und heute. Ich hab' dich richtig bewundert und bin ganz stolz auf dich. Was hältst du davon, wenn ich dich am Mittwoch vom Büro abhole? Ich habe ein kleines Attentat auf dich vor: Wir machen da weiter, wo wir am vergangenen Montagabend aufgehört haben – nur diesmal nicht im Auto. Ich bereite einiges vor. Du wirst sehen, alles wird bestens klappen, sei ganz gelassen", und nahm sehr engen Körperkontakt zu mir auf ...

Schwupps, machte es, der Samba meldete sich sofort an der richtigen Stelle und sie hatte mich wieder da, wo sie mich hinhaben wollte. Jedenfalls war ich gespannt auf das, was sie für den Mittwochabend arrangieren wollte.

*

Sie war pünktlich am Mittwoch. Die Wäschetour hatten wir nach etwas mehr als einer Stunde absolviert. Trotzdem war es schon fast dunkel, als wir den Rückweg antraten. Wir fuhren auf dem kürzesten Weg zu der Wäscherei ihrer Eltern, trugen die mit Namensschildern versehenen Körbe mit der Schmutzwäsche in den Raum zu den Waschmaschinen und dann führte mich Kiki nach hinten, in einen kleinen Aufenthaltsraum für die Angestellten, der keine Fenster, sondern nur oben in Deckennähe zwei vergitterte Lüftungsklappen in der Außenwand hatte.

„Fass mit an", sagte Kiki, „wir müssen den Tisch zur Seite schieben. Dann haben wir genügend Platz auf dem Boden." Gemeinsam schoben wir den Tisch beiseite und Kiki nahm aus einem Regal eine dicke Wolldecke, die sie auf dem Boden ausbreitete. Plötzlich hielt sie erschrocken inne und sagte: „Komm mit, wir müssen noch das Auto vom Hof in eine der Seitenstraßen fahren, damit niemand Verdacht schöpft, der zufällig hier vorbeikommt und den Kombi sieht." Sie war unkompliziert und tatkräftig – dazu äußerst umsichtig.

Während wir den Wagen wegfuhren erklärte sie mir, dass nur am Mittwochnachmittag die Wäscherei geschlossen wäre und an den anderen Werktagen, je nach Bedarf, oft noch bis abends neun Uhr oder länger gearbeitet würde. Damit war mir die Bedeutung des Mittwochs für sie, den sie bereits mehrfach erwähnt hatte, auch klar geworden.

Kurz darauf waren wir zurück und betraten erneut die Wäscherei – diesmal ohne das Licht anzumachen. Der Schein der Straßenbeleuchtung, der durch das Schaufenster fiel, genügte uns, den Aufenthaltsraum zu finden. Da die Deckenbeleuchtung in diesem Raum grässlich hell war, ließen wir sie aus und Kiki kramte aus einer Schublade eine dicke Kerze hervor, die sie anzündete und die ein schönes, schummeriges Licht verbreitete. Kiki hatte an alles gedacht!

Dann kam sie auf mich zu. Nach den ersten zärtlichen Küssen zogen wir uns aus, jeder für sich und legten uns eng umschlungen auf die Decke. Wir hatten Zeit. Diesmal gab es keine Hektik. Wir küssten uns wieder, streichelten uns und als ich mit ihrer Hilfe in sie eindrang, sog sie mich ein wie ein hungriger Mund. Ich verharrte einen Moment still auf ihr liegend, spürte ihr warmes, pulsierendes Fleisch, das mich fest umschloss und dachte: so ist das also, das Geheimnis, mit einer Frau zusammen zu sein. Doch Kiki schlang ihre Arme und Beine um mich, spannte ihre Muskeln unter mir und wurde lebendig wie ein Sack voller Mäuse.

„Beweg' dich endlich", stöhnte sie, stieß mir ihr Becken entgegen und gab mir mit ihren Fersen die Sporen.

Ich nahm ihren Rhythmus auf, gab Kontra so gut ich konnte, bis das Metronom der Lust in meinem Kopf immer schneller tickte und in einem großen, alle Sinne betäubendem Orchesterfinale explodierte. Irgendjemand hatte geschrieen, hoch und schrill wie ein Wasserkessel, glaubte ich vernommen zu haben.

Als ich wieder zu mir kam und der trübe Schleier, der sich zwischendurch über meine Augen gelegt hatte verschwunden war, hörte ich sie leise sagen: „Auweia, da hatte sich aber gewaltig 'was in dir aufgestaut. Es war bestimmt allerhöchste Zeit für dich."

„Mir war so, als hätte ich geschrieen?", antwortete ich, immer noch atemlos.

„Nein", sagte sie, rutschte unter mir hervor, legte sich auf die Seite und stützte sich auf ihrem Ellenbogen ab, „das war ich, die geschrieen hat. Aber es war nicht schlecht fürs erste Mal, muss ich wirklich sagen. Es war doch dein erstes Mal, oder?"

„Na ja, irgendwie schon. Ich habe zwar schon vorher mal ein paar Versuche gestartet, aber es ist nie was Gescheites draus geworden."

Mehr bekam ich augenblicklich nicht heraus und mehr wollte ich auch nicht dazu sagen. Es gab zu viele neue Eindrücke zu verarbeiten. Ich hatte mit einer Frau geschlafen, richtig gevögelt, mit allem drum und dran. Jetzt war ich kein Jüngling mehr, sondern ein junger Mann! Das war doch etwas ganz anderes als alles, was bislang in dieser Richtung gelaufen war.

Das tat mir richtig gut und meinem brach niederliegenden Selbstbewusstsein sowieso.

Ich lag eng neben Kiki auf dem Rücken. Sie streichelte meinen Bauch und spielte an mir herum.

„Wie klein und glitschig der plötzlich ist", stellte sie fest und legte ihr angewinkeltes Bein auf meine Oberschenkel.

„Das Glitschige kommt auch von dir und wenn du weiter so an mir herummachst, bleibt der bestimmt nicht so klein", gab ich selbstbewusst zurück und musste grinsen. So war es denn auch, und wir taten es ein zweites Mal. Diesmal saß sie auf mir, stützte sich mit ihren Händen auf meinen Schultern ab und bestimmte das Tempo.

Kurz danach zogen wir uns an, brachten den Raum wieder in seinen Urzustand zurück und verließen die Wäscherei.

Auf dem Weg zu ihrem Wagen sagte sie zu mir. „Wenn du Lust hast, können wir das nächsten Mittwoch noch mal machen – aber dann musst du vorher ein paar Pariser besorgen, weil ich keinen Bock darauf habe, schwanger zu werden. Heute war es ungefährlich, weil ich bis vor kurzem meine Tage hatte. Aber in der nächsten Woche könnte das anders aussehen. Und das Risiko will ich nicht eingehen und du doch sicherlich auch nicht, oder?"

Ich nickte und sah ein Problem auf mich zukommen.

Am darauffolgenden Montag ging ich in eine Apotheke – eine, die in einem Stadtteil lag, in dem man mich nicht kannte. Ich hatte auf der gegenüberliegenden Straßenseite mindestens eine viertel Stunde gestanden und den Eingang der Apotheke beobachtet. Erst als ich mir sicher war, dass keine Kunden darin waren, überquerte ich die Straße und betrat die Apotheke. Unglücklicherweise kam eine junge, hübsche Apothekenhelferin auf mich zu und fragte mich nach meinem Begehr. Wie peinlich; bei der konnte ich doch unmöglich Pariser verlangen, dachte ich sofort und dann, was mache ich denn jetzt bloß?

Die Reklame, die ich im Schaufenster der Apotheke gesehen hatte, rettete mich und ich stotterte unsicher: „Chlorodont, eine Tube Chlorodont Zahnpasta, bitte."

„Eine kleine oder große?", fragte sie und sah mich leicht amüsiert mit hochgezogenen Augenbrauen an, als ob sie etwas gemerkt hätte.

„Äh, eine kleine."

„Darf's sonst noch etwas sein?", fragte sie kurz darauf honigsüß lächelnd und legte die Zahnpastatube vor mich auf die Glastheke. Die hatte bestimmt 'was gemerkt, schwante mir!

„Nein danke, das wär's."

Ich zahlte, drehte mich um und ging rasch zur Tür, als sie hinter mir herrief: „Sie haben ihre Zahnpasta liegen lassen. Die brauchen sie doch, oder?"

Zwei Schritte zurück, die Zahnpastatube gegrabscht ohne Blick auf sie, obwohl sie jeden Blick verdient gehabt hätte und fluchtartig nichts wie raus aus der Apotheke. Ich hörte ihr Lachen hinter mir herkullern wie Murmeln auf einem gefliesten Boden.

Himmel noch mal, dachte ich, das war ja gar nichts gewesen – außer höchst peinlich.

Wo sollte ich Pariser herkriegen? Übermorgen brauchte ich welche, die Zeit wurde knapp. Tags darauf fragte ich in meiner Not leicht verlegen meinen Kollegen Hermann, der schon Anfang zwanzig war. Mit Hermann verstand ich mich gut und er hatte gottlob Verständnis für meine Nöte. Er verwies mich auf die Herrentoilette im Hauptbahnhof, da es dort einen Automaten für Pariser gäbe und man bräuchte nur ein Markstück einzuwerfen und die gewünschte Sorte zu wählen. Man hätte fünf verschiedene Ausführungen zur Auswahl und in jeder Packung wären drei Stück drin.

„Nimm ‚Extra feucht'", empfahl er mir noch und als er meinen verwirrten Blick sah, kniff er mir leicht schmunzelnd ein Auge zu, „die benutze ich auch immer, weil sie dünner sind als die anderen. Mit denen fühlst du einfach mehr. Macht mehr Spaß, verstehst du?"

Am selben Abend ging ich zum Hauptbahnhof und stieg hinab in die streng nach Pisse riechenden Katakomben der Herrentoiletten. Hermann hatte recht gehabt. Der Automat funktionierte und kurz darauf war ich für den nächsten Tag hinreichend versorgt.

Von diesem Mittwoch an holte mich Kiki in den folgenden Wochen jeden Mittwoch ab – fast jeden Mittwoch. Wenn nicht, wusste ich warum. Wir fuhren in die Wäscherei, gingen ins Hinterzimmer, rückten den Tisch beiseite, breiteten die Wolldecke aus, zündeten die Kerze an, zogen uns aus und nachdem wir die Anwendung der Pariser gelernt hatten, machten wir es miteinander wie an dem ersten Mittwochabend. Immer auf dieselbe Weise; beim ersten Mal lag sie unter mir und beim zweiten Mal saß sie auf mir und bestimmte das Tempo. Danach zogen wir uns sofort wieder an, brachten das Hinterzimmer in Ordnung und sie fuhr mich nach Hause.

Immer dasselbe, fast mechanische Ritual. Ohne Herzklopfen, ohne Aufregung, ohne Spannung, ohne Abwechslung. Manchmal dachte ich: wenn Liebe machen so aussehen soll, verstehe ich nicht den Wirbel, der immer darum gemacht wird. Irgendwie hatte ich mir darunter etwas anderes vorgestellt und auch ganz anderes darüber gelesen und gehört. Ich empfand nichts für Kiki – außer, dass ich scharf auf sie wurde, wenn sie mich berührte und anmachte. Aber Liebe? – mit Liebe hatte das nichts zu tun! Es war Sex – sonst nichts. Der Gedanke, von ihr benutzt zu werden, kam mir gar nicht. Die Mittwochsliaison wurde zur Gewohnheit. Nach zwei bis drei Monaten hatte ich den Eindruck, dass es manchmal sogar langweilig war; ungefähr so wie Sockenstopfen, Stich für Stich, immer dasselbe. Wir trieben es miteinander, gingen danach auseinander und das war's.

Wenn wir uns an den Trainingsabenden im Fechtclub sahen, begrüßten wir uns ganz normal mit einem gelegentlichen Küsschen auf die Wange, lachten und redeten miteinander, wie es unter uns Sportlern üblich war und weil wir auf diese Weise den Topf unter dem Deckel hielten, merkte niemand, was wir jeden Mittwochabend miteinander trieben.

Eines Abends, als Kiki mich nach Hause fuhr, sagte sie fast beiläufig: „Weißt du, ich finde dich wirklich ganz nett und mach's auch gerne mit dir, weil es viel besser ist, als wenn ich es mir selbst besorge. Aber ich bin nicht verliebt in dich, bin nicht deine Freundin und will es auch nicht sein. Und du bist nicht mein Freund, und daran wird sich auch nichts ändern. Ich mag dich als einen prima Fechtkameraden und als meinen derzeitigen Liebhaber, mehr aber auch nicht. Wenn du das akzeptierst, können wir auch weiterhin unseren Spaß miteinander haben – wenn nicht, ist es vorbei mit uns und auch, wenn ich erfahren sollte, dass du bei anderen über uns gequatscht hast. Ich habe im Moment keinen anderen Freund oder Mann mit dem ich schlafe, doch wenn einer kommt, in den ich mich verlieben sollte, ist es mit uns sofort vorbei. Ich sage dir das ganz offen und ehrlich, damit du Bescheid weißt und nicht sauer auf mich bist, wenn es eines Tages tatsächlich einmal soweit sein sollte."

Das war ganz typisch Kiki. Sachlich, nüchtern, klare Worte, die zu ihrer praktischen Art passten. Und das war auch die Erklärung dafür, dass sie mich niemals nach meinen beruflichen oder privaten Interessen fragte, gar nichts persönliches von mir wissen wollte, nie irgendwelche Anstalten machte, mit mir auszugehen – nicht einmal in eine Eisdiele. Ich diente ihrer Befriedigung – mehr nicht. Irgendwie hatte ich mir das Zusammensein mit einer Frau sowieso ganz anders vorgestellt. Na ja, wenn ich einmal ehrlich darüber nachdachte, hätte ich auch gar nicht gewußt, worüber ich mit ihr hätte reden sollen – außer übers Fechten, Tanzen und Vögeln. Schließlich kannte ich sie ja kaum. Was hätte man auch groß übers Tanzen und Vögeln reden sollen? Man tat es miteinander, und das war es dann auch schon gewesen. Ohnehin hatte ich Kiki, meist schon kurz nach dem ich aus ihrem Auto ausgestiegen war, fast vergessen. 'Fast' nur deshalb, weil ihr Körpergeruch immer noch ein paar Stunden nach unserem Zusammensein an mir haften blieb. Den empfand ich allerdings als ausgesprochen angenehm.

Sie war auf der Suche nach einem richtigen Freund – ergo konnte ich mich auch, ohne Rücksicht auf sie nehmen zu müssen, auf die Suche nach einer richtigen Freundin machen. Sie würde mir jedenfalls nicht mit Eifersuchtsszenen in die Quere kommen. So lagen die Dinge, und nicht anders. Im Januar war es dann soweit. Botho trat in unseren Fechtclub ein. Botho, den Namen konnte keiner von uns korrekt aussprechen, und deshalb nannten wir ihn Bodo. Er war Mitte zwanzig, dunkelhaarig, kam aus Hamburg und Kiki krallte sich ihn auf der Stelle. Mich ließ sie ohne ein Wort darüber zu verlieren von heute auf morgen wie eine heiße Kartoffel fallen, und damit waren von jetzt auf gleich Kiki und das Hinterzimmer der Wäscherei für mich Vergangenheit.

Ein halbes Jahr später verlobten sich die Beiden. Im Jahr darauf heirateten sie und Kiki verlies den Fechtclub, der in ihren Augen seine Schuldigkeit getan hatte. Ein Baby ließ nicht lange auf sich warten und ungefähr zwei Jahre nach dessen Geburt ließen sich Kiki und Botho wieder scheiden.

Ich sah sie nur noch gelegentlich bei meinen Stadtrundgängen, also ganz selten. Ihr Sexappeal und ihre Schönheit nahmen nach der Geburt ihres Babys ab – ungefähr in dem Maße, wie sie an Gewicht zulegte. Nur ihr Mund blieb lange noch gefährlich schnutig.

Bald nach ihrer Scheidung übernahm Kiki die Wäscherei ihrer Eltern und da sie in geschäftlichen Dingen nicht versiert war, vergaß sie, rechtzeitig in neue Maschinen zu investieren. Das rächte sich. Der Konkurrenzdruck nahm immer mehr zu. Nach wenigen Jahren geriet sie in eine wirtschaftliche Schieflage, die sie – um eine drohende Insolvenz abzuwenden – zwang, die Wäscherei zu verkaufen. Nach Abzug aller Verbindlichkeiten blieb weniger übrig, als sie sich errechnet und erhofft hatte.

Von nun an ging es rasend schnell bergab mit ihr. Da sie keinen erlernten Beruf hatte, nahm sie alle möglichen Aushilfsarbeiten an – überwiegend in Gaststätten und Kneipen. Ihr Kind gab sie während dieser Zeit bei ihren Eltern in Obhut und hatte somit weitgehend freie Hand. Meistens waren ihre verschiedenen Tätigkeiten nicht von langer Dauer, da ihr Fremdbestimmung, Pünktlichkeit und Anpassung fremd waren – dagegen ihr Stolz und ihre Dickköpfigkeit sprichwörtlich.

Sie rutschte immer weiter ab ins Milieu und landete angeblich nach vielen Stationen letztendlich als Klofrau im Hauptbahnhof. Als es jedenfalls kaum mehr tiefer ging, bot ihr ein früherer Bekannter aus Mitleid in seiner Jazzkneipe eine Stelle hinter dem Tresen an. Sie nahm an und stieg auf wie Phönix aus der Asche. Innerhalb kurzer Zeit war sie ob ihres schlagfertigen Mundwerks und ihrem unverblümt deftigen Gossenjargon bei den aufkommenden sogenannten Existenzialisten und Möchtegern-Intellektuellen anerkannt und beliebt. Sie umlagerten sabbernd und mit immer neuen halbklugen Phrasendreschereien die Theke in Dreier- und Viererreihen, die Augen fest in ihrem Dekolleté und waren glücklich, wenn sie von ihr bemerkt und sogar namentlich begrüßt wurden. Das war das Höchste und glich einem Ritterschlag. Mit Kikis Präsenz hinter der Theke blühte die Jazzkneipe zum Nummer-Eins-Hit der Region auf und ihre Ausdrucksweise wurde als „dem Zeitgeist der 68-Bewegung" entsprechend im örtlichen Stadtanzeiger glossiert. Andere nannten ihre Redensarten schlichtweg vulgär.

Sie protzte offen mit den Qualitäten ihrer vielen Liebhaber, was zur Folge hatte, das es immer mehr wurden. Fast jeder dieser Kneipengänger wollte in ihren Katalog aufgenommen werden. Sie war zu einer Ikone der freien Liebe und Lebensweise geworden und hielt sich einige Jahre in dieser Kneipe.

Zu dieser Zeit hatte ich meine Heimatstadt schon längst verlassen und hörte von all dem nur, wenn ich einmal zum Wochenendbesuch zu Hause war. Einmal besuchte ich sie in der Jazzkneipe. Sie tat, als ob ich ihr fremd wäre. Erst als ich zahlte, hielt sie meine Hand fest und sagte leise: „Es war doch schön mit uns, Jonas, und es hat dir doch auch gut getan. Weißt du noch, damals?" Ich sah in ihr verlebtes, leicht aufgedunsenes Gesicht, schwieg und ging. Es gab nichts zu sagen.

Nach meiner damaligen Affäre mit Kiki war für mich sowieso alles wieder wie vorher gewesen – nur irgendwie doch anders.

*

Mit achtzehn Jahren, in der besten Zeit meiner fechterischen Erfolge, erinnerte sich die Bundeswehr meiner.

Mit der Bundeswehr hatte ich nun überhaupt nichts im Sinn. Mit ihr gerechnet hatte ich erst recht nicht, obwohl das Thema Wehrdienst unter achtzehn- bis zwanzigjährigen Männern natürlich allgegenwärtig war. Ich hatte es weggeschoben, weil es mich nicht interessierte. Im Gegenteil: ich war mir ganz sicher, dass es mich nicht betreffen würde. Ein Irrtum – wie sich bald herausstellen sollte.

Es war kurz nachdem ich vom „Internationalen Juniorenkriterium der Florettfechter" aus Düsseldorf zurückgekommen war. Es war das erste absolut hochkarätige Turnier, an dem ich voller Neugier und Nervosität teilgenommen hatte.

Die Vorrunde hatte ich mit drei gewonnenen und einem verlorenen Gefecht glücklich überstanden. Und dann war ich in der Zwischenrunde dieses Turniers – die im Gegensatz zu den Vorrunden im K.o.-System ausgetragen worden war – ausgerechnet auch noch auf den Ungarn Pap getroffen, den damaligen Florett-Weltmeister der Junioren. Als ich das hörte, war nach einer langen Schrecksekunde meine Nervosität plötzlich und für mich irgendwie unverständlich, wie weggeblasen gewesen. Stattdessen hatten sich Freude und Wettkampfspannung in mir breit gemacht. Meine 5:3 Niederlage gegen Pap war aller Ehren wert, denn ich hatte bereits 3:0 geführt und weitere gute Möglichkeiten zu einem Treffer gehabt. Eine Sensation hatte minutenlang in der Luft gelegen und in der Fechthalle für sehr große Aufregung und Aufmerksamkeit gesorgt.

Dennoch hatte diese Niederlage mein direktes Ausscheiden aus dem Turnier bedeutet.

Von allen möglichen Seiten hatte ich sehr viel Lob einheimsen dürfen. Selbst von dem ungarischen Nationaltrainer, der mir die Hand schüttelte, sich meinen Namen notieren wollte und mir in gutem Deutsch erklärte, dass es nicht viele Fechter gäbe, die 3:0 gegen Pap geführt hätten und einem 4:0 näher gewesen wären, als Pap einem 3:1. Ich hatte ihm gedankt, verlegen vor Stolz, und war hochzufrieden mit meinem Turnierverlauf gewesen.

Und dann auf einmal dieses Dilemma mit der Bundeswehr, die mich per Brief zur Musterung eingeladen hatte. Ich wollte das alles nicht: weder gemustert werden, noch Dienst in der Bundeswehr schieben. Erst recht nicht mit irgendwelchen Waffen.

Und ganz bestimmt nicht zu dieser Zeit, in der ich doch im Fechten gerade mein ganzes Glück gefunden hatte.

Es nutzte aber alles nichts: wenige Tage später stand ich verschämt im Adamskostüm vor der geballten Ärztekommission, die ständig von irgendwelchen Assistenten und Helferinnen umhuscht wurden. Man schaute mir oben und unten hinein, auch vorne und hinten, tastete, klopfte, nahm Maß, wog, prüfte meine Reflexe und tuschelte nach jedem Vorgang miteinander. Ich kam mir wie Schlachtvieh vor.

Mein linker Arm, den sich die ganze Ärzteschar genauestens ansah, rettete mich. Und das kam so:

Ich war vor drei Jahren – im Frühsommer nach der Geschichte mit Jutta (Jutta, oh Jutta, wenn du wüsstest, wie oft ich noch an dich gedacht habe) – mit meinem alten Fahrrad bergab unterwegs gewesen, als die Kette riss und damit auch die Rücktrittbremse außer Kraft gesetzt war. Da es keine Handbremse gab, kam ich aufgrund meiner hohen Geschwindigkeit in der nächsten Kurve ins Rutschen, stürzte hart aufs Pflaster und schlitterte gegen die nächste Bordsteinkante, wo ich benommen in der Gosse liegen blieb.

Außer diversen Hautabschürfungen und Prellungen hatte ich mir den linken Unterarm gebrochen. Die untere Hälfte meines Unterarms mit der Hand hing schräg nach unten weg und weißliche Knochenspitzen hatten die Haut durchbohrt. Der Arm war taub. Die Wunden bluteten kaum.

Im Krankenhaus stellte man eine sehr komplizierte, mindestens siebenfache Splitterfraktur fest, die eine umgehende Operation erforderlich werden ließ.

Mit dieser Operation beschritt man 1955 in unserem Krankenhaus Neuland. Der Chefchirurg operierte selbst unter Assistenz des Oberarztes und anderer Spezialisten. Die Brüche der Speiche wurden mit einem Nagel vom Handgelenk bis zum Ellenbogen fixiert und die gesplitterte Elle wurde freigelegt. Nachdem man alle Knochenfragmente wieder an seinen richtigen Platz gebracht und stabil verdrahtet hatte, vernähte man die Wunden und hoffte auf gute Heilung.

Fast fünf Stunden hatte die Operation gedauert – und sie war erfolgreich verlaufen. Die Ärzte strahlten in den folgenden Tagen, beglückwünschten sich gegenseitig und hielten sich die Zeitungsartikel unter die Nasen, die von einer außergewöhnlich schwierigen Operationstechnik berichteten. Ich wurde ebenfalls in den Zeitungsartikeln erwähnt, erhielt einen kleinen Heldenstatus und bekam Butter statt Margarine zum Frühstück, Obst, soviel ich wollte und wurde von einem Sechs-Bett-Zimmer in ein Drei-Bett-Zimmer verlegt. Nach vier Wochen Aufenthalt im Krankenhaus und weiteren drei Wochen zu Hause, ausgefüllt mit Massagen- und Gymnastikterminen, war ich wieder arbeitsfähig. Der Arm sah immer noch zum Erbarmen aus. Abgemagert bis auf die Knochen, fast verkrüppelt und mit runzeliger Haut. Er war längst nicht mehr so beweglich, wie zuvor. Aber er funktionierte wieder – wenngleich nur eingeschränkt und gelegentlich schmerzhaft.

Schwerere Lasten konnte ich mit diesem lädierten Stück auch zu Zeiten meiner Musterung immer noch nicht heben – jedenfalls nicht, ohne dass mein Arm anschließend dick anschwoll. Das war mein Glück. Lädierte Arme, die nicht lastresistent waren, wurden in der Bundeswehr nicht gebraucht und ich wurde folglich der Ersatzreserve IIb zugeordnet; das bedeutete: ich wurde nicht zum Wehrdienst eingezogen, sondern wäre also erst in einem akuten Notfall zu den Waffen beordert worden. Ungefähr, wenn die Russen (oder sonstige Feinde) kurz vor Westfalen aufmarschiert wären. Das hätte mir zwar auch nicht gefallen, aber unter den gegebenen Umständen war die Ersatzreserve IIb keine schlechte Einsatzbewertung für mich. Jedenfalls hatte ich mich innerhalb weniger Minuten damit total zufrieden angefreundet! Am selben späten Abend – oder besser gesagt: kurz vor der Morgendämmerung – brachten meine Freunde mich sturzbesoffen, unter lautem Absingen ziemlich schmutziger Lieder – nach Hause. Mein Kater tagsdarauf war katastrophal und machte mich arbeitsunfähig. Er kostete mich einen Urlaubstag, nachträglich von meinem Arbeitgeber erbeten und von einem verständnisvoll lächelnden Personalchef genehmigt.

Meine Mutter – welch Wunder – sagte keinen Ton zu all dem, und auch in der Folgezeit war dieser Saufabend, oder mein darauffolgender Kater, kein Wort zwischen uns wert. Es war, als ob beides nie stattgefunden hätte. Sollte ich vielleicht doch des öfteren mal kräftig über die Stränge schlagen ...?

Innerlich muckte ich ja schon immer öfter auf und ging heimlich kleine (manchmal auch verbotene) Wege, die meine Mutter nicht mitbekam.

III. Mette und Jonas

Inzwischen schrieben wir das Frühjahr 1961. Ich war zwanzig Jahre alt und befand mich in meiner zweiten oder dritten postpubertären Phase.

Die Schließung des Fechtclubs Ende des vergangenen Jahres, in dem ich fünf Jahre lang aktives Mitglied gewesen war, hatte mich tief getroffen. Unser erster Vorsitzender, der fast fünfzigjährige Hans Neubart, Hauptsponsor unseres Clubs und darüber hinaus auch mein persönlicher Gönner, der all die Zeit für meine Ausrüstung, Reisekosten und Mitgliedsbeiträge aufgrund meines außergewöhnlichen Talents aufgekommen war, hatte klammheimlich alle möglichen Sachwerte versilbert, seine Familie im Stich gelassen und sich, mit einer achtzehnjährigen Abiturientin aus einem Vorort, über Nacht aus dem Staub gemacht. Damit war die finanzielle Grundlage unseres Fechtclubs zerbrochen und ein Weiterbestehen des Clubs, ausschließlich finanziert von den Mitgliedsbeiträgen und eventuellen Verbandszuschüssen, nicht möglich. Die wenigen, von langjährigen Clubmitgliedern vielleicht nur halbherzig versuchten Rettungsversuche scheiterten allesamt und eines Tages, wenige Wochen nach dem Abgang unseres Vorsitzenden, mussten wir unsere Trainingsabende einstellen, und der Fechtclub schloss seine Pforten für immer. Die letzte Mitgliedsversammlung endete tränenreich und half niemandem weiter.

Die Schließung traf mich knüppelhart. Nicht nur, weil mir plötzlich die Basis für meine sportlichen Aktivitäten abhanden gekommen war, sondern weil mir der Fechtclub viel mehr bedeutet hatte. Er war der einzige Ort, an dem ich bisher – allein schon aufgrund meiner sportlichen Erfolge – rundherum anerkannt gewesen war und der mir, trotz meiner inneren Zerrissenheit, in all den Jahren Kraft und Halt geboten hatte. Dort hatte ich mir ein wenig Selbstbewusstsein erworben, auf

dem ich aufbauen wollte und bestimmt auch gekonnt hätte.
Nun gab es den Club in meiner kleinen Welt nicht mehr.
Und damit keine Erfolgserlebnisse, keinen Glanz, keine Ehre,
keine montäglichen Zeitungsartikel über mich und meine
sportlichen Leistungen – nichts dergleichen mehr.

Ich war plötzlich wieder ein Niemand, ein kleiner unbekannter Stricheezieher am Reißbrett in einem Konstruktionsbüro und hing fast wieder genauso haltlos in der Luft herum, wie schon in all den Jahren, bevor ich mit dem Fechten angefangen hatte.

Noch immer lebte ich mit meiner Mutter in der gleichen Wohnung, wie seit Jahren. Meine finanzielle Situation hatte sich als Angestellter, nach Beendigung der Lehrzeit, zwar etwas verbessert, aber an ein eigenes Auto war noch längst nicht zu denken. Zwischenzeitlich hatte ich mir ein gebrauchtes Moped geleistet, mit dem ich so lange wie ein wild gewordener Handfeger durch die Stadt und deren Umgebung gerast war, bis mir eines Tages das Vorderrad in einer Kurve auf einer Ölspur wegrutschte und ich mich ziemlich abgeschürft, zerkratzt und verbeult in einem Gebüsch wiedergefunden hatte. Mein Moped war gegen die Ecke einer Garage geknallt und glich einem Haufen Schrott, dessen Reparatur nicht rentabel gewesen wäre.

Ich hatte ein Riesenglück gehabt, denn Schutzkleidung oder auch nur einen Helm, hatte ich nie besessen.

Also gehörte ich nun wieder der mir seit langem vertrauten Gilde der Fußgänger an.

Mir wurde fast täglich immer mehr bewusst, dass ich irgendwie, trotz einiger guter Ansätze, nicht richtig auf die eigenen Füße kam. Es war eine sonderbare Art von Hilflosigkeit, aus der herauszukommen ich keinen Weg fand.

Meine damalige Phase des „zu mir selbst finden", nannte ich 'James-Dean-Phase'. James Dean war ein amerikanischer Schauspieler, den ich nach seinen preisgekrönten und von mir mehrfach gesehenen Filmen „... denn sie wissen nicht, was sie tun" und „Jenseits von Eden" verehrte und nachzuahmen versuchte, indem ich so schleppend ging wie er, seine Frisur trug (mittelblond war ich sowieso), linkisch die Schultern hochzog wie er, so tief-dackel-traurig von unten heraufschaute wie er – aber immer nur kurz, um dann möglichst schnell wieder wegzublicken! Ich fühlte wie er in seinen Filmen, war wie er – glaubte ich.

Damals hatte ich allerdings nicht die geringste Ahnung davon, dass James Dean stockschwul gewesen sein sollte. Wenn ich in dieser Richtung nur den leisesten Verdacht gehabt hätte, wäre „Jimmy" überhaupt kein Thema für mich gewesen. Ich hatte zwar überhaupt nichts gegen Schwule – oder besser gesagt, genauso viel oder wenig wie gegen Vegetarier, Katholiken, Indianer oder wen oder was auch sonst immer. Meines Wissens kannte ich schließlich keinen Schwulen – und das war alles, was ich dazu sagen konnte.

Ich war jedenfalls eindeutig zum anderen Geschlecht hingezogen, daran gab es keinen Zweifel!

Es war an einem Freitagabend, als ich, wie so oft in jenen Zeiten, die Treppenstufen des Jazzkellers hinabstieg, den leicht modrigen, in Jahrhunderten gezüchteten Geruch, den das große Gewölbe trotz ständigen Lüftens ausdünstete, wahrnahm und mich durch die anwesenden Gäste zum Bartresen am Ende des langen Raumes drückte. An diesem Abend spielte keine Band. Die Musik aus den Lautsprechern kam vom Plattenteller, der in der Bar installiert war. Auf dem Weg dorthin war ich hie und da stehen geblieben, hatte ein paar Bekannte begrüßt und mit ihnen einige Worte gewechselt.

Ich war im Laufe von mehreren Jahren durch eine Radiosendung, die ich – möglichst regelmäßig – spätabends hörte, zu einem Jazzliebhaber geworden. Die Sendung hieß „music in the air" und ich war ziemlich auf sie abgefahren. Oft ging ich zu Beginn der Sendung ins Bett, stellte mein 'katholisches'

Radio auf den richtigen Sender, regelte die Lautstärke und löschte das Licht. Das 'katholische' Radio war eigentlich ein ganz normaler, etwas in die Jahre gekommener Rundfunkempfänger von Saba. Er war aus dunkelbraunem Holz, mit einem magischen Auge in der Mitte seiner Sockelleiste, und stand am Kopfende meines Bettes auf einem Beistelltisch, so dass seine Bedienungstasten und -knöpfe auch im Liegen von mir leicht zu erreichen waren. Das magische Auge leuchtete auf, wenn man das Radio anstellte und tauchte die mich umgebende Dunkelheit in einen schwachen grün-bläulichen Schimmer. Ich liebte die daraus entstehende Stimmung sehr und wenn dann noch die Musik stimmte, konnte ich meinen Träumen nachhängen, bis der Schlaf mich übermannte.

'Katholisch' war das Radio entweder geworden, weil ich den Ausdruck irgendwo aufgeschnappt hatte und mir diese, für ein Radio bizarre Bezeichnung, spontan gefallen hatte; oder aber, weil mich der Farbton seiner Stoffjalousie, die man von links und rechts vor die Bedienungselemente und die Senderskala ziehen konnte, fatal an den Stoffvorhang eines einmal von mir mit Interesse beäugten Beichtstuhls erinnert hatte. Dieses Radio hatte mir zu meiner größten Überraschung eines Tages mein Onkel Bernhardt geschenkt, ohne dass ich jemals den Grund seiner Großzügigkeit erfahren hatte. Aber es gehörte mir von nun an alleine und hatte daher einen ganz besonderen Stellenwert für mich. Es verband meine kleine Welt, in der ich lebte, mit der großen weiten Welt da draußen und führte mich letztlich sogar zum Jazz.

Daher war es kein Wunder, dass ich vor etlichen Monaten als zahlendes Mitglied in den Jazzclub eingetreten war, der den Jazzkeller bewirtschaftete. In der dort herrschenden lockeren Atmosphäre, dem ständig wechselnden Publikum und dem gesamten Clubmilieu fühlte ich mich einfach sauwohl. Der Jazzclub war ein eingetragener Verein mit einer erstaunlichen Anzahl von zahlenden Mitgliedern, der vom Kulturdezernat der Stadt wohlwollend und finanziell nicht kleinlich unterstützt wurde. Außerdem gab es einen spendablen, erfolgreichen Jungunternehmer aus der Baubranche, der sich dank seiner Jazzbegeisterung hin und wieder als großzügiger Sponsor betätigte.

All diese Geldquellen ermöglichten mindestens zwei große Jazzkonzerte namhafter in- oder ausländischer Bands im Jahr, die in den angemieteten Städtischen Bühnen ihren angemessenen Rahmen fanden. Außerdem fanden in wenigen Wochenabständen diverse Jazzkonzerte örtlicher, oder aus der näheren oder weiteren Umgebung angereister Bands unterschiedlichster Jazzstilarten statt, die auf der kleinen Bühne am Kopfende des großen Gewölbes im Jazzkeller ihr Können und ihre musikalische Vielfalt darbieten durften.

Die Bandbreite der dargebotenen Stilarten ging vom einfachen Dixieland über New Orleans Jazz und Swing bis hin zum Modern Jazz, der aber nur von wenigen Kennern – oder solchen, die sich dafür hielten und immer aufpassten, dass möglichst viele mitbekamen, wenn sie mal genüsslich mit der Zunge schnalzten – gemocht wurde.

Manchmal setzte sich auch nur ein Gast, oder ein zur Zeit arbeitsloser Boogie-Woogie-Pianist, der mehr oder weniger zufällig den Weg zu uns gefunden hatte, an das Ragtimepiano, das, wie es Brauch in diesen Jazzkellern war, stets leicht verstimmt auf der Bühne stand, und hämmerte zu seinem und der Zuhörer Vergnügen sein Programm herunter – oft genug kostenlos.

Kurz: in diesem Jazzkeller war fast ständig etwas los und ich, als ausgesprochener Jazzfan, war gerne und häufig dort anzutreffen.

*

Sie stand am Bartresen des Jazzkellers und ich hatte sie noch nie gesehen. Sie unterhielt sich mit Maximilian, der Thekendienst an diesem Abend hatte und die Schallplatten aussuchte und auflegte. Maximilian war Ende zwanzig, einiges über einsachtzig groß, schlank, dunkelhaarig, hatte immer einen oder mehrere lockere Sprüche drauf und arbeitete tagsüber als Angestellter in einer Bank. Außerdem war er der erste Vorsitzende unseres Jazzclubs. Mehr wusste ich nicht von ihm.

Sie war etwa in meinem Alter, schätzte ich, schlank, aber etwa drei bis vier Zentimeter kleiner als ich. Ich blieb, etwa einen Meter von ihr entfernt, schräg hinter ihr stehen und beobachtete sie heimlich. Welch eine Frau!, dachte ich. Was heißt schon 'ich beobachtete sie'. Ich verschlang sie förmlich mit meinen Augen. Jeden Zentimeter, von oben bis unten und wieder zurück. Aus unerfindlichen Gründen musste sie es bemerkt haben; denn sie drehte sich langsam zu mir um, sah mich ruhigen Blickes an und wandte sich gelassen wieder Maximilian zu.

Ich nahm all meinen Mut zusammen, ging zu ihr, stellte mich neben sie an die Theke und sah sie erneut verstohlen von der Seite an. Sie hatte ein unbeschreiblich ebenmäßiges Gesicht und war kaum geschminkt. Dazu eine sehr helle Haut und lange, rubinrote Haare, die ihr offen, leicht gewellt, den halben Rücken herunterfielen. Sie war ein richtiger Kracher und ihre Haare waren eine absolute Provokation. Ich befeuchtete mit meiner Zunge meine trocken gewordenen Lippen und spürte, wie mein Herz anfing, schneller zu schlagen.

Ich räusperte mich, sagte: „Hallo Max, leg doch bitte 'mal die neueste LP von Dave Brubeck mit 'Take Five' auf. Die find' ich einfach klasse."

Vielleicht konnte ich damit bei der schönen Unbekannten Eindruck schinden, deren Blick mich wieder kurz streifte. Sie anzusprechen hätte ich mich niemals getraut. Dafür war sie viel zu schön und ich leider nur ein viel zu schüchterner Niemand.

Maximilian antwortete locker: „Klar, mach' ich doch für dich. Das ist übrigens meine Schwester Mette. Sie ist seit gestern für ein paar Wochen bei meinem Vater und mir zu Besuch", und deutete mit einer kleinen Handbewegung auf den rothaarigen Traum neben mir.

Maximilians Schwester! Wer hätte das gedacht. Die Beiden sahen sich, bis auf die außergewöhnlich helle Haut, die ihnen gleichermaßen zu eigen war, überhaupt nicht ähnlich. Sie sah mich an. Grüne Augen, weit auseinanderstehend, mit viel Platz zum Denken dazwischen. Rumms, hatte es schlagartig bei mir gemacht. Mein Mund wurde noch trockener und meine Knie hielten kaum noch mein Gewicht. Es hatte krachend bei mir eingeschlagen. Sie sah ja fast aus, wie die junge Lauren Bacall, die amerikanische Filmschauspielerin, die des öfteren Filme mit Humphrey Bogart gedreht hatte, dachte ich spontan. Ihr Blick aus diesen grünen Augen haute mich fast um.

Ich sah sie an, scheu von unten, unsicherer Blick und sagte kurz: „Hallo, ich heiße Jonas", sah wieder nach unten auf die wohlgeformten Rundungen, die sich unter ihrem hellen Pullover abzeichneten und zog linkisch die Schultern hoch. Blickte hilflos und merklich durcheinander erneut kurz hoch auf ihren weichen Mund mit der vollen Unterlippe, der plötzlich mit einer eher dunkel gefärbten Stimme gefühlvoll fragte: „Hallo, warum hast du solch' traurige Augen, Jonas?", und mit diesen Worten reichte sie mir ihre Hand.

Das war's! James Dean sei Dank! Er hatte mir geholfen, diese Traumfrau kennen zu lernen.

„Ich weiß nicht", stammelte ich verlegen, behutsam ihren Händedruck erwidernd, „ich weiß es wirklich nicht genau. Vielleicht gucke ich schon immer so. Ich glaube, ich habe dich hier im Jazzkeller noch nie gesehen", schob ich ganz ganz schnell nach, und versuchte sie damit in ein Gespräch zu verwickeln. Bitte, antworte mir, dachte ich, bitte rede weiter mit mir und lass' mich jetzt nicht alleine hier stehen.

Sie tat mir den Gefallen und mir purzelten etliche Felsbrocken von der Seele, als sie lachend antwortete:

„Ich denke, du wirst mich überhaupt noch nicht gesehen haben, und hier im Jazzkeller erst recht nicht, weil ich heute das erste Mal hier bin."

„Ach so", ich stimmte, immer noch verlegen, in ihr Lachen ein und sie fuhr sanft lächelnd meine Unsicherheit übergehend fort, „macht nichts, das konntest du ja nicht wissen." Von diesem Moment an blieben wir den ganzen langen Abend zusammen.

Wir knallten aufeinander wie zwei Billardkugeln, nein, eher noch wie zwei gegenpolige Magneten, die bei Kontakt miteinander verbunden bleiben. Wir standen nebeneinander an der Theke, tranken Cola, suchten uns bald darauf eine stille Ecke und setzten uns auf Hocker an ein Bierfass, auf dem eine Kerze brannte, die in einem Flaschenhals steckte und redeten ohne Unterlass miteinander.

Sie war tatsächlich auch eine Schauspielerin, allerdings nicht beim Film, sondern eine junge Elevin, die gerade ihr letztes Engagement an einem Theater im Ruhrgebiet beendet hatte und sich seit gestern, hier in meiner Heimatstadt, bei ihrem Vater und Bruder in Urlaub befand. 'Elevin', besagte mir gar nichts, war mir völlig neu. Ich hoffte indes, dass sie mir meine Unwissenheit nicht anmerkte und mir deshalb nach wenigen Minuten ihren Rücken zuwenden würde.

Mein Gott, eine Schauspielerin! Meine Gedanken überschlugen sich. Bei der würde ich niemals den Hauch einer Chance haben, war meine erste Überlegung.

Eigentlich war sie es, die anfangs unsere Unterhaltung überwiegend bestritt. Ich sagte wenig, nur das Nötigste. Ich war doch verschlossen, schüchtern und unterdrückt rebellisch in meiner selbstgewählten James-Dean-Rolle, die ich jetzt gerne verlassen hätte. Das konnte ich aber nicht, da ich fürchtete, mein Gesicht zu verlieren.

Wie sich herausstellte, war sie zwei, nein, fast drei Jahre älter als ich. Zu dieser Zeit wusste ich allerdings noch nicht, dass unter annähernd gleichaltrigen jungen Leuten, die jungen Frauen in ihrer Entwicklung den Jungs im allgemeinen Lichtjahre voraus waren, umso mehr, wenn sie aus einem höheren sozialen Umfeld mit einem entsprechenden Bildungsstand stammten. Der Unterschied zu dem, was ich diesbezüglich aufweisen konnte, hätte krasser kaum sein können.

Zwischendurch lud ich sie auf einen Drink ein, den ich selbst an der Theke holte. Dann redeten wir weiter in unserer Ecke und manchmal, wenn ein Blues oder ein anderes, langsameres Stück lief, tanzten wir miteinander. Tanzen, das merkte ich sofort, war nicht unbedingt ihr Ding, aber wir passten uns vorsichtig an, tanzten langsam und zunehmend enger miteinander. Später am Abend dann Wange an Wange, mit noch enger werdendem Körperkontakt, so dass ich ihre Rundungen und wiederum später auch ihr Becken und ihre Oberschenkel an mir spüren konnte. Irgendwie fühlte sich ihr Busen an meinem Brustkorb aber anders an, als bei Kiki oder den anderen Mädels, mit denen ich sonst schon öfter einmal getanzt und bei gelegentlichen Knutschereien, gefummelt hatte.

Je öfter wir Körper an Körper miteinander tanzten, desto stärker gerieten meine Hormone in stürmische Aufruhr und mein Blut mehr und mehr in unkontrollierbare Wallungen, die in meiner unteren Region zu gewissen verräterischen Veränderungen führten. Damit Mette nichts davon bemerkte, zog ich mich dann jedes Mal etwas von ihr zurück und wir verließen Hand in Hand für eine Weile die Tanzfläche. So konnte ich mich wieder beruhigen – bis zum nächsten Mal. Mette erzählte mir, dass sie eine Saison am Schauspiel in Bochum, glaube ich (oder war es in Essen?), oder, ich weiß es nicht mehr – die Rolle einer jungen Naíven, was auch immer das bedeuten sollte, gespielt hätte. Und weiter, dass sie im Raum Hannover und Celle in einem sehr ländlichem Umfeld aufgewachsen sei, früh ihre Mutter durch eine schwere Krankheit verloren hätte und dass ihr Vater ein neuapostolischer Pfarrer wäre, der hier in unserer Stadt und der näheren Umgebung eine kleine Gemeinde betreute.

Von einer neuapostolischen Kirche oder Gemeinde hatte ich noch nie etwas gehört. Das war wohl wieder irgendso eine Sekte, mutmaßte ich und beschloss, mich heimlich schlau zu machen, damit ich nicht in eine Sache hineingeriet, die mir nicht geheuer war. Mit Religionsgemeinschaften oder Sekten hatte ich schon immer, dank familiärer Belastungen, auf Kriegsfuß gestanden. Irgendein Wort in dieser Richtung und mein Nackenfell sträubte sich. Schließlich hatte ich schon ungewollt in meinen frühen Kindheitsjahren entsprechende, überwiegend unangenehme, Erfahrungen sammeln müssen.

Die Familie, aus der meine Mutter stammte, war mit allen Familienangehörigen Mitglied einer aus der protestantischen Kirche entstandenen, sogenannten freien oder Freireligiösen Gemeinde. Solange meine Großmutter mütterlicherseits noch lebte, gehörte jede Woche ein möglichst im geschlossenen Familienverband aufgesuchter Gebetsabend, sowie der sonntägliche Kirchgang zum Gemeindehaus, zu den von mir mit ständig wachsendem Widerwillen ausgeübten Pflichten. Das Gemeindehaus, eine Art Scheune oder Schuppen, mit seiner grüngestrichenen hölzernen Eingangstür, lag hinter einem ehemaligen Kino in einem Hinterhof und war nicht mehr als ein ziemlich heruntergekommener großer Saal, an dessen Kopfende sich ein Behelfspodest mit einem Stehpult oder so etwas Ähnlichem befand, auf dem eine Decke oder Tischtuch, die Bibel und mehrere Gesangsbücher lagen. Es ist anzunehmen, dass es eine Art Altarersatz war. Außerdem war der Saal mit einer uralten Kirchenbestuhlung ausgerüstet und roch ständig muffig; bei Regenwetter ergänzt durch den säuerlichen Geruch lange nicht gereinigter oder gewaschener nasser Mäntel oder sonstiger Oberbekleidung. Der in einer Ecke stehende Kohlenofen mit dem verwinkelten, schwarzen Ofenrohr, war viel zu klein und konnte den Saal nicht annähernd ausreichend beheizen. Im Winter war es dort jedenfalls ständig saukalt und feucht – im Sommer dagegen meist zu heiß und stickig. Zustände, die dem 'Verinnerlichen der Religionsziele und der Ausübung der christlichen Riten' erschwerend gegenüber standen, fand ich.

Die Gemeindemitglieder waren überwiegend dunkel und einfach gekleidet. Ihre Gesichter ernst und glaubensfürchtig. Lachen war von der Gemeindeseite sicherlich nicht verboten, dennoch kann ich mich nicht erinnern, jemals an diesem Ort auch nur irgendjemanden einmal laut Lachen gehört zu haben.

Diese Art von gelebtem Glauben, dass merkte ich schon in meinen jüngsten Jahren, war nichts für mich. Mein ständiges Sträuben gegen all diese Betstunden und Kirchgänge nützte mir aber überhaupt nichts. Ich wurde jedes Mal gegen meinen Willen zum Wohle meines Seelenheils mitgeschleift. Etwas Gutes lernte ich allerdings auch dort kennen: die doppelte Bedeutung des Begriffs Sakrament! Auf jedem Kirchgang fluchte ich fortan die sündigere Version zigmal leise vor mich hin, was mir aber auch nicht half. Stattdessen fing ich mir eher einen geharnischten Rüffel meiner Mutter und gelegentlich auch schon mal eine Ohrfeige ein. Beides minderte weder mein Fluchen, noch meine Bockigkeit. „Sakramentnochmal", das war's.

Nach Großmutters Tod und dem damit verbundenen Ende ihres Familienregimes, löste sich meine Mutter immer mehr von ihren nächsten Verwandten. Sie wurde in deren Augen eine Abtrünnige der Kirchengemeinde. Außerdem war sie schließlich geschieden(!) – und so etwas tat man ohnehin nicht in deren Kreisen.

So kam es, dass meine Mutter, meine Schwester und ich irgendwann einfach nur noch evangelisch waren.

Das blieb einstweilen auch so, bis eines Tages – längst nachdem meine Schwester aus unserer gemeinsamen Wohnung ausgezogen war – die „Wassertrinker" bei uns aufkreuzten. Es waren zwei, dezent in unauffällige hellgraue Anzüge und weiße Hemden mit Krawatte gekleidete gutgelaunte junge Amerikaner, Mormonen aus Salt Lake City im Staate Utah/ USA, die an unserer Wohnungstür klingelten und uns in passablem Deutsch, mit einem allerdings ulkigen amerikanischen Akzent, die Lehren der Kirche 'Jesu Christi, der Heiligen der letzten Tage' (so nannten sie ihre Kirche) verkünden wollten.

Der amerikanische Akzent versetzte meine Mutter in Begeisterung und veranlasste sie, bereits nach wenigen, an unserer Etagentür gewechselten Worten, die jungen Männer zu meiner Überraschung zu uns in unsere Wohnung zu bitten. Sie unterhielten sich angeregt und höflich mit uns und überließen uns etwas Informationsmaterial, als sie ungefähr eine Stunde später wieder gingen. Wir dachten, das wär's gewesen, und wir würden sie nicht wiedersehen. Das war ein länger andauernder Irrtum; denn von diesem Tag an missionierten sie ungefähr alle zwei Wochen immer wieder bei uns. Sie kamen, baten höflich um Einlass, erzählten von ihrem Leben, von Amerika, ihrer Kirche und deren Verheißungen, rauchten nicht, tranken weder Alkohol noch Kaffee, Tee oder Cola, dafür am Tag aber mindestens sieben große Gläser Leitungswasser, von dessen Qualität sie hier in Deutschland schwärmten. Also nannte ich sie, im Stillen für mich, „die Wassertrinker". Sie waren in ihren Bemühungen von äußerst hartnäckiger Höflichkeit und es war verdammt schwierig, sie auszutricksen und nach ungefähr einem Jahr wieder loszuwerden.

So blieben wir auch nach dieser heiligen Versuchung weiterhin evangelisch.

Außerdem hatte ich noch an meinem Arbeitsplatz einen älteren Kollegen, der den Zeugen Jehovas angehörte, der ständig mit seiner Broschüre 'Wachtturm' und ähnlichem Schriftgut herumwedelte und den einen oder anderen Kollegen solange für seine Sache zu bekehren versuchte, bis unser gemeinsamer Arbeitgeber die Nase davon voll hatte und seinem missionarischen Eifer mittels einer Abmahnung unter Androhung einer fristlosen Kündigung Einhalt gebot.

Und nun Neuapostolisch! Nee, von Sekten und ähnlichen Bünden hatte ich die Nase gestrichen voll. Mit dem ganzen Getue wollte ich Zeit meines Lebens nichts mehr zu tun haben!

Das alles ging mir durch den Kopf, als Mette mir weiterhin erzählte, dass sie im anthroposophischen Geist der Steinerschen Lehren in einer Schule in Walldorf erzogen worden sei, und wie sehr sie von der Philosophie dieser Schulausbildung profitiert hätte.

Ich stutzte. Was war denn das nun schon wieder? Wollte sie mich veralbern? Von dem Steiner hatte ich schließlich schon gehört oder gelesen. Den kannte ich sogar ziemlich gut. Der Steiner war im Zweiten Weltkrieg als Held mit dem Eisernen Kreuz und anderen Orden wegen Stalingrad, Leningrad oder sonstwo in Russland hochdekoriert worden – aber, was hatte der Steiner mit der Schule in Walldorf zu tun? Konnte man dort nach dessen Theorien ein philosophisches Abitur machen, oder wie das auch immer genannt wurde? Das erschien mir doch ziemlich weit hergeholt.

Und überhaupt, Walldorf: das wusste ich nun wirklich ganz genau! Walldorf lag in der Nähe Frankfurts am Main. Dorthin waren vor einiger Zeit gute Bekannte von uns aus unserer unmittelbaren Nachbarschaft hingezogen. Und wenn wir deren Einladung gefolgt wären, hätten wir sie dort schon längst besucht.

Irgendetwas stimmte da nicht. Wie passte es damit zusammen, dass Mette im Raum Hannover/Celle auf dem Land aufgewachsen war? Ich hatte das unbestimmte Gefühl, nur Bahnhof zu verstehen und nahm mir vor, noch mehr als bei anderen, vor ihr auf der Hut zu sein.

Es sollte aber nicht das einzige Rätsel sein, dass sie mir im Laufe unserer gemeinsamen Zeit aufgeben würde. Mette, und vielleicht auch all die anderen Frauen, die mir in meinem Leben noch begegnen sollten, würde ich wohl nie voll und ganz zu verstehen lernen, vermutete ich vage.

Mit dieser Annahme lag ich nicht ganz falsch; denn alle weiblichen Wesen mit denen ich bisher, wie auch immer, zu tun gehabt hatte, tickten in mancher Weise irgendwie völlig anders als ich.

*

Meine Schulbildung war jedenfalls völlig anders als Mettes verlaufen.

Ich war mit sechs Jahren in die Volksschule (so nannte man damals die heutige Grund- und Hauptschule) eingeschult worden. Zum Ende der vierten Klasse trennten sich die angehenden Gymnasiasten von den verbleibenden Volksschülern. Das Gymnasium kostete vierzig Mark Schulgeld im Monat – plus teurere Lehrmittel, und war von meiner Mutter nicht zu bezahlen. Meine Lehrer stimmten überein, dass ich für eine Weiterbildung an einem Gymnasium geeignet sei und schlugen meiner Mutter vor, auf dem Wege einer sogenannten Begabtenförderung, die für mich entstehenden Kosten durch einen Fonds, der für Bedürftige eingerichtet war, auszugleichen. Ein entsprechender Antrag wurde gestellt und kam nach kurzer Zeit mit einem positiven Ergebnis zurück. Trotzdem wurde daraus nichts, weil ich – so argumentierte meine Mutter, die Lehrer um Verständnis bittend – nach Abschluss der Volksschule eine Lehre beginnen und damit dringend benötigtes zusätzliches Geld verdienen sollte.

Mir war's, mehr oder weniger, egal. Ich fand mich schnell und faul damit ab und langweilte mich in den meisten Schulstunden weiter. Die einzige Schwierigkeit, die ich zu meistern hatte, beruhte auf meiner Kurzsichtigkeit, die ich meiner Mutter bisher verborgen hatte. Eine Brille wollte ich ganz bestimmt nicht tragen – das wäre wirklich das Letzte für mich gewesen!

Da nahm ich schon lieber den manchmal etwas streng riechenden Manni in Kauf, der neben mir in der ersten Reihe die Schulbank drückte und aus einem ähnlichen Grund wie ich, sich ganz vorne hingesetzt hatte. Er war schwerhörig und trug ein unförmiges, rosafarbenes Hörgerät in und an seinem linken Ohr, welches über zwei verschiedenfarbige Kabel mit Batterien verbunden war, die er irgendwo in seiner Kleidung untergebracht hatte. Trotz seiner, durch das Hörgerät ins Absurde vergrößerten Ohrmuschel, an die ich mich erst gewöhnen musste, ergänzten wir uns nach einiger Zeit prächtig. Wenn ich etwas von dem, was der Lehrer an die Tafel geschrieben hatte nicht lesen konnte, half mir Manni aus meinem Dilemma und umgekehrt schrieb ich ihm auf oder erzählte ihm, was der Lehrer mündlich vorgetragen hatte, wenn er mal wieder nichts verstanden hatte, weil sein Hörgerät vorübergehend in Streik getreten war oder die Batterien schon wieder ihren Geist aufgegeben hatten.

So kamen wir beide ganz gut über die Schulzeit hinweg und wurden im Laufe der letzten beiden Schuljahre (fast) sogar richtige Schulfreunde – obwohl Manni immer irgendwie merkwürdig verschlossen blieb und von sich selbst oder seiner Familie eigentlich überhaupt nichts oder nur sehr wenig erzählen wollte. Dazu kam noch, dass er im Gegensatz zu mir total unsportlich war und sich nur ungern über das absolut notwendige Muss hinaus bewegen wollte. Das trennte uns eben, während wir ansonsten – auch in prekären Situationen, wie etwa Diktaten und anderen Klassenarbeiten –

zueinander standen und uns gegenseitig aushalfen, so gut wir konnten.

Nur einmal, als wir im letzten Schuljahr schon vierzehn Jahre alt waren, hatte ich das Gefühl, dass er mir misstraute. Er saß neben mir auf der Schulbank, krümmte sich manchmal und presste zuweilen seine linke Hand mit kreuzunglücklicher Miene in seinen Schritt und seufzte tief.

„Was ist denn mit dir", fragte ich ihn, „hast du Schmerzen?"
„Nein, es ist nichts", war seine Antwort und, „ich kann's dir nicht sagen, es wird schon von alleine wieder besser werden."
„Also ist doch etwas nicht in Ordnung mit dir", folgerte ich daraus, „sag's mir doch. Ich will dir doch nur helfen."
„Du kannst mir nicht helfen und jetzt lass mich in Ruh'."
Barsch war er geworden und ich dachte, wenn er sich nicht helfen lassen will, dann muss er es eben alleine ausbaden. Was immer es auch sein mochte.

So ging das einige Tage lang. Er quälte sich herum und sah aus, als ob er starke Schmerzen hätte und darunter sehr litt. Fast jeden Tag bestürmte ich ihn aufs Neue, mich in sein Vertrauen zu ziehen und mir doch zu sagen, was mit ihm los sei. Erst nach mehr als einer Woche hatten die Schmerzen, oder ich mit meiner beharrlichen Fragerei, ihn soweit gebracht, dass er bereit war, mich einzuweihen.

Wir gingen auf die Toilette und er zeigte mir seinen Schniedel. Seine Eichel, die nur ein kleines Stück aus seiner Vorhaut herausschaute, war aufgebläht wie ein kleiner Ballon und rot wie eine vollreife Tomate. Und die blaugeäderte Vorhaut sah aus, als sei sie kurz vorm Platzen.

Ach du meine Güte, dachte ich, das muss ja irre wehtun.

„Mensch, Manni, da kann ich dir wirklich nicht helfen. Das sieht gar nicht gut aus und ich glaube ganz bestimmt nicht, dass das von alleine wieder weggeht. Du musst sofort deine Mutter einweihen und dann schleunigst ab zu einem Doktor."

„Aber ich schäme mich doch so vor meiner Mutter. Wenn mein Vater noch leben würde, wäre ich zu dem gegangen. Aber der ist doch im Krieg gefallen."

Das verstand ich gut, weil es mir wahrscheinlich nicht anders ergangen wäre. Trotzdem bedrängte ich ihn und machte ihm Mut, sich seiner Mutter und einem Arzt anzuvertrauen.

Tags darauf war die Schulbank neben mir leer. Aha, Manni hat endlich auf mich gehört, vermutete ich.

Am nächsten Tag war er aber wieder da und erzählte bedrückt, was der Doktor bei ihm festgestellt hatte. Manni hatte eine Phimose, eine Vorhautverengung, bei der sich die Vorhaut kaum noch und, wenn überhaupt, nur unter großen Schmerzen bewegen ließ. Dies hatte für unzureichende hygienische Verhältnisse an seinem Schniedel gesorgt und infolgedessen war eine Entzündung unter der Vorhaut aufgetreten.

So einfach war die Erklärung. Manni schluckte Tabletten gegen die Entzündung und sollte, nachdem dieselbe abgeklungen war, operiert werden. Als seine Mutter erfuhr, dass man ihrem Sohn die Vorhaut beschneiden müsste, hatte sie dem Arzt gegenüber ihr Einverständnis mit der Begründung verweigert, dass doch nur Asiaten, Afrikaner oder sonstige Exoten beschnitten würden, dass ihr Sohn aber keiner von dieser Sorte Mensch wäre und auch in seinem späteren Leben nicht von den Frauen als solch ein Fremdling unserer Gesellschaft angesehen werden sollte.

Manni verstand das mit den Asiaten oder Exoten und deren Beschneidung genauso wenig wie ich, und er erzählte mir von einem längeren Disput zwischen seiner Mutter und dem Arzt. Seine Mutter hatte letztlich doch der Operation zugestimmt, weil es keine andere Lösung gab. Er erzählte mir auch von dem Schiss, den er vor der Operation hatte, und weil ich das alles gut verstehen konnte, tröstete ich ihn, so gut es ging und versprach, ihn im Krankenhaus zu besuchen.

Daraus wurde aber nichts, da er in einer Spezialklinik in Bonn am Rhein operiert werden musste.

Wenige Wochen später saß er wieder neben mir auf der Schulbank. Die Operation war problemlos verlaufen und alles war gut verheilt. Er hatte keine Schmerzen mehr und nur noch ein kleines Stück seiner Vorhaut zurückbehalten, welches ihm aber keinerlei Schwierigkeiten mehr bereitete. Er wirkte ganz zufrieden auf mich und ärgerte sich im Nachhinein, nicht schon früher zum Arzt gegangen zu sein.

So konnte ich ihm von den Problemen erzählen, die sich mir zwei Tage zuvor aufgetan hatten. Ich war in der Oberstadt herumgelaufen, als mir auf dem Bürgersteig der anderen Straßenseite eine Frau entgegen kam, deren Gang und Bewegungen mir irgendwie bekannt vorkamen. Ich hatte meine Augen zusammengekniffen, um besser sehen zu können und trotzdem konnte ich die Frau auf diese Entfernung hin nicht genau erkennen. Um nicht aufzufallen hatte ich daraufhin, prophylaktisch und freundlich, laut über die Straße hinweg gegrüßt und war, ohne anzuhalten, weitergegangen. Das Fatale an der Angelegenheit war, dass ich meine Mutter nicht erkannt und sie es war, die ich gegrüßt hatte! Tags darauf hatte sie mich zum Augenarzt geschleppt, der fast vom Stuhl gefallen war, als er eine beidseitige Kurzsichtigkeit von –3,5 Dioptrien bei mir feststellen musste.

Das alles erzählte ich Manni mit Leidensmiene und fuhr bestürzt fort: „In ein paar Tagen ist meine Brille fertig, und die muss ich dann auch immer tragen. Stell' dir vor: von morgens bis abends ein Nasenfahrrad mitten in meinem Gesicht! Wenn ich die Brille nicht trage oder verschlampe (eine Möglichkeit, die ich insgeheim schon in Erwägung gezogen hatte), hat mir meine Mutter ganz strengen Stubenarrest angedroht."

Manni sah mich an, brummelte irgendetwas Unverständliches und schaute wieder nach innen. Sein Schniedel beschäftigte ihn – verständlicherweise – immer noch mehr als meine Brillenprobleme. Vielleicht hatte ich ihn auch unbewusst an seine Schwerhörigkeit erinnert.

Zu meiner Verwunderung gewöhnte ich mich überraschend schnell an die Brille, die auch ihre Vorteile hatte: schließlich sah ich jetzt die Gesichter und Figuren der Mädels viel deutlicher als ohne Brille. Manche von denen, die ich vorher für sehr begehrenswert gehalten hatte, waren's nun plötzlich nicht mehr und bei manch anderen war es genau umgekehrt. So konnte man sich irren.

Trotz meines optischen Handicaps und der vielen, in Langeweile abgesessenen Schulstunden, verließ ich die Volksschule im Alter von vierzehn Jahren mit einem sehr guten Abschluss. Gefallen hatte mir lediglich der einmal in der Woche stattgefundene Schulsport, bei dem ich mich richtig austoben und meinen Frust abbauen konnte. In besonderem Maße interessiert hatten mich in den letzten vier Jahren eigentlich nur die Deutschstunden; denn Aufsätze schrieb ich für mein Leben gern.

Besonders dann, wenn einem das vorgegebene Thema einen möglichst großen Spielraum ließ, wie zum Beispiel „Mein schönstes Sommerferienerlebnis" oder so was ähnliches. Dann konnte ich meinen wild blühenden Phantasien freien Lauf lassen und war kaum zu bremsen. Ich füllte mit Begeisterung Seite um Seite meines Klassenheftes und wurde Teil der Figuren und Geschichten, die ich erfand.

Da mein Klassenlehrer von meinen Aufsätzen sehr angetan war, wurde ich in der Schule irgendwie populär – in begrenztem Maße, wohlgemerkt. Mein Lehrer hielt einige davon sogar für sehr bemerkenswert. Manchmal musste ich meinen Aufsatz, oder auch nur kurze Passage daraus, vor meinen Mitschülern vorlesen.

Obwohl mir das Vortragen unangenehm war, es mir schwer fiel und ich dabei anfänglich immer verlegen herumstotterte, schrieb ich meine zukünftigen Aufsätze unverdrossen weiter, wie unter einem seltsamen Zwang. Ein anderes Mal wurde ich ausnahmsweise sogar ins Lehrerzimmer gerufen, und musste dort vor dem Lehrerkollegium ebenfalls meinen letzten Aufsatz, mit dem von mir selbstgewählten Titel „Ein Regentag im Herbst", vorlesen.

Von den Lehrern bekam ich sehr viel Lob zu hören – und noch mehr Bedauern darüber, dass ich leider das Gymnasium nicht besuchen konnte.

Meine Schulkameraden hänselten mich wegen meiner Aufsätze noch mehr als sonst, denn ich war immer noch der Zweitkleinste und einer der Dünnsten in unserer Klasse. Ich hatte immer wieder bei den verschiedensten Spielen mit meinen Klassenkameraden versucht, mich hervorzutun. Doch ich versagte eigentlich regelmäßig (ausgenommen beim Bäume erklettern) selbst bei den einfachsten Spielen, wie etwa, wer am Weitesten spucken oder pinkeln konnte. Andere waren in diesen oder ähnlichen Disziplinen immer viel besser als ich.

Neuerdings riefen einige Mitschüler ab und an 'Dichter, Dichter, Dichter' hinter mir her – und es hörte sich wie ein Schimpfwort an. Es machte mir mehr aus, als ich irgendjemandem zugegeben hätte. Leider war ich viel zu schmächtig, um deswegen einen der Schandmäuler verhauen zu können; obschon es mich manches Mal in den Fingern gejuckt hatte. Also zuckte ich mit den Achseln und nahm die Schmähungen hin, bis es mir eines Tages zuviel wurde und das Fass überlief.

Seit Beginn des laufenden Schuljahrs hatten wir einen Neuzugang in meiner Klasse zu verzeichnen. Artur – so hieß er. Er war im letzten Schuljahr bereits das zweite Mal während seiner Schulzeit sitzen geblieben und zum Wiederholungsjahr bei uns gelandet. Er war schon 16 Jahre alt, blond, groß, kräftig, mit Abstand der Stärkste in meiner Klasse, dumm wie Bohnenstroh und dazu ein Großmaul, wie es im Buche stand. Er übernahm sofort die Rolle des Leitwolfs unter uns. Wer nicht auf ihn hören wollte, wurde von ihm gepiesackt oder sogar verprügelt. Er hatte schnell eine Anhängerschar um sich gesammelt, die ihn unterstützte und auf ihn hörte und sich in seinem Schatten sonnte.

Auf mich hatte es Artur schon bald ganz besonders abgesehen. Vielleicht weil ich, in meiner Schmächtigkeit, so wehrlos wirkte oder aus welchen Gründen auch immer. Ich ging ihm nach Möglichkeit aus dem Weg, aber sobald er auf mich traf, griff er mich an. Er knuffte oder rempelte mich, gab mir deftige Pferdeküsschen, verdrehte mir die Arme schmerzhaft nach hinten, machte mir die 'Tausend Nadelstiche', bei der die Haut am Arm in zwei Richtungen gedreht wird, oder nahm mich in den Schwitzkasten – die ganze Quälpalette eben. Und immer unter den Augen seiner Mitläufer, die mich auslachten oder dumme Bemerkungen über mich machten. Ich hatte schon bald sehr viel Angst vor ihm, von der ich – außer meinem Freund Manni – natürlich niemandem etwas erzählte.

Manni konnte mir aber nicht helfen, da er einerseits auch Schiss vor Artur hatte, und andererseits ständig um sein Hörgerät bangte.

Gelegentlich klaute ich meiner Mutter ein paar Groschen, oder auch mal eine Mark aus dem Portemonnaie, die ich dann meinem Quälgeist gab und mir dadurch ein paar Tage Frieden erkaufte. Selbstredend forderte er kurz darauf stets mehr von mir, und wenn ich ihm nichts geben konnte folgte unter dem Gejohle seiner Anhänger meine umgehende Bestrafung, die meist schlimmer ausfiel als die vorherige.

Wenn mich meine Mutter nach meinen Beulen und blauen Flecken, selten genug und nur halb interessiert befragte, antwortete ich ausweichend – etwa in der Art: „Ich bin gefallen", „ich bin gegen 'ne Tür gerannt" oder „ich hab' mich mit meinen Kumpels gebalgt."

Ich wusste nicht, wie ich mich gegen Artur wehren sollte, und wenn ich daran dachte, diese üble Bazille bis zum Ende des Schuljahrs ertragen zu müssen, wurde mir körperlich ganz schlecht. Verpetzen kam nicht in Frage. Das ließen weder meine Ehre noch meine Erziehung zu. Der Ausweg aus meiner Misere kam unerwartet, und ich nutzte meine Chance.

Eines nachmittags stand ich in der Pause auf dem Schulhof, blickte träumend in den Himmel und schaute mir die eigenartige Wolkenformation am Horizont an. Ich hatte das linke Bein etwas nach vorne gestellt, als Artur von hinten an mich heranschlich und mir mit voller Wucht mit dem Absatz seines rechten Fußes auf meinen linken Fuß trat. Ich hatte nur Sandalen an den Füßen und sein Tritt tat höllisch weh, so dass ich vor Schmerz laut aufschrie.

Plötzlich rastete etwas in mir aus. Ich ballte meine rechte Hand zur Faust, drehte mich blitzschnell nach links um, nahm den ganzen Schwung der Drehung mit und schlug Artur blind vor Wut und Schmerz mit einem Urschrei und aller Kraft, die in mir war, in seine Fresse, dass es nur so krachte! Mitten hinein in seine Großeklappefresse.

Ich traf ihn satt. Viel satter, als ich – der ich doch in Sachen Schlägerei völlig unerfahren war – erwartet hatte. Mein Schlag kam knochentrocken, gänzlich unerwartet für ihn und holte ihn von seinen Füßen, auf denen er viel zu locker gestanden hatte.

Auf einmal saß er auf seinem Hosenboden mitten auf dem sonnenüberfluteten Schulhof und schaute mich von unten herauf fassungslos an. Das hatte er sich nicht vorstellen können. Seine große Klappe war verstummt. Er hatte noch gar nicht bemerkt, dass er aus dem Mund blutete und der rote Saft ihm über sein Kinn lief und auf sein Hemd tropfte. Ich stand vor ihm, sah auf ihn herab und fragte mich, was jetzt passieren würde.

Wahrscheinlich war er so sehr verdutzt, dass er noch gar nicht begriffen hatte, was ihm soeben widerfahren war. Dann hob er langsam seine rechte Hand, fasste sich an seinen Mund und bemerkte das Blut, dass zwischen seinen Fingern hellrot reichlich hervorquoll und an seinem Unterarm herunterlief. Er erschrak fürchterlich, und ich sah mit großer Genugtuung die Angst in seinen Augen, die mich immer noch ungläubig und total perplex anstarrten.

Von allen Seiten des Schulhofs kamen Schülerinnen und Schüler angelaufen und bildeten einen stummen Kreis um uns, in dessen Mitte Artur immer noch auf dem Boden saß und die Welt um sich herum nicht mehr verstand. Der große, starke Artur hatte eins auf die Schnauze bekommen, und zwar heftig. Nicht wenige meiner Mitschüler fanden das ganz prima und feixten mit spöttischen Bemerkungen.

Ich sagte zu ihm: „Merks dir ein für alle Mal: du piesackst mich nie wieder, hast du mich verstanden?"

Er sah von unten zu mir hoch und nickte. Er nickte mit seinem Kopf, brav und fromm wie ein Lämmchen.

Ich hatte ihn mitten auf sein großes Maul getroffen. Dummerweise in erster Linie mit meinem Daumen, den ich, als ich meine Faust ballte, nicht in meinen Fingern verborgen hatte, sondern außen draufgelassen hatte. Seine Oberlippe war in der Mitte tief gespalten und es fehlten ihm drei Schneidezähne – zwei oben, einer unten. Da sie nirgendwo herumlagen, nahm ich an, dass er sie vor Schreck verschluckt hatte, als ihn mein Schlag traf.

Mein Daumen hatte allerdings auch etwas abbekommen. Er wurde langsam taub, tat trotzdem weh, schwoll an und das obere Glied stand irgendwie merkwürdig schräg ab. Die Schmerzen meiner linken Fußzehen waren auch nicht von schlechten Eltern.

Inzwischen hatten andere Schüler den aufsichtsführenden Lehrer geholt und los ging's: Hektik und Aufregung überall! Jemand half Artur auf die wackligen Füße und gab ihm ein Taschentuch, das schnell durchgeblutet war. Dann folgte ein

Kurzverhör von uns beiden Kontrahenten durch den Lehrer auf dem Schulhof, anschließend ein weiteres Verhör im Lehrerzimmer und Rektorat im Beisein des Schulrektors. Die Polizei musste – da eine Körperverletzung vorlag – verständigt werden. Ein Arzt und das Rote Kreuz wurden gerufen und als sie kamen, versorgten sie Artur und mich notdürftig, bevor sie uns und eine Lehrerin als Begleitung, in das Städtische Krankenhaus fuhren, für das der Arzt eine Überweisung ausgestellt hatte.

Arturs Schneidezähne waren futsch für immer, stellte man dort fest und die Zahnwurzeln seiner drei Stümpfe mussten operativ entfernt werden. Außerdem musste seine gespaltene Oberlippe genäht werden. Arturs Eltern wurden verständigt und er musste über Nacht im Krankenhaus bleiben.

Mein rechter Daumen und meine angeschwollenen und blutunterlaufenen Zehen wurden geröntgt und siehe da: der Daumen war gebrochen! Meine Zehen waren jedoch nur geprellt. Der Daumen klopfte immer mehr, musste lokal betäubt, gerichtet und anschließend geschient werden. Nach dieser Prozedur, die ich hochgereckten Hauptes ertrug, fuhr das Rote Kreuz die Lehrerin und mich zur Schule zurück. Meinen Daumenverband trug ich humpelnd in den nächsten Wochen, nachdem die ersten schmerzhaften Tage vorbei waren, stolz wie eine Trophäe.

In den nächsten Tagen kam alles über Arturs Tyrannei heraus. Es gab einen Riesenwirbel in der Schule, in der es einen solchen Vorfall bis dahin noch nicht gegeben hatte. Ich glaube, der normale Lehr- und Schulbetrieb war in dieser Zeit zum Teil außer Kraft gesetzt und mein K.o.-Schlag war das Tagesgespräch in allen Klassenzimmern.

Artur und ich wurden, ein paar Tage nach meinem Niederschlag, im Konferenzzimmer der Schule im Beisein unseres Klassenlehrers, des Lehrers, der die Pausenaufsicht geführt hatte, des Rektors, der beiden Männer von der Polizei (!), meiner Mutter und Arturs Eltern verhört. Artur nuschelte Undeutliches, wenn er befragt wurde und war nur mit Mühe zu verstehen. Jedenfalls war es ausreichend für das Protokoll. Und – welch Wunder – er blieb mit seinen Aussagen weitgehend bei der Wahrheit.

Ich hinkte, und mein Daumen klopfte immer noch. Erzählte, wie sehr ich über all die Wochen hinweg von Artur gehänselt, geknufft, geschlagen und überhaupt gequält worden war. Erzählte nicht nur die Sache mit dem geklauten Geld, sondern auch meine ständige Angst vor ihm und von meinen Albträumen, in denen Artur oft genug eine Hauptrolle gespielt hatte. Alle Aussagen von uns wurden von einer Stenotypistin festgehalten. Etliche Kopien des Protokolls mussten anschließend für das Schulamt, das Rektorat, die Polizei, für Versicherungen und für wen auch immer angefertigt werden. Es war ein Riesentheater und beschäftigte eine Menge Leute ein paar Stunden lang.

Artur kam nicht mehr in unsere Klasse zurück und wurde bald nach Klärung des Sachverhalts – nachdem uns seine Eltern das von mir erpresste Geld (einschließlich eines kleinen Schmerzensgeldes für mich) zurückgezahlt hatten – der Schule verwiesen. Wie wir bei dieser Gelegenheit erfuhren, war es bereits das zweite Mal in kurzer Zeit, dass er wegen nichtangepasstem Verhalten die Schule hatte wechseln müssen.

Mein Daumen heilte in den nächsten Wochen, und was mit Arturs Zahnlücken wurde habe ich nie erfahren. Es war mir auch schnurzegal. Ich habe ihn danach nie wieder gesehen. Dieser eine Schlag von mir hatte mein Leben in der Schule total verändert. Ich wurde bis zum Ende meiner Schulzeit nicht mehr gehänselt oder auch nur geschubst. Von niemandem mehr!

*

Während Mette und ich uns weiter im Jazzkeller unterhielten, erschien Moritz.

„Darf ich mich zu euch setzen", fragte er höflich und saß schon, bevor wir zustimmen konnten. Recht war mir das nicht, aber was sollte ich machen?

„Ich heiße Moritz", fuhr er zu Mette gewandt fort. Ich antwortete: „Wenn ich vorstellen darf, das ist Mette. Sie ist die Schwester von Maximilian."

Mette sagte: „Hallo", und sie gaben sich kurz die Hand.

Moritz merkte nicht, dass er uns allein durch seine pure Anwesenheit schon störte. Soviel Feinfühligkeit war ihm nicht gegeben. Er riss das Gespräch an sich und fing sofort an, eine seiner vielen Ladenstories zu erzählen.

Ich hatte ihn hier im Jazzkeller vor einigen Monaten kennen gelernt. Eigentlich war er ganz nett, und ich hatte mich schon des öfteren mit ihm unterhalten. Er war intelligent, belesen und gebildet – sympathischerweise ohne, dass er es einem ständig unter die Nase rieb. Moritz war ein Uhrmachermeister von fünfunddreißig Jahren, der mit seinem Vater in dem oberen Stadtzentrum einen gutgehenden Uhren- und Schmuckladen betrieb und dem das Schicksal bis jetzt noch keine Frau zugewiesen hatte, obschon er ständig auf Partnersuche war. Er hatte eine hohe Stirn, die aufgrund seines ständigen Haarausfalls immer weiter nach oben wuchs und er zeigte beim Lachen sehr viel Zahn. Er lachte häufig, gerne und laut und am liebsten über Geschichten, die er selbst erzählte. Das wäre weiter nicht schlimm gewesen, wenn sich nicht fast jedes Mal, wenn er lachte, zwischen seinem rechten oberen Schneide- und Eckzahn eine Speichelblase gebildet hätte, die bis zur Größe einer kleinen Walnuss anschwellen konnte, bevor sie platzte und als Speichelfaden an seinem Kinn herunterlief. Manchmal bemerkte er es selbst und wischte mit seinem Handrücken seinen Speichel ab. Wenn er aber mal in Fahrt war und gestikulierend seine Stories erzählte, was er gut konnte, vergaß er seinen Speichel, der daraufhin als weißlicher Rest getrocknet an seinem Kinn hängen blieb.

Es war extrem unappetitlich, doch man musste fasziniert immer wieder hinschauen in der Erwartung, wann kommt die nächste Blase, und war fast enttäuscht, wenn das Ereignis ausblieb.

Mette und ich versuchten zwischendurch wieder einmal zu tanzen, ließen Moritz Moritz sein, gingen nach dem Tanz an die Theke und immer, wenn uns jemand stören wollte, setzen wir uns nach kurzer Zeit unter irgendeinem Vorwand irgendwohin ab.

„Was bist du eigentlich für ein Sternzeichen", wollte sie von mir wissen.

„Skorpion."

„Oh, oh, Skorpion ist aber ein kompliziertes und sehr schwieriges Sternzeichen", meinte sie, „aber auch ein höchst interessantes. Es bietet viele Varianten von Charakteren. Ich bin mal gespannt, was es bei dir auszuloten gibt."

Ich verstand nichts von Sternzeichen und Horoskopen und hielt das alles für Larifari, was ich ihr auch sagte. Sie gab mir zwar recht – allerdings nur in Bezug zu den Horoskopen, die man in Zeitschriften und Zeitungen lesen konnte.

„Sternzeichen sind aber ein ganz anderes Thema", meinte sie und sah mich ernsthaft an, „mit dem Sternzeichen erhältst du in etwa ein verschwommenes Foto von dem Innenleben, den Veranlagungen eines Menschen."

„Das würde ja bedeuten, dass du – vorausgesetzt, du kennst dich mit Sternzeichen aus – schon jetzt über einige Bereiche meines Innenlebens Bescheid wüsstest, oder?", antwortete ich ihr und wollte nicht glauben, was ich gerade gehört hatte.

„Sagen wir lieber: über die Grundmuster eines Teils deiner Veranlagungen."

Ich schluckte. Ganz wohl war mir bei dieser Vorstellung nicht und ich dachte dabei an meine Hemmungen und alles, was damit zusammenhing.

Mette sah mich verständnisvoll lächelnd an.

„Pass auf, ich erzähle dir ein Beispiel über eine typische Verhaltensweise eines Skorpions."

Und sie erzählte mir von dem Skorpion, der als Nichtschwimmer einen Frosch gefragt hatte, ob er ihn auf seinem Rücken über den Fluss bringen könnte. Der Frosch hatte Bedenken angemeldet: „Und mitten auf dem Fluss stichst du dann zu und kurz darauf bin ich tot."

Der Skorpion jedoch hatte abgewiegelt: „Aber dann ertrinke ich doch auch", und weil das dem Frosch einleuchtete, nahm er den Skorpion Huckepack und machte sich auf den Weg.

In der Flussmitte hatte er dennoch zugestochen und der Frosch murmelte noch, bevor er versank: „Ich hab's doch geahnt. Was hast du bloß für einen Charakter?"

„Ja", hatte der Skorpion geantwortet, bevor er auch versank, „das ist eben mein Charakter."

„Dann bin ich kein typischer Skorpion!", protestierte ich spontan und blickte Mette ein wenig empört an.

Sie sah mich vielsagend immer noch lächelnd an: „Das werden wir noch sehen."

Irgendwie kam es mir so vor, als ob ich diese Geschichte nicht richtig verstanden hätte. Aber da Mette keine Anstalten machte, die Sache zu vertiefen, ließ ich es auch sein – obschon ich mir ziemlich dumm vorkam und gerne hinterfragt hätte. Himmel noch mal, dachte ich kurze Zeit später, der Verzweiflung nahe, Mette ist mir haushoch überlegen und ich komme mir wie der kleine Doofe vor. Das wird nie und nimmer was mit ihr.

Aber kurz darauf fügte sie noch fröhlich an: „Ich bin übrigens ein Steinbock. Steinböcke harmonieren im Allgemeinen sehr gut mit Skorpionen, wusstest du das?", und strahlte mich an, dass mir ganz anders wurde.

*

Spät am Abend, es war schon weit nach Mitternacht, musste ich zur Toilette, die sich außerhalb des Jazzkellers im Schlosshof befand.

„Lauf' mir in der Zwischenzeit nicht weg", sagte ich zu Mette, bevor ich nach oben verschwand, „ich bin gleich wieder da." Sie nickte und lächelte hinter mir her.

Als ich aus der Toilette wieder herauskam und durch den Schlosshof zurück zum Eingang des Jazzkellers gehen wollte, sah ich sie. Sie stand im Lichtschein einer Lampe vor dessen Eingang, hatte ihre Arme wegen der Nachtkühle um ihren Oberkörper geschlungen und schaute ganz still und ruhig zu mir hin. Sie kam mir ein paar Schritte entgegen und nahm wie selbstverständlich meine Hand. Wortlos gingen wir aus dem Lichtkegel heraus in den unbeleuchteten Teil des Schlosshofs, wo wir im Halbschatten stehen blieben und uns ansahen. Ganz langsam und behutsam, als ob sie bloß nichts zerstören wollte, legte sie ihre Arme um meinen Hals und schmiegte sich sachte an mich. Ich umfasste ihre Taille mit beiden Händen, zog sie zögernd noch näher an mich und hielt sie fest. So blieben wir ineinander versunken eine kleine Weile stehen, bis sich nach Momenten vorsichtigen Suchens unsere Münder trafen und wir uns mit geschlossenen Lippen küssten, zaghaft, fast scheu und erst etwas später fanden unsere Zungen zueinander. Es war ein wundervoller, unendlich zarter und sanfter Kuss ohne jegliche Forderung und Geilheit, bei dem die Zeit einfach stehen zu bleiben schien.

Irgendetwas geschah in mir, geriet aus seinen festbestimmten Fugen und ließ mich ins Taumeln geraten. Meine Hormone hatten sich, während wir uns küssten, nicht gemeldet – aber dafür hatte ich ein flaues Gefühl in meiner Magengegend bekommen und Gänsehaut und Schauer waren mir den Rücken heruntergelaufen. Ich merkte, wie ich ziemlich durch den Wind geriet. Alles um mich herum schien sich zu drehen. In ein solches Gefühlskarussell war ich in meinem ganzen Leben noch nicht gekommen.

Hand in Hand kehrten Mette und ich zurück in den Jazzkeller und Maximilian schmunzelte, als er uns kommen sah.

„Du brauchst gar nicht so zu grinsen", sagte Mette zu ihm, lachte dann aber auch laut auf. Irgendwie nahm ihr beider Lachen die Spannung von mir und erleichtert stimmte ich in ihr Gelächter ein.

Damit war eigentlich alles klar. Und so begann diese total verrückte, unglaublich intensive Liebe zwischen Mette und mir. Alles andere würde sich ergeben und die Dinge von selbst ihren Lauf nehmen, neuapostolisch hin oder her. Das war mir von nun an schnurzegal.

Irgendwann waren alle Gäste gegangen. Wir halfen Maximilian beim Aufräumen und Gläser spülen, leerten die überfüllten Aschenbecher, und als Mette und ich uns spät in der Nacht – eigentlich war es schon gegen morgen – auf dem Parkplatz vor dem Schloss voneinander verabschiedeten, umarmten wir uns und küssten uns auf den Mund wie zwei Liebende.

Wir verabredeten uns für den nächsten Abend wieder in jenem Jazzkeller und dann fuhren beide in Maximilians Wagen davon.

*

Der Samstag ging bis zum Abend quälend langsam herum. Ich war so früh wie möglich im Jazzkeller und wartete ungeduldig auf Mette, von der ich meine Gedanken in den vergangenen Stunden, seitdem wir uns verabschiedet hatten, nicht mehr losbekommen hatte.

Mir kam es vor, als ob ich träumte. Was fand sie bloß an mir? Sie, die hinreißend schöne Theaterschauspielerin mit Waldorfabitur und ich, der schüchterne, verklemmte junge Mann ohne Geld aber schlechter Allgemeinbildung, der Niemand, den kaum jemand einmal bemerkte, den es eigentlich gar nicht gab. Darüber zerbrach ich mir meinen Kopf, und meinem ohnehin schwach ausgeprägten Selbstbewusstsein waren diese Gedankengänge nicht gerade förderlich.

Aber ich wollte sie wiedersehen. Unbedingt! Mit aller Macht! Das wusste ich wenigstens ganz genau – egal, ob nun daraus was werden würde oder nicht werden würde.

Den ganzen Nachmittag über hatte ich mich mit mir selbst beschäftigt. Ich hatte gebadet, meine Finger- und Fußnägel geschnitten und anschließend, voller Zweifel das Richtige zu finden, meinen Kleiderschrank nach brauchbarer Garderobe für den kommenden Abend durchgesucht.

Meine Entscheidung war schließlich doch auf meinen hellgrauen Anzug gefallen. Eigentlich war es eher ein Sommeranzug, aber es war der einzige ordentliche Anzug in meiner Auswahl, der mir noch passte. Dazu wählte ich ein weißes Oberhemd aus und eine Krawatte in fröhlichem Rot mit kleinen weißen Punkten. Meiner Meinung nach sah ich ganz passabel aus. Sicher war ich mir allerdings nicht, wie meistens. Schließlich wusste ich auch nicht, welche Ansprüche Mette an mich stellen würde. Dafür kannte ich sie zu wenig. Ich war mir auch genauso wenig sicher, ob ich mein Rasierwasser „Old Spice" – ein Weihnachtsgeschenk – verwenden sollte oder besser nicht. Nach langem Ringen mit mir, entschied ich mich für einen dünnen Tropfen hinter jedem Ohr und hoffte, dass ihr mein Duft gefallen würde. Ein falscher Duft oder unangenehmer Körpergeruch konnte so manch hoffnungsvollen Beginn ganz schnell verderben.

Gerüche haben für mich immer eine ganz entscheidende Rolle gespielt. Menschen, die ich kennen lernte und deren Geruch mir nicht gefiel, hatten kaum eine Chance bei mir. Der Geruch musste stimmen, sonst lief gar nichts. Gerüche von Personen, mit denen ich in irgendeiner Art einmal zu tun gehabt hatte oder auch von Orten, an denen ich einmal gewesen war, blieben jahrelang in mir lebendig. Ich weiß nicht, wieso ich diese merkwürdige Marotte entwickelt hatte, aber es ging mir schon immer so, seitdem ich denken konnte. Sympathie und Antipathie zu einem anderen Menschen wurden bei mir in den ersten Minuten des Kennenlernens hauptsächlich über seinen individuellen Geruch entschieden.

Mette mochte ich von Anfang an riechen. Sehr sogar.

Ob sie unsere Verabredung einhalten würde? Oder war der gestrige Abend für sie doch nur eine unbedeutende kurze Episode gewesen? Wenn es so war, hatte ich mich kräftig geirrt. Je länger ich wartete, desto nervöser wurde ich. Bestimmt hatte ich ihren Ansprüchen nicht genügt, zweifelte ich.

Na ja, es wäre auch zu schön gewesen. Trotzdem: es hatte mich unverhofft und gewaltig erwischt.

Mittlerweile war es dunkel geworden und ich zappelte, nervös auf meine Armbanduhr schauend, hin und her. Gegen halb acht Uhr kamen Mette und Maximilian und mir fiel ein Stein – was sage ich: ein ganzes Gebirgsmassiv – vom Herzen. Maximilian, gottlob auch in Anzug und Krawatte, in Begleitung einer jungen blonden Schönen, die in einem Kaufhaus in der Kosmetikabteilung arbeitete und die ich vom Sehen kannte. Ihr Name war Silke und sie war etwa einen halben Kopf größer als ich. Wie ich gehört hatte, sagte man ihr eine Vielzahl von Affären nach und um ihren Ruf stand es nicht gerade zum Besten in unserer kleinen Stadt. Aber das sollte mir egal sein – und das war es auch. Hauptsache, Mette war mitgekommen und wollte den Abend mit mir verbringen.

Wir begrüßten uns alle mit großem „Hallo, und wie geht's?" und so weiter. Silke sagte: „Ich heiße Silke", und ich antwortete: „Jonas, ganz einfach, wie der aus der Bibel mit dem Wal." Silke runzelte ihre Stirn und sah mich irritiert an. Mette dagegen schmunzelte vergnügt, gab mir einen flüchtigen Kuss auf den Mund und hakte sich sofort mit der allergrößten Selbstverständlichkeit bei mir ein, während wir besprachen, wie wir den Abend gestalten wollten.

Die Mädels sahen blendend aus. Sie hatten sich ebenfalls samstäglich herausstaffiert, wie es zu damaliger Zeit am

Wochenende üblich war, und ich konnte meine Augen kaum von Mette lassen.

Maximilian kannte ich eigentlich nicht näher – lediglich aus dem Jazzkeller. Sicherlich hatten wir dort schon hin und wieder miteinander geredet, aber eher belangloses Zeug, wie über neue Jazzplatten, Jazzkonzerte oder einzelne Musiker. In diesem Metier kannte er sich sehr gut aus und ich lernte darüber im Laufe der Zeit eine Menge von ihm.

Ich hatte bis vor kurzem allerdings nicht gewusst, dass er mit einem ziemlich läufigen Unterleib gesegnet sein sollte und auch nicht, dass er sich mittlerweile quasi als Kleinstadtcasanova einen gewissen Namen gemacht hatte. Ihm wurden ungezählte Liebesaffären nachgesagt, und so wie er aussah war das auch bestimmt glaubhaft. Damit passte er ganz gut zu Silke, fand ich. Aber warum waren seine Affären immer nur von kurzer Dauer gewesen? Darüber redeten eine Menge Leute im Jazzkeller und zerbrachen sich die Köpfe.

Auf Maximilians Vorschlag fuhren wir in seinem älteren, aber gut erhaltenen Mercedes in eine etwa eine halbe Fahrstunde entfernte kleine Stadt, um eine Kneipe aufzusuchen, in der an den Wochenenden, wie wir gehört hatten, bei Livemusic immer viel los sein sollte. Wir wollten einmal etwas anderes sehen und hören als unseren Jazzkeller und außerdem wollte Maximilian seiner Schwester oder Silke oder beiden sicherlich auch etwas Besonderes bieten. Wie es schien, hatten wir uns den falschen Abend ausgesucht. Statt Livemusic rödelte die Musikbox einen Schlager nach dem anderen. Ausgerechnet Schlager! Nachdem wir uns ein Weilchen in dieser öden Kneipe gelangweilt hatten, fuhren wir ziemlich enttäuscht wieder zurück.

Wie auf der Hinfahrt saßen Mette und ich auch auf der Rückfahrt im Fond des Mercedes und schmusten in der Dunkelheit ein bisschen miteinander. Daraus wurde allmählich eine immer heftiger werdende Knutscherei, bei der meine

Hände an Mettes Körper versuchten, auf Reisen zu gehen. Als ich ihre Brüste berührte, hielt sie meine Hand fest, legte sie auf ihre Taillenkuhle und sagte leise, mit ihren Lippen an meinem Ohr, „nachher", und schleckte mir kurz mit ihrer nassen Zungenspitze durch meine Ohrmuschel. Ich zuckte heftig zusammen. Das wäre fast in die Hose gegangen, da sämtliche Hormone in mir auf einen Schlag wie vom Teufel geritten in meine südliche Region unterwegs waren.

Was das „nachher" bedeuten sollte, war mir auch nicht so ganz klar. Irgendwie schon, logischerweise – aber wo denn, bitte schön, ‚nachher'?

Wir fuhren noch einmal zurück in unseren vertrauten Jazzkeller, in dem es aber ausnahmsweise auch ziemlich ruhig war. Heute schien überall der Wurm drin zu stecken. Nach einem Drink sagte Maximilian locker: „Fahren wir doch lieber zu uns nach Hause."

Aha, dachte ich, und Mette drückte heftig meine Hand. Wieder im Auto sitzend, landete ihre Hand auf meinem Oberschenkel und blieb dort liegen. Ich spürte ihre Wärme und kämpfte bereits wieder mit meinen Hormonen und meinen aufsteigenden Trieben. Es war immer dasselbe mit mir, und ich zerbiss heimlich einen Fluch.

„Unser Papa ist heute Abend zwar zu Hause", sagte Mette beiläufig zu mir, „aber er wird uns nicht stören. Maximilian und ich haben unsere eigenen, separaten Zimmer."

Verständnislos sah ich sie an, sagte aber nichts dazu. Ich war noch nie von einem Mädchen mit auf ihr Zimmer genommen worden – höchstens einmal für ein paar Minuten, um Bücher zum Lesen auszutauschen oder so was ähnlichem. Mehr hätten deren Eltern auch nicht erlaubt – egal, ob sie nun zu Hause gewesen wären oder nicht. Das war 1961 eben so in den kleinbürgerlichen Kreisen, in denen ich mich üblicherweise bewegte. Mehr hätte (allein schon der Nachbarn wegen!) bedeutet: die Beiden gehen fest miteinander und stehen kurz vor der Verlobung.

Ausgerechnet bei Mette und ihrem Vater – dem Pastor! – sollte das anders sein? Und all das bereits am zweiten Abend unseres Kennenlernens? Mir sollte das sehr recht sein! Ich war schon hochgradig erregt und gespannt, wie der weitere Abend verlaufen würde.

Nach wenigen Minuten waren wir am Ziel. Maximilian verschwand, ohne ein weiteres Wort zu sagen, mit Silke in seinem Zimmer und Mette zog mich hinter sich her in ihr Zimmer.

Sie bewohnte ein Eckzimmer, und in den beiden Außenwänden befand sich jeweils ein Fenster. Schräg gegenüber der Zimmertüre stand in der Ecke ihr Bett, das durch seine Größe das Zimmer beherrschte und mir sofort ins Auge fiel. Es war ein französisches Bett mit vielen Kissen bestückt. In der anderen Zimmerecke stand ein Schreibtisch mit einem Stuhl davor, und zwischen Bett und Schreibtisch ein Beistelltischchen mit einer Leselampe und allerlei sonstigem Krimskrams. Außerdem gehörten noch eine Kommode und ein dreitüriger Kleiderschrank zum Mobiliar. Auf dem Dielenboden lag ein Flickenteppich und die Wände waren zwischen proppenvollen Bücherregalen vollgepint mit Bildern berühmter Theaterschauspieler, Zeitungsausschnitten, Fotos, Regieanweisungen, handschriftlichen Gedichten, Notizen und sonstigen Erinnerungsstücken.

Ich war von diesem scheinbar geordneten Chaos ziemlich beeindruckt, da sich ihr Zimmer doch deutlich von dem unterschied, was ich oder meine anderen Freunde zu bieten hatten – sofern sie überhaupt den Luxus kannten, ein separates Reich für sich bewohnen zu dürfen. Mettes Zimmer wirkte jedenfalls erheblich lebendiger auf mich.

Sie ließ mich für einige Minuten alleine, kam aber bald darauf mit Getränken zurück und erklärte mir: „Ich habe Papa gesagt, dass ich Besuch mitgebracht habe und dass du wahrscheinlich bis morgen früh bei mir bleiben wirst, oder willst du etwa schon gehen?"

Spitzbübig klang ihr Nachsatz und lächelnd schaute sie mich an. Es verschlug mir förmlich die Sprache und ich sah sie fassungslos an. Das hatte ich nun wirklich nicht erwartet.

„Was hast du gesagt? Ist dein Vater denn nicht sauer oder so"?, fragte ich sie, immer noch ziemlich entgeistert.

Mette beruhigte mich: „Keineswegs, es ist alles in Ordnung. Mach' dir keine Sorgen. Vater ist sehr verständnisvoll und wird uns nicht stören. Ich bin schließlich eine erwachsene Frau."

Es ging nicht in meinen Kopf hinein. Die Reaktion meiner Mutter wäre im gleichen Fall jedenfalls ganz anders ausgefallen. Erheblich anders!, und vor allem negativer. Da war ich mir absolut sicher.

Mette hatte also beschlossen, die Nacht mit mir zu verbringen. Allzu viele Umstände machte sie nicht und Maximilian war offensichtlich in ihr Vorhaben eingeweiht gewesen. So leicht hatte es mir noch keine Frau vorher gemacht. Deshalb auch das 'Nachher' vorhin im Auto, und ich spürte schon wieder ihre Zungenspitze in meinem Ohr.

Sie nahm die Tagesdecke von ihrem Bett, legte sie sorgsam zusammen und während ich ziemlich nervös von einem Fuß auf den anderen trat, deckte sie ruhig und mit der größten Selbstverständlichkeit ihr Bett auf. Dann drehte sie sich zu mir um und wir standen in der Mitte des Zimmers auf dem Flickenteppich einander gegenüber. Erst zaghaft, dann immer heftiger werdend umarmten und küssten wir uns, knutschten, fummelten beide am Anderen herum und fingen an, uns gegenseitig auszuziehen.

Als ich ihren Büstenhalter öffnete und nach vorne zog, purzelten aus den Körbchen kleine, kissenähnliche Stoffgebilde auf den Boden herunter. Jetzt war mir alles klar. Das war also des Rätsels Lösung! Mette hatte der Natur etwas nachgeholfen, obwohl es nach dem, was ich jetzt sah, meiner Meinung nach überhaupt nicht notwendig gewesen wäre.

So braucht eben jeder seine eigenen Krücken als Lebenshilfe. Ich meinen James Dean und sie ihre BH-Füllungen.

Während ich noch mit meinen Socken kämpfte und krampfhaft überlegte, ob ich meine Unterhose noch einen Moment länger anlassen sollte, legte sich Mette bereits rücklings nackt auf ihr Bett.

Das war nun wieder eine völlig neue Situation für mich. Natürlich hatte ich schon jede Menge nackter Frauen gesehen, wie im Jahr zuvor, als ich mit meinem besten Freund Armin auf Sylt an der Nordsee FKK-Urlaub gemacht hatte, und natürlich hatte ich auch schon einige sexuelle Erfahrungen gesammelt. Aber da mein Zimmer zu Hause nach wie vor keine sturmfreie Bude und meine Mutter ständig präsent und eifersüchtig auf jedes Mädchen in meiner Nähe war, hatten meine sexuellen Aktivitäten meistens – einmal abgesehen von meiner Affäre mit Kiki in dem Hinterzimmer der Wäscherei – auf den Rücksitzen von Autos, einmal im Sand der Nordseedünen, oder auch zwischen Büschen auf einer Wiese, auf irgendwelchen Parkbänken, im Stehen in dunklen Ecken, Hauseingängen und so weiter – jedenfalls immer an Orten stattgefunden, an denen man jederzeit mit allen möglichen Störenfrieden rechnen musste.

Der einzige Ort, den ich kannte und der mir ziemlich sicher vor ungewollten Störungen erschien, war eine bestimmte Bank auf einem unserer Friedhöfe, die man durch eine schmale Lücke in der Friedhofsmauer erreichen konnte. Nach Einbruch der Dunkelheit wurden die Friedhofstore abgeschlossen und somit waren Störungen praktisch ausgeschlossen.

Ich konnte aber beileibe nicht jedes Mädel, das ich schon etwas näher kannte, überreden, mit mir dorthin zu gehen. Erst recht nicht im Dunkeln. Wenn es dann doch einmal geklappt hatte, bestimmt kein zweites Mal. Eine wahre Freude war es dort ohnehin nie gewesen. Irgendwie beeinträchtigten die Geister der Toten das Liebesgeschehen doch ganz erheblich.

Nun lag sie vor mir, streckte ihre Arme nach mir aus und sagte lächelnd: „Komm, du brauchst nicht aufzupassen." Erschrocken fuhr ich herum, starrte zur Zimmertür und fragte nervös: „Du hast aber doch sicherlich abgeschlossen, oder?" Da sprach der antrainierte Sicherungsreflex in mir. Sie lachte, nickte und antwortete: „Wäre zwar nicht nötig gewesen, hab' ich aber deinetwegen trotzdem gemacht."

Wir ließen die Leselampe an, und nachdem meine erste aufgeregte schnelle Katastrophe vorüber war, half sie mir, meine Nervosität und Hektik in den Griff zu bekommen und sie war es dann, die mich zum richtigen Zeitpunkt zu ihr führte. Es wurde eine wunderbare, unvergessliche Nacht voller Zärtlichkeit und Erfüllung für uns beide, wie ich sie noch nie zuvor erlebt hatte. Eine Nacht, die nicht zu enden schien und in der wir nicht eine Minute schliefen.

Es muss zwischen fünf oder sechs Uhr morgens gewesen sein, als ich mich anzog und von Mette verabschiedete. Leise verließ ich ihr Zimmer. Im Flur stand ein großer Mann im Bademantel. Mettes Vater. Erschrocken zuckte ich zusammen. Jetzt gibt's bestimmt gewaltigen Ärger, dachte ich. Doch er sagte freundlich: „Guten Morgen, möchten sie gehen? Dann schließe ich ihnen die Haustüre auf."

Ziemlich verwirrt antwortete ich leicht stotternd: „Ja – äh – Guten Morgen – äh – Auf Wiedersehen", und ging leicht verwirrt hinaus in den beginnenden Morgen.

Es war unbegreiflich. Irgendwie verstand ich die Welt nicht mehr. Insbesondere Mettes Welt, die mir ganz anders vorkam als die Welt in der ich lebte. Was war denn das für eine Reaktion von Mettes Vater gewesen? Litt der Mann an „Morbus Meise"? – und wenn ja, dann musste es aber ein ziemlich akuter Fall sein. Er war doch nicht nur ihr Vater, sondern außerdem auch noch ein Pastor oder Pfarrer – zwar lediglich ein neuapostolischer, aber Pfarrer war doch schließlich Pfarrer, selbst wenn die Sekte noch so schräg war! Er musste doch wissen, was seine Tochter und ich die ganze Nacht über getrieben hatten. Hatte er etwa in den vergangenen Stunden vor unserer Zimmertüre gestanden und gelauscht? Fragen über Fragen ...

Bald aber vergaß ich, als ich in des morgens Grau über die leeren Straßen quer durch die Stadt nach Hause ging, nach Antworten zu suchen. Ringsherum war alles noch still, nur die Vögel begrüßten laut zwitschernd und jubilierend den jungen Sonntag. Ganz selten fuhr einmal ein Auto an mir vorüber und es schien, als ob ich der einzige Fußgänger so früh am Tage wäre.

Ich breitete meine Arme aus, umarmte die kühle Luft, die Stadt, die Welt, einfach alles. Trunken und taumelnd aus lauter Glückseligkeit, mehr schwebend als gehend, drehte ich, mich selbst umarmend, eine Pirouette, sprang in die Luft und wenn ich daran dachte, dass ich Mette in wenigen Stunden wiedersehen würde, kribbelte alles in mir und warme Wellen des Glücks durchfluteten mich.

Ich war mir sicher, dass dieser beginnende Tag ein wunderbarer Tag für mich werden würde.

*

Ich fasste es kaum. All das, was seit vorgestern mit mir geschehen war, konnte ich kaum fassen. Unbegreiflich: ich hatte plötzlich eine Freundin, eine wunderschöne, junge weiche warme Frau, die ernsthaft mit mir redete, mir zuhörte, sich für das, was ich sagte und tat interessierte, mir das Gefühl gab, für sie wichtig zu sein. Die sich mir darüber hinaus, ohne jegliche Scham, voller Lust und Leidenschaft hingab. Nein, das konnte ich so schnell nicht begreifen. Nicht nach den beiden Nächten mit ihr und dem Tag dazwischen, den dreiunddreißig Stunden, die wir uns erst kannten.

Ich spürte noch ihre Haut an jedem Quadratzentimeter meines Körpers, liebte ihren Geruch, der an mir haftete und ihren Geschmack in meinem Mund.

Es gab keine Worte für das Maß an Glück, das ich empfand.

*

Am gleichen Nachmittag war ich wieder bei Mette zu Hause und wurde ihrem Vater vorgestellt.

„Vater, das ist mein Liebster, er heißt Jonas und er war letzte Nacht bei mir", sagte Mette ganz einfach zu ihm – und ich geriet schon wieder ins rotieren.

Bei allem guten Willen: das konnte doch nicht wahr sein! Mit einer solchen Vorstellung hatte ich wirklich nicht gerechnet. Mettes Vater aber blieb ganz gelassen, reichte mir seine großkalibrige Hand und sagte mit seiner dunklen, weich klingenden Stimme zu ihr: „Ich weiß", und dann zu mir gewandt, „Guten Tag Jonas, wir haben uns ja bereits heute in aller Früh gesehen, seien sie willkommen bei uns zu Hause."

„Danke schön, Herr Pastor", antwortete ich und wusste schon wieder nicht, wie ich mit dieser Situation umgehen sollte, die alles andere als normal für mich war.

Er war ein großer, schwerer Mann mit rötlicher Gesichtsfarbe, Halbglatze und einem schlohweißen Haarkranz. Er trug einen schwarzen Anzug mit einem weißen, vorne gefälteltem Stehkragenhemd, das ich spontan und nur für mich ‚Chemisettchen' taufte, ohne genau zu wissen, was eine Chemisette wirklich war. Etwas Hemdartiges vermutete ich schon, aber was nun genau – das war mir unklar. Seine Begrüßung war freundlich, aber reserviert. Das konnte ich ihm nach der letzten Nacht auch wirklich nicht verdenken. Ich, als Vater einer Tochter, hätte an seiner Stelle bestimmt eine andere Art von Toleranz bevorzugt.

Vielleicht hatte er in der vergangenen Nacht ja doch ab und zu an unserer Tür gelauscht? Wenn ja, musste er sich seinen Teil gedacht haben, als Mette und ich unseren Gefühlen lustvoll und nicht gerade leise freien Lauf gelassen hatten.

*

Von diesem Nachmittag an sahen Mette und ich uns so oft es ging. Am Wochenende bei Tag und in der Nacht und montags bis freitags, wenn ich arbeiten ging, abends und oft genug auch nachts.

Mit meiner Mutter lag ich jetzt zu Hause ständig im Streit. Ich hatte sie über Mette informiert und darum gebeten, Mette mit nach Hause bringen zu dürfen.

„Ausgeschlossen", hatte sie wie eine Wildkatze gefaucht, „ich will dieses Weibsbild nicht sehen und wenn du es trotzdem wagen solltest, sie mitzubringen, fliegst du am selben Tag hochkantig raus! Und auch, wenn du sie schwängerst. Merk dir das!" In der folgenden Zeit überhäufte sie mich mit schweren Vorwürfen, weil ich kaum noch eine Nacht zu Hause verbrachte und wegen meinem, in ihren Augen, unsittlichen und verwerflichen Lebenswandel. Sie malte apokalyptische Bilder meiner Zukunft an die Wände und zeterte jede Minute, die ich zu Hause verbrachte, mit mir herum. Es schadete ihrem Nervenkostüm und nützte ihr ganz und gar nichts. Ich ließ sie zetern, blieb relativ gelassen und schaltete meine Ohren auf Durchzug. Ich fühlte, dass ich reif war für das, was ich tat und ich war nicht bereit, mich von irgendjemand auf dieser Welt davon abbringen zu lassen. Erst recht nicht von meiner rechthaberischen Mutter.

Mit den Wochen, die ins Land gingen, gewöhnte sie sich an die veränderte Situation und beruhigte sich auch ganz allmählich wieder. Sie begriff, so schwer es ihr auch fiel, dass meine Zeit nicht mehr ausschließlich ihr gehörte und ich endlich angefangen hatte, mich von ihr auf Dauer abzunabeln.

Mette sprach mich nun ausschließlich mit ‚Liebster' an, wo immer wir uns aufhielten. Sei es zu nun Hause bei ihr und ihrem Vater, unter Freunden, im Jazzkeller oder wo immer sonst in der Öffentlichkeit. Es schien ehrlich von ihr gemeint zu sein und ganz gewiss tat es auch meinem wieder schwächer gewordenen Selbstbewusstsein unendlich gut.

Mein gesamter Freundeskreis bekam nun einen anderen Stellenwert für mich. Ich wusste, ich vernachlässigte ihn sträflich und hoffte auf Verständnis meiner Freunde. Es war nun nicht so, dass mir meine alten Freunde plötzlich nichts mehr bedeuteten, keineswegs – nur Mette hatte einfach Priorität vor allen anderen, die ich kannte, und das sagte ich ihnen auch. Somit beschränkten sich die Kontakte zu meinen Freunden auf gelegentliche Telefonate und zufällige Zusammentreffen, bei denen ich ihnen voller Stolz meine erste feste Freundin und Geliebte vorstellte. Danach verstanden die meisten, weshalb ich mich rar machte, und manch einer beneidete mich nicht gerade wenig. Das hatte ich in ihren Augen gesehen und auch gespürt. Mein allerbester Freund Armin war glücklicherweise zu dieser Zeit in seinem Schweizer Internat auf dem Zuger Berg und während der Osterferien mit seinen Eltern auf einer Kreuzfahrt im Mittelmeer. Ich hatte ihm aber geschrieben, was mit mir los war und seine Antwort kurz darauf war knapp, deftig und gespickt mit eindeutigen Zweideutigkeiten ausgefallen. So war er eben. Er gönnte mir Mette ganz bestimmt von ganzem Herzen, aber selbst so viel an Gefühlen zu investieren war nicht sein Ding. Einfacher, unkomplizierter Sex, ohne Verantwortung übernehmen zu müssen, lag ihm mehr.

Ich selbst dagegen war schwer verliebt, schwerer als je zuvor in meinem Leben, und verliebt zu sein ist immer ein absoluter Ausnahmezustand, der Verständnis fordert und erwartet. In dem Maße wie ich verliebt zu sein, ist irrational und ähnelt einer Erkrankung, etwa der einer partiell ausgeprägten Art geistiger Umnachtung, bei der man sein gesamtes Umfeld bestenfalls nur noch schemenhaft wahrnimmt.

Mette nahm mich mit absoluter Selbstverständlichkeit total für sich in Anspruch. Ohne Wenn und Aber. Sie verschlang mich mit Haut und Haar und ich ertappte mich immer öfter, ohne jeglichen äußeren Anlass, mit einem weltentrückten galaktischen Grinsen glückstrahlend durch die Tage meines Daseins zu laufen.

Ihr großes Bett wurde in den nächsten Wochen unser bevorzugter Aufenthaltsort. Wir erkundeten uns gegenseitig liebevoll, mit großer Behutsamkeit, und redeten, während wir uns in den Armen lagen, offen und mit großem Respekt vor dem doch so grundverschiedenen Anderen über alle möglichen Themen miteinander.

Wann immer sie meine nackte Haut berührte – und dabei spielte es nur eine untergeordnete Rolle, an welcher Stelle meines Körpers das war – empfand ich ihre Berührungen als etwas Unglaubliches, eine Sensation, die nichts an Empfindungen neben sich zuließ.

Ich hoffte, dass es ihr ähnlich erging, und ihr Verhalten mir gegenüber bestärkte mich in meinem Glauben. Schon nach kurzer Zeit kannte ich bestimmt jeden Quadratzentimeter ihrer Haut und zählte voller Begeisterung sogar die Härchen auf ihren Zehenrücken. So etwas irres hätte ich mir noch vor ganz kurzer Zeit nicht in meinen kühnsten Träumen einfallen lassen. Alles mit ihr war verrückt, völlig verrückt ...

Ich fuhr total auf ihren Körpergeruch ab. Sie benutzte selten einmal ein Eau de Toilette oder Parfum, und außer verschiedenen Pflegecremes kaum irgendwelche anderen Kosmetika. Der Duft, den sie verströmte, war ihr eigener, unverwechselbarer und erinnerte mich leicht an Wiesenkräuter und reife, gelbgrüne Weintrauben an einem Rebstock. An diesen Duft erinnere ich mich sogar heute noch – immerhin mehr als vierzig Jahre später!

Sie liebte es sehr, wenn ich am Kopfende ihres Bettes mit einigen Kissen im Rücken halb lag, halb saß und sie bäuchlings zwischen meinen Schenkeln ruhte. Mal legte sie ihren Kopf in ihre Hand, sah mich, während sie mit mir redete, an und stützte sich mit ihren Ellbogen in Höhe meines Bauchnabels neben meiner Taille auf ihrem Bett ab. Mal legte sie auch einfach nur ihren Kopf auf meinen Bauch und zeichnete mit ihren Fingern Figuren auf meine Brust oder schrieb Sätze, die ich dann mit geschlossenen Augen entziffern musste, bis die Lust uns wieder überkam oder sie nicht mehr reden konnte, weil das mit vollem Mund nun schlecht möglich war ...

Über dieses schwere Los konnte und wollte ich mich wirklich nicht beklagen. Wenn es nach mir gegangen wäre, hätte es ewig so weitergehen können.

Bei Mette musste ich nichts beweisen. Ich brauchte nicht ständig zu kämpfen, war nicht der Kleine, der Ungebildete, der Habenichts. Sie akzeptierte mich voll und ganz, wie ich war – mit all meinen inneren Konflikten, meinen bildungsmäßigen Unzulänglichkeiten oder was ich sonst noch alles nicht zu bieten hatte. Es war ein für mich bis dahin nicht gekanntes, nicht erlebtes Gefühl des Vertrauens und der Verlässlichkeit, an das ich mich, aufgrund meiner Unsicherheiten und dem ständigen Misstrauens gegenüber meinem Umfeld, erst einmal gewöhnen musste.

Sie wollte alles von mir wissen – am liebsten alles auf einmal. Sie nahm sich alles von mir, was sie haben wollte, wobei sie trotzdem versuchte, meine Grenzen zu respektieren, die sie nach und nach auslotete. Aber indem sie sich bei mir und mit mir bediente, gab sie mir mehr, als ich ihr jemals würde geben können.

Ich hatte sie nie gefragt, woher sie ihre für mich überraschend vielfältigen Kenntnisse in Sachen Zärtlichkeit und Sex hatte. Sicherlich spielte der Altersunterschied zwischen uns und meine verklemmte Erziehung eine bedeutsame Rolle; mehr wohl aber doch noch die Theaterwelt, in der sie in den letzten drei oder vier Jahren gelebt und die sie geformt hatte.

Ich hatte sie auch niemals nach ihren vergangenen Liebschaften, und erst recht nicht nach der Anzahl ihrer Liebhaber vor meiner Zeit, gefragt. Der Gedanke war mir seltsamerweise nie gekommen. Es hätte, glaube ich, sowieso keine Rolle für mich gespielt. Vor meiner Zeit war vor meiner Zeit und damit basta. Ich fühlte keine Eifersucht in mir und genoss vielmehr jeden Tag, jede Stunde und Minute, die ich mit ihr zusammen war.

Sie lehrte mich, zärtlich zu sein, und mir bei unseren verschiedenen Liebesspielen die nötige Zeit zu lassen. Zeit, die unser Verlangen aufeinander steigerte, und sie lud mich ein, mit ihr zu experimentieren mit allem, was mir einfiel.

„Hab' keine Scheu, probiere alles mit mir aus, was dir einfällt", sagte sie zu mir, als wir uns einmal mehr nackt in ihrem Bett räkelten und sie halb auf mir in meinen Armen lag, „ich sage dir schon, ohne dir böse zu sein, wenn es mir nicht gefällt oder du mir eventuell wehtust. Vielleicht fällt mir auch noch das eine oder andere Spielchen ein, das ich gerne mit dir spielen möchte. Es muss meiner Meinung nach durchaus nicht immer hier in meinem Bett sein, wenn wir uns lieben wollen. Es gibt auch andere Orte und Möglichkeiten."

Ich spürte noch ihren Schweiß, die kleinen glitzernden Perlen, die sich immer, während wir uns liebten, in den beiden Grübchen über ihren Porundungen sammelten, den Schweiß, den ich jetzt mit meinen Fingern verrieb, als ich antwortete: „Weißt du was? Wahrscheinlich macht es mir in deinem Bett so irrsinnig viel Spaß, weil ich es bis jetzt noch nie in einem richtigen Bett und dazu noch völlig ungestört gemacht habe, sondern immer nur klammheimlich an allen möglichen und unmöglichen Orten. Orte, an denen ich stets auf der Hut sein musste, nicht erwischt zu werden und an denen ich mich nur ganz selten einmal richtig gehen lassen konnte. Wenn überhaupt, dann sowieso nur für einen kurzen Moment ganz zum Schluss, an dem der Verstand sich sowieso ausklinkt und einem ohnehin alles egal ist. Mit dir in deinem Bett ist für mich nach wie vor immer etwas ganz Besonderes."

„Ja schon, das ist mir klar", meinte sie voller Verständnis, „aber erzähl mal. Wo hast du es denn schon überall getrieben? Im Zug oder im Kino oder wo sonst in der Öffentlichkeit? Erzähl' mir doch mal ein paar Beispiele. Das Thema interessiert mich schon seit langem ungemein. Bist du bei den Liebesspielen mit deinen Freundinnen auch schon einmal richtig erwischt worden?"

„Also, nun mal langsam und nicht alles auf einmal. Erwischt worden bin ich schon einige Male in der Öffentlichkeit beim Knutschen oder so etwas ähnlichem. Darüber haben sich manchmal einige unfreiwillig gewordene Zuschauer mokiert, bevor sie kopfschüttelnd weitergegangen sind. Natürlich laut auf die verdorbene Jugend von heute schimpfend", antwortete ich, „aber so richtig erwischt worden mit heruntergelassenen Hosen, wenn du das meinst, bin ich nie."

„Und im Zug?"

„Nee, auch nicht. Da habe ich es auch nie probiert und hätte dazu auch gar keine Gelegenheit gehabt. Dafür verreise ich viel zu selten. Und im Kino habe ich nur ein paar mal geknutscht und heimlich gefummelt. Wenn das Kino halb leer war und wir uns etwas abseits setzen konnten, habe ich auch hin und wieder einmal versucht, ein bisschen zu fingern. Das war aber auch schon alles."

„Warum nicht mehr? Haben die Mädchen nicht mitgespielt, oder hattest du zuviel Angst erwischt zu werden?", wollte sie wissen.

„Du kannst Fragen stellen. Das ist doch alles nicht so einfach, wie du dir das vorstellst. In einem gut besuchten Kino sitzen, wie du weißt, links und rechts und vor und hinter dir schließlich eine Menge Leute und da kannst du nicht deiner Lust folgend einfach rummachen und damit vielleicht einen Skandal produzieren. Außerdem gehören so oder so immer zwei dazu – und schließlich sind nicht alle jungen Frauen so liebestoll wie du." Die letzte Anmerkung hatte ungewollt ironisch geklungen.

Sie sah mich an und ich bemerkte ihre Betroffenheit. Dann hatte sie nach hinten gegriffen und voller Wut blitzschnell und kraftvoll mit dem Kissen zugeschlagen.

„Aua", schrie ich, als noch weitere Schläge folgten, bis ich ihren Schlagarm festhielt. Wir rangen miteinander eine kleine Weile. Dann hatte ich sie an mich gezogen und konnte sie küssen. Sie wehrte sich, wollte nicht geküsst werden und ergab sich meinen Liebkosungen erst als ihre Kraft nachließ. Und als sie mich etwas später auf Armeslänge wegschob, funkelten ihre Augen immer noch zornig und ihr Ton klang verletzt:

„Sag' das nie wieder. Niemals! Ich bin nicht liebestoll, sondern, merk es dir bitte: ich liebe! Das ist ein himmelweiter Unterschied!" Sie strich sich eine Haarsträhne aus der Stirn und sah mich an. Ich wich ihrem Blick aus. Wir schwiegen ein paar Minuten und mir war unbehaglich zu Mute.

Hilflos hob ich meine Hand, zaghaft und um Verzeihung bittend ihr Gesicht zu berühren. Sie wich zurück – doch nach einer kleinen Weile huschte ein versöhnliches Lächeln über ihre Lippen sie nahm meine Hand in ihre Hände und hielt sie fest. Wir hatten wieder Frieden miteinander, und ich spürte wie mein Herz erleichtert schneller klopfte.

„Wir waren aber noch nicht fertig mit deinen amourösen Abenteuern im Kino", und damit war sie schon wieder bei dem Thema, dass sie scheinbar brennend interessierte!

„Dich bremsten also einerseits die Mädels und hauptsächlich der Schiss, den du selbst hattest", stellte sie daraufhin lakonisch fest, „aber es freut mich zu hören, dass du grundsätzlich auch nichts gegen außergewöhnliche Experimente in Sachen Sex einzuwenden hast."

„Nein, ja, auch, das ist nicht so leicht zu erklären", meinte ich lahm und fühlte mich von ihr irgendwie schon wieder in die Enge getrieben.

Hatte sie mich jetzt absichtlich falsch verstanden oder hatten wir aneinander vorbeigeredet? Darüber war ich mir nicht ganz im Klaren. Manchmal hinkte ich ihren Gedankengängen doch weit hinterher.

Ich weiß auch nicht, warum ich ihr in diesem Gespräch nichts von den Matineen in einem unserer Kinos erzählte, die in den vergangenen Jahren alle vier Wochen Sonntagsmorgens um zehn Uhr stattgefunden hatten. Irgendetwas hielt mich zurück. Vielleicht, weil es mir so kleinbürgerlich, so profan, spießig und miefig erschien. Außerdem, überlegte ich, kann es sie doch nicht wirklich interessieren, dass wir Jungs in unserer Freizeit meist nichts Gescheiteres zu tun wussten, als vor lauter Geilheit hinter den Mädels her zu sein. Das war mir irgendwie schon halbwegs peinlich.

Diese besagten Matineen waren bei uns jungen Leuten sehr beliebt, und wer etwas auf sich hielt und unter fünfundzwanzig war, ging dort hin. Besucher höheren Alters sah man kaum. Es wurden für kleines Geld anspruchsvolle, meist mit irgendwelchen Preisen ausgezeichnete Filme gezeigt.

Ich ging, sofern mich meine fechterischen Ambitionen nicht abhielten, ausgesprochen gerne zu diesen Matineen. Zum einen interessierten mich die meisten der gezeigten Filme, und zum anderen gingen auch sehr viele junge Mädchen – meist Gymnasiastinnen – ebenfalls dorthin. Einige hatte ich schon kennen gelernt – und manche warfen mir hin und wieder schon einmal verstohlene Blicke zu oder tuschelten, heimlich auf mich deutend, miteinander, weil sie mich möglicherweise aus den Sportberichten der Zeitung kannten.

Als Armin in den vorletzten Sommerferien zu Hause war, erzählte ich ihm von diesen Matineen. Er sah sofort die damit verbundenen Chancen, und bei der nächsten Matinee nutzte er seinen kurz zuvor erworbenen Führerschein insofern, dass er sich den VW-Käfer seiner Mutter auslieh und wir damit stolz wie die Spanier auf dem Parkplatz des Kinos vorfuhren. Schließlich waren wir beide erst achtzehn Jahre alt und gehörten zu den ganz wenigen, die mit einem Auto zur Matinee kamen. Fast alle, also auch die Älteren, die sich vor dem Kino einfanden und auf dem Vorplatz auf das Öffnen der Kasse warteten, waren zu Fuß gekommen. Natürlich hatten Armin und ich uns in Schale geworfen. Anzug, Hemd und Krawatte waren selbstverständlich. Das gehörte sich so; auch schon für achtzehnjährige Möchtegerncasanovas.

Im Kino, das an diesem besagten Tag überraschender Weise nur etwa zur Hälfte gefüllt war, setzte ich mich eine Sitzreihe hinter Anette, mit der ich schon mal ein paar beiläufige Worte gewechselt hatte. Immer, wenn ich in den letzten Wochen ihren, meist sittsam verborgenen, Busen angesehen hatte, hatte ich genauso regelmäßig bedauert, meine Hände unter Kontrolle halten zu müssen.

Ich setzte mich genau hinter sie und Armin nahm neben mir Platz – genau hinter Marion, die neben ihrer Freundin Anette saß. Beide Mädchen waren siebzehn Jahre alt und gingen aufs Gymnasium. Der Film hieß „Es geschah am helllichten Tag" mit Gerd Fröbe und Heinz Rühmann, wenn ich mich recht erinnere. Er war spannend, und etwa nach der Hälfte seiner Laufzeit beugte ich mich zu Anette vor, legte meine Hand wie zur Beruhigung auf ihre Schulter und ließ sie dort liegen. Anette hatte nichts dagegen und rührte sich überhaupt nicht. Auch dann nicht, als meine Hand etwas später tiefer rutschte und in dem Ausschnitt ihres Kleides verschwand. Anette wehrte mich nicht ab, sagte keinen Mucks und blickte angespannt nach vorne zur Kinoleinwand hin, als ob sie gar nicht bemerkte, dass meine Hand in ihrem BH war und ihre üppigen und trotzdem festen Brüste streichelte. Sie genoss es aber, wie ich an der Reaktion ihrer Brustwarzen und ihrem kleinen zitternden Seufzer bemerkte.

Marion, die aus meiner Sicht rechts von Anette saß, hatte mitbekommen was passierte und sah mich auf einmal an, dann auf meine Hand, von der nur noch das sich bewegende Handgelenk zu sehen war. Sah hoch zu Anettes Gesicht, wieder zu mir hin und seufzte auch leise. Ich nickte Armin zu und deutete mit dem Kinn auf Marion. Als er daraufhin seine Hand auf deren Schulter legte, schloss Marion ihre Augen für einen Moment und ein kleines, erleichtertes Lächeln umspielte ihren Mund.

Leise wisperte ich Anette zu: „Sieh mich an", und folgsam drehte sie ihren Kopf zu mir, damit ich sie küssen konnte. Ihre Zunge war meine Zunge und danach flüsterte ich ihr ins Ohr: „Lass' uns mal nach hinten in den Eingangsflur gehen, da ist es hinter der Kurve dunkel und es stört uns niemand." Ich informierte Armin kurz von dem, was wir vorhatten und stand auf.

Sie folgte mir tatsächlich im Zwanzig-Sekunden-Abstand. In dem dunklen Flur, in den nur sehr wenig Licht von der Kinoleinwand fiel, lehnte ich sie mit dem Rücken an die Wand und machte mich an ihr zu schaffen. Sie machte mit, oder besser gesagt, alles was ich mit ihr oberhalb der Gürtellinie unternahm, ließ sie ergeben, aber eher teilnahmslos über sich ergehen. Die reine Freude war es also nicht für mich. Ein Geräusch ließ uns zusammenzucken – es war aber nur Armin, der mit Marion im Schlepptau ankam.

Unter Anettes Rock mit den vielen Petticoats war es warm. Sie hielt ihre Schenkel fest zusammengepresst und meine fordernden Hände von ihrem Höschen fern, so dass es nichts wurde mit dem, was ich gerne versucht hätte. Da sie mich auch nicht anfassen wollte, gingen wir nach einer Weile wieder zurück und setzten uns wieder hin – diesmal aber nebeneinander. Bald darauf kamen Marion und Armin auch zurück zu uns. Ihm war es ähnlich wie mir ergangen, wie er mir später erzählte. Den Rest des Filmes bekamen wir wieder mit.

Ohne auch nur ein Wort darüber zu verlieren, war es klar, dass wir nach dem Kino die Mädels im Auto mitnehmen würden. Als wir eingestiegen waren, ließ Armin absichtlich den Motor laut aufheulen, damit möglichst viele Matineebesucher etwas von unseren Eroberungen mitbekamen. Er gab an wie eine Tüte voller Mücken.

Bevor wir die beiden Mädchen in der Nähe ihrer Elternhäuser absetzten, fuhren wir noch kreuz und quer durch die Stadt und präsentierten uns und unsere „Beute" überall, wo unter Umständen etwas los sein konnte. Den Mädchen war es recht, und als sie ausgestiegen waren und wir uns für nach dem Mittagessen erneut verabredet hatten, rief Armin den Mädels nach: „Zieht euch aber 'was Legeres an, wir fahren aufs Land."

Das hätte er besser nicht gesagt, denn als wir sie abholten, hatten sie zwar Blusen und Jacken an, was aus unserer Sicht okay war, aber leider auch lange Hosen, die dem, was wir vorhatten, nicht gerade entgegen kamen.

Armin fuhr aus der Stadt heraus zu einem kleinen Anglersee, den er von einem Ausflug mit seinem Vater kannte. Wir stiegen aus und liefen herum, bis wir einen Hochsitz fanden. Hoch über dem Erdboden eine Hütte, die uns zu viert engen Platz bot und vor fremden Blicken schützte. Natürlich knutschten wir heftig mit unseren Eroberungen und öffneten die Knöpfe ihrer Blusen und die Verschlüsse ihrer BHs. Sie hatten nichts dagegen – aber damit war auch das Ende des Erlaubten erreicht.

Ihre Hosen ließen sie sich nicht öffnen, und von ihren zusammengepressten Schenkeln würden sie bestimmt Muskelkater bekommen. Ergo tauschten wir. Armin versuchte es bei Anette und ich bei Marion. Die Beiden wollten sich sicherlich nicht voreinander blamieren und taten so, als ob ihnen der Tausch recht wäre – leider mit dem Ergebnis, dass unter dem Strich für Armin und mich dasselbe wie vorher herauskam.

Irgendwann wurde es uninteressant und bevor wir Jungs uns „Gehbeschwerden" einhandeln würden, verließen wir den Hochsitz, fuhren wieder zurück in unsere kleine Stadt und setzten die Mädchen ab.

In den folgenden Tagen und Wochen von Armins Ferien versuchten wir immer wieder einmal – jeder für sich – uns einzeln mit Anette oder Marion zu verabreden, was aber nicht klappte. Wir bekamen sie nur im Doppelpack. Ein Doppelpack, den wir mittlerweile in gewissen Bereichen ganz gut kannten – der aber darüber hinaus von uns nicht zu knacken war.

Als Armin wieder in sein Schweizer Einödinternat entschwand, geriet mir Anette schnell aus dem Sinn und Marion sowieso.

Nach einer kleinen Pause, in der Mette und ich still gewesen waren, nahm Mette den Faden, in ungewohnt ernsthaftem Ton, wieder auf:

„Ich will dir jetzt einmal etwas ganz Grundsätzliches zu einem meiner Meinung nach hochinteressanten und für eine liebevolle Partnerschaft nicht zu unterschätzendem Thema sagen. Ich meine damit Sex. Wenn ich wirklich Lust habe und scharf auf dich bin, dann will ich auch, so bald es möglich ist, meine Lust mit dir ausleben. Wo immer das auch gerade sein mag – das hat aber, ich weiß, ich wiederhole mich, mit ‚liebestoll‘ nichts zu tun.“

Ein plötzlicher Niesanfall ließ sie ihre Ausführungen unterbrechen. Dann fuhr sie fort.

„Es gibt bestimmt fast überall eine Gelegenheit dazu und das alles kann durchaus auch seinen besonderen Reiz haben. Ein bisschen zusätzlichen Nervenkitzel beim Liebesspiel stelle ich mir einfach luststeigernd vor. Ich würde gerne einmal etwas in dieser Richtung mit dir ausprobieren. Vielleicht am helllichten Tag in unserem Schlosspark, im Stehen hinter einem der schönen großen alten Bäume, an denen man sich anlehnen oder festhalten könnte, während in der Nähe Spaziergänger munter miteinander plaudernd vorbeiflanieren und nicht ahnen, was in ihrer unmittelbaren Nähe gerade Aufregendes passiert. Oder in einer der vielen Kirchen hier – natürlich nicht während eines Gottesdienstes! Am liebsten aber in einer katholischen Kirche. Die sind nicht so nüchtern und sachlich wie die evangelischen, sondern im Allgemeinen prunkvoller ausgestattet; denk' doch nur an die Barockkirchen. Und Protz und Pracht turnen mich nun mal mehr an als jede calvinistische Verzichtzweckmäßigkeit."

„Was", kerzengerade saß ich mit gesträubten Haaren auf einmal in ihrem Bett, „in einer Kirche? Ja, spinnst du denn oder bist du völlig verrückt geworden?"

Auf die Idee wäre ich im Traum nicht gekommen. Grenzte das nicht schon an Perversität?

Sie war mir während ihrer längeren Erklärung wieder näher gekommen und saß mir im Schneidersitz gegenüber. Der Schalk blitzte aus ihren Augen und sie amüsierte sich königlich über mein aufgeregtes Verhalten.

„In einer Kirche mit dir vögeln?", erregte ich mich weiter, „nein, das pack' ich nicht, wirklich nicht! Wenn wir dort erwischt werden, kriegen wir einen Haufen Ärger. Nichts, als einen großen Haufen Ärger, ist dir das nicht klar?"

„Reg' dich doch nicht so künstlich auf ", entgegnete sie mir ruhig und sah mich weiter ganz vergnügt an, „schließlich ist eine Kirche doch ein Ort der Liebe, oder sollte ich mich da etwa irren?"

„Nächstenliebe! Ja, ein Ort der Nächstenliebe und kein Ort für Liebesspiele mit deinem Nächsten, deinem Freund, deinem Liebhaber", antwortete ich ihr aufgeregt und fuhr fort, „hast du dir überhaupt einmal Gedanken darüber gemacht, wessen wir alles angeklagt werden könnten, wenn wir in einer Kirche erwischt werden? Kirchenschändung, Gotteslästerung, Erregung öffentlichen Ärgernisses und was weiß ich, was dann noch von unseren Anklägern alles dazuerfunden würde", zählte ich auf, „und anschließend könnten wir uns – unabhängig davon, wie das Gerichtsurteil ausfallen würde – in dieser kleinen Stadt nirgendwo mehr blicken lassen. Dann wären wir auf Dauer überall unten durch."

„Dann suchen wir uns eben eine andere, tolerantere Stadt. Sei doch nicht so spießig", reagierte sie heiter auf meine Einwände, „man kann doch auch einmal etwas anderes ausprobieren, als das was alle tun. Außerdem, wer sagt dir denn, dass wir erwischt werden?"

„Kirche!", antwortete ich kategorisch, „nein, mit mir nicht!", und legte mich auf meinen Bauch.

„Gut", lenkte sie ein, „in einer Kirche, das gebe ich zu, ist es möglicherweise ein bisschen zu heftig und auch zu kompliziert, wenn wir dann doch erwischt werden sollten. Schließlich bin ich immerhin eine neuapostolische Pastorentochter und dann bekäme mein Papa auch noch eine Menge Ärger, den er nicht verdient hätte. Es war auch nur so eine Idee von mir, ein Beispiel und ich wollte dir damit auch nur sagen, dass es auch noch andere Orte für die Liebe mit mir gibt als ausschließlich mein Bett – obwohl ich mich darin auch sehr gerne mit dir beschäftige oder von dir beschäftigen lasse. Vielleicht fällt uns aber demnächst noch etwas weniger verfängliches als eine Kirche ein, und das trotzdem einigen zusätzlichen Spaß bringen wird. Lass' dich überraschen oder überrasche du mich doch einfach mit einem Vorschlag in dieser Richtung. Du wirst sehen, ich werde bestimmt auf deine Ideen eingehen."

„Ich glaube nicht, dass ich mich jemals darauf einlassen werde", widersprach ich ihr. Etwas gereizt klang ich und verärgert war ich auch noch.

Sie sah mich an. Aufmerksam, mit steiler Falte in der Stirnmitte. Ich schwieg und fühlte mich von ihr in eine Ecke gedrängt, in die ich nicht hin gewollt hatte.

„Schon gut", sagte sie leise und strich mir mit ihren Fingern sanft über meine Stirn, „lass' uns nicht die kurze Zeit, die wir miteinander haben, mit Streit vergeuden. Wir haben besseres mit uns vor, oder?"

Ich nickte zögernd, und die steile Falte verschwand von ihrer Stirn.

Was wollte sie mit der ‚kurzen Zeit miteinander' andeuten? War ich doch nicht mehr als nur ein Intermezzo für sie? Nachdenklich geworden sah ich sie an. Wie lange es mit uns dauern oder was mit uns zukünftig geschehen würde, hatte ich überhaupt noch nicht in Erwägung gezogen. Ich verdrängte diesen Gedanken und wollte auch gar nichts davon wissen. Jedenfalls jetzt noch nicht.

Sie legte sich wieder zu mir hin, Haut an Haut und sagte nach einer langen Pause gemeinsamen Schweigens mit einem leisen Lachen: „Und irgendwann verführe ich dich aber vielleicht doch an einem Ort, den wir beide möglicherweise jetzt noch gar nicht kennen. Du wirst schon sehen", dann laut auflachend über meine zweifelnde und sorgenvolle Miene, und fröhlich zuschlagend klatschte sie mir ihre Hand auf meinen bloßen Hintern.

Ei, ei, ei, dachte ich, sie lässt nicht locker. Was wird da noch auf mich zukommen?! Wenn sie sich so etwas in den Kopf gesetzt hat, wird sie das auch mit der Beharrlichkeit eines Steinbocks erleben wollen.

*

Als wir eines Tages wieder einmal in ihrer Lieblingsposition auf ihrem Bett lagen, malte sie mit ihren Fingern Kreise und Achten auf meine Brust und erzählte mir von ihrem Schauspielunterricht, ihrem letzten Engagement an dem Theater im Ruhrgebiet. Erzählte, wie sehr sie dort unter einem gnadenlosen Regisseur gelitten hätte, den sie andererseits aber auch absolut bewunderte, da er ungeahnte Fähigkeiten aus ihr herausgearbeitet hätte. Der sie dazu gebracht hätte, ihre Seele laufen zu lassen, weil man nur mit einer unschuldigen freien Seele sich ausloten und neue Ufer erreichen könne. Schilderte weiter begeistert die unbeschreiblichen Glücksgefühle eines Schauspielers auf der Bühne, wenn einmal der Funke zum Publikum übergesprungen sei und von dem Spannungsbogen, den manchmal – beileibe nicht immer – gute Schauspieler während einer Aufführung zwischen sich und dem Publikum aufbauen könnten, und der einen Schauspieler in den Augen seiner Zuschauer zu einer unvergesslichen Größe werden ließe. Für solche Momente in nicht alltäglichen Vorstellungen lohnte es sich zu leben, und alles, was in einem steckte, zu geben. Dafür spielte man letztlich. Das Höchste wäre es, am Ende der Vorstellung ausgelaugt und am Ende seiner Kraft vor das Publikum zu treten und den Schlussapplaus entgegen zu nehmen, der einem für alle vorangegangenen Mühen und Qualen reich entschädigen würde.

Ich sah sie an und fühlte, was sie meinte, spürte ganz deutlich, wie sehr sie ohne jeden Zweifel mit Leib und Seele Schauspielerin war; vielmehr noch: mit jeder Faser ihres Herzens eine Theaterschauspielerin! Wenn Neid zu meinen Charaktereigenschaften gehört hätte, wäre ich jetzt bestimmt neidisch geworden.

„Wie bist du denn eigentlich dazu gekommen, ausgerechnet Schauspielerin werden zu wollen, denn das ist doch nicht gerade ein alltäglicher Beruf?"

„Das stimmt, aber das hing ursächlich mit der Waldorfschule zusammen, in der ich bis zu meinem Abitur geblieben bin", antwortete sie mir. „Dort wurden die kreativen Anlagen der Schülerinnen und Schüler in ganz besonderem Maße gefördert und ich habe, seit ich elf Jahre alt war, beim Schülertheater mitgemacht. Nachdem ich das erste Mal nach einer Aufführung den Schlussapplaus erlebt hatte, diese Gänsehaut auf meinem Rücken, da war mir klar, dass ich nichts anderes in meinem Leben werden wollte als eine Theaterschauspielerin, von der eines Tages alle in der Welt reden sollten."

„Und wie ging das dann nach deinem Abitur weiter?", wollte ich neugierig geworden wissen.

„Durch unser Schülertheater, das in der näheren Umgebung einen guten Ruf genoss, hatten wir auch Kontakte zu anderen Schülertheatern und zu einer Handvoll von Wandertheatern, die sporadisch zu Gastaufführungen zu uns kamen und mit denen wir gelegentlich unsere Erfahrungen austauschen konnten. Dadurch entstand auch ein Kontakt zu einer Schauspielschule in Hamburg, bei der ich mich dann unter Angabe von Referenzen kurz nach meinem Abi bewarb und zum Vorsprechen eingeladen wurde. Bald darauf wurde ich nach einer bestandenen Aufnahmeprüfung angenommen, und damit fing eigentlich erst alles an."

„Was fing an?"

„In der Schauspielschule blieb ich etwas länger als ein Jahr", erzählte sie weiter, „und nach meiner Abschlussprüfung bin ich mit einem dieser Wandertheater, die ich kannte, auf einer Ochsentour – wie wir das nannten – wiederum ungefähr ein Jahr lang durch die deutschen Provinzen getingelt. Von Ost nach West, von Nord nach Süd und umgekehrt. Das war eine knüppelharte, aber im Rückblick wunderbare Lehrzeit für mich, die ich auf gar keinen Fall missen möchte. Stell' dir vor, manchmal sind wir nur für freies Essen und Trinken, eine Schlafgelegenheit und Benzingeld aufgetreten und trotzdem war es unglaublich toll, prallvoll mit Leben. Jeder neue Tag brachte eine andere Erfahrung und war auf seine Weise hochinteressant. Das werde ich bis an mein Lebensende nicht vergessen."

„Irgendwann hattest du aber sicherlich die Nase voll von diesem Zigeunerleben, oder?",

„Das weniger", antwortete sie und ihre Augen schweiften ab. Nach einer kleinen Pause, in der sie mit ihren Gedanken ganz woanders zu sein schien, kehrte sie zurück.

„Der Zufall kam mir zu Hilfe. Du musst wissen, die Welt der Leute, die Theater spielen oder mit Theater zu tun haben, ist eine relativ kleine Welt, in der man fast jeden im Laufe der Zeit irgendwie und irgendwann kennen lernt. Eines Tages wurde ich von einem Regieassistenten angesprochen, der gehört hatte, dass man an einem Theater im Ruhrgebiet händeringend eine junge Schauspielerin für eine bestimmte Rolle sucht und dieser Assistent meinte, ich sei der Idealtyp für diese Rolle und er könne mich bestimmt vermitteln."

„Na ja, ganz umsonst wollte der das sicherlich auch nicht tun", meinte ich arglos und sah sie fragend an.

Mette stutzte einen kleinen Moment, zeigte mir auf ihrer Stirn direkt über ihrer Nasenwurzel die mir schon vertraute, kurze steile Ärgernisfalte und ging auf meine Frage nicht weiter ein, als sie, schon fast zu sehr betont sachlich, antwortete: „Jedenfalls bin ich mit seiner Hilfe zu diesem Engagement gekommen, und ohne ihn hätte ich diese Rolle nicht bekommen. Es war ein sehr großes Glück für mich, endlich in einem richtigen Theater mit vielen Kollegen vor einem großen Publikum zu spielen – selbst wenn es nur eine kleine, aber wichtige Nebenrolle war, die ich zu spielen hatte."

Es hatte eine kleine Verstimmung zwischen uns gegeben. Wahrscheinlich hatte meine letzte Frage einen wunden Punkt in ihrer Vergangenheit berührt, von dem ich allerdings nichts wissen konnte. Ich beschloss, nicht weiter nachzuhaken, und so lagen wir ein kleines Weilchen stumm und ein kleines bisschen fremd nebeneinander, ohne uns zu berühren.

„Aber jetzt bin ich hier mit dir in unserem Nest", sagte sie dann, „und das ist auch ganz richtig so." Sie kuschelte sich eng an mich, als ob sie plötzlich frieren würde oder etwas Unangenehmes verdrängen wollte.

Bald darauf redete sie aber wieder ganz normal von ihrem Schauspielerberuf, der sie faszinierte, und von ihrem Sprechunterricht. Sprach davon, wie wichtig eine feuchte Aussprache sein kann und von der Atemtechnik, die man brauchte, die Stimme zu stützen, ihr Tragkraft und Kante zu verleihen, damit man auch in der letzten Reihe zu verstehen wäre.

Sie demonstrierte mir ernsthaft und voller Temperament anhand von Sprechübungen eindrucksvoll, was sie diesbezüglich schon alles gelernt hatte.

„Das ist ein Lernprozess, der in meinem Metier immerzu andauern muss", erläuterte sie mir weiter, „und der sehr viel Training und Disziplin voraussetzt."

Sie hatte sich für die Demonstration ihrer Übungen erst aufgesetzt und kniete jetzt nackt vor mir. Es war sehr belustigend, ihr zuzusehen und zuzuhören, wie sie lebhaft mal mit tiefer, dann mit hoher Stimme schwierige Sätze mit vielen ...iii's... oder ...üüü's... oder rollenden ...rrr's vortrug. Dann nahm sie den Korken einer Weinflasche zwischen ihre Zähne und versuchte, trotz des Korkens, möglichst deutlich schwierige Sätze zu sprechen. Ich staunte, wie gut ihr das gelang.

Meine Bemühungen ihr nachzueifern, zu denen sie mich aufforderte, führten bei mir zu Zungenverdrehern, endeten in Lachkrämpfen von uns beiden und vergnügten Kissenschlachten, bis wir erschöpft aufgaben und wir uns wieder, nach Atem ringend, in den Armen lagen.

Ich seufzte ein bisschen – vielleicht doch neidvoll.

Nun ja, mein bisheriger Berufsweg war schließlich erheblich langweiliger verlaufen. Dennoch erzählte ich ihr von meiner Arbeit als Technischer Zeichner in einem großen Konstruktionsbüro und wie schwer es damals, als vierzehnjähriger Junge, überhaupt gewesen war, an diese Lehrstelle zu kommen. Sie hörte mir aufmerksam zu.

Nach meiner schriftlichen Bewerbung hatte ich, an einem schulfreien Samstag, eine mehr als sechs Stunden dauernde Lehrstellenprüfung absolvieren müssen. Ich war von vierundzwanzig Bewerbern auf dem technischen Sektor der Kleinste und der Jüngste, wie es nicht anders zu erwarten gewesen war. Trotzdem bestand ich die Prüfung mit drei weiteren Aspiranten, obwohl ich der Einzige von uns vieren war, der nur einen Volksschulabschluss hatte. Außer mir gehörten ein Mädchen und zwei weitere Jungs, die alle mindestens zwei Jahre älter waren als ich, zu den Auserwählten, denen man die ersehnte Lehrstelle angeboten hatte und damit gleichzeitig die Chance eröffnete, nach einer dreijähriger Lehrzeit und einem nachfolgenden Lehrabschluss – erfolgreich vorausgesetzt – in ein festes Angestelltenverhältnis übernommen zu werden.

Ich erklärte Mette, wie ein Wärmeaustauscher funktioniert, was man unter einem Schwimmdachtank verstand und erzählte, dass ich mittlerweile als Jungkonstrukteur auf dem Sektor Behälter- und Apparatetechnik immer noch in der gleichen Firma arbeitete, bei der ich gelernt hatte.

Sie interessierte sich für meine Arbeit und hinterfragte, wenn sie etwas nicht verstanden hatte, und ihr Interesse hörte auch nicht auf, als ich in meinen Erklärungen fortfuhr.

Ich hätte zwar nach meinem Lehrabschluss ebenso, wie andere Absolventen, zu einer anderen Firma wechseln und damit auch mein Gehalt gewiss etwas aufbessern können, aber dazu war ich zu unsicher. Es fehlte mir außerhalb des Fechtclubs immer noch an Selbstbewusstsein und ich traute mir einen solchen Schritt einfach nicht zu. Ich blieb lieber in meiner vertrauten Umgebung und in meinem alten Kollegenkreis, in dem ich mich heimisch fühlte.

Dabei, so sagte ich ihr, arbeitete ich präzise, sorgfältig und mit – von meinem Chef anerkannter – großer Zuverlässigkeit. Ich war immer pünktlich, selten krank und wenn nötig auch bereit, Überstunden zu leisten. Eigentlich alles gute Voraussetzungen für ein gutes Zeugnis meines damaligen Arbeitgebers und damit auch für einen möglichen Arbeitsplatzwechsel, wenn ich mir nur nicht selbst im Wege gestanden hätte. Obschon ich gute Arbeit leistete, war ich im Grunde meines Herzens nicht zufrieden mit mir und erst recht nicht glücklich in meinem Beruf, den ich lediglich als eine Notwendigkeit in Ermangelung besserer Alternativen akzeptierte. Ich spürte schon jetzt den zunehmenden Druck, ständig fehlerfrei arbeiten zu müssen, die wachsenden Terminzwänge, und sehnte mich nach mehr Freiheit. Sehnte mich danach, kreativ arbeiten zu können und nach mehr Leichtigkeit und Sonne während meiner Arbeitszeit, anstelle der ewigen fremdbestimmten Pflichterfüllung.

„Doch wie soll ich das anstellen?", klagte ich Mette, die mir immer noch aufmerksam zuhörte, mein persönliches Dilemma. „Die wirtschaftlichen Umstände zu Hause und meine Mutter, die mich nicht loslässt und von der ich mich zu lösen nicht getraue, engen mich Tag für Tag mehr ein und lassen mir nur wenig Spielraum. Und alleine, ohne Rücksicht auf eventuelle Verluste den großen Schritt zu machen, alle Brücken und alles, was mir vertraut ist, hinter mir abzubrechen und ein Abenteuer mit ungewissem Ende zu beginnen, das kann ich nicht. Dazu bin ich nicht in der Lage, nicht selbständig genug. Noch nicht." Ein Anflug von Verzweiflung klang in meinen Ausführungen mit.

„Jetzt hör' mal auf mit deinem Selbstmitleid. Es wird schon werden mit dir", tröstete sie mich voller Verständnis für meine Situation.

„Schau dir wach die Welt und insbesondere die Menschen an, die dich umgeben. Heb' dein Kinn und schau ihnen ins Gesicht, wenn du mit ihnen sprichst. Irgendwann ist deine Zeit gekommen und dann wirst du deinen Weg gehen. Ich bin mir da ganz sicher und vielleicht hilft dir unsere Liebe schneller und mehr als du denkst, deine Probleme zu lösen. Ich fühle das. Du bist jetzt schon viel selbstbewusster als an dem Abend, an dem wir uns kennen gelernt haben. Alles hat seine Zeit, alles, denk' an meine Worte – auch später – und du wirst feststellen, dass ich recht habe."

Sie betrachtete die Dinge, die ich ihr erzählte, nüchtern, realistisch und zog ihre eigenen Schlüsse daraus, die sie mir dann ohne großes Brimborium liebevoll erläuterte. Sie wusste einfach viel mehr als ich und hatte auch erheblich mehr Lebenserfahrung und Selbstbewusstsein. Ich spürte ihr ernsthaftes Bemühen, mir zu helfen, und wie wichtig es für mich war, ihr immer genau zuzuhören und über ihre Worte nachzudenken.

*

Wir lasen uns gegenseitig aus Büchern vor, die Mette aus ihren Regalen oder ihres Vaters Bücherschränken anschleppte oder ich hörte sie ab, wenn sie für bevorstehende Vorstellungsgespräche neue Rollen einstudierte. Es war eine völlig neue, absolut fremde Welt für mich, die sich mir durch unser ständiges Zusammensein eröffnete. Jeder Tag war für mich neu, voller Überraschungen, und ich saugte alles auf, was geschah, wie ein überdimensionaler Staubsauger.

Mette ging es mit mir sicherlich nicht wesentlich anders; denn mit meiner technisch orientierten Berufsausrichtung hatte sie in ihrer Vergangenheit bestimmt noch nicht viel zu tun gehabt. Ihr musste meine Welt voller einzuhaltender Regeln und Normen, wie ich sie ihr schilderte, genauso fremd und exotisch vorkommen, wie mir die ihre. Ihre Welt erschien mir jedoch wesentlich interessanter und reizvoller zu sein als die, in der ich mich bewegte, und Mette nahm meine Schilderungen deutlich abgeklärter auf, als ich die ihren. Als wir wieder einmal ineinander verschlungen unter ihrer Bettdecke lagen, stützte sie sich auf einem ihrer Ellenbogen ab und sah mich an: „Sag' mal, weißt du eigentlich was die Definitionen Orgasmus, Cunnilingus, Libido, Masturbation und Fellatio bedeuten?"

„Nee, nie gehört", antwortete ich leicht verschämt, wegen meiner Unwissenheit. Hoffentlich, dachte ich noch, wird das jetzt kein Examen. Trotzdem fuhr ich fort: „Damit kann ich überhaupt nichts anfangen. Die Begriffe könnte ich nicht einmal buchstabieren. Du kannst mir aber bestimmt erklären, was sie zu bedeuten haben, oder worauf willst du hinaus?"

„Dachte ich mir doch, dass du das nicht weißt", vergnügt und spitzbübisch grinsend sah sie mich an, „dann hör' mir mal gut zu. Ich werde es dir erklären oder zeigen, und du wirst bestimmt überrascht sein", und damit knuffte sie mich herzhaft in meine Rippen, was sie häufig und gerne tat.

Natürlich wusste ich Bescheid über das, was sie mir anschließend erklärte oder mit mir tat. Ich hatte bisher – wenn überhaupt – allerdings immer andere, deftigere Redewendungen für dieselben Sachen verwandt, die Mette, wie sich zu meiner nicht gelinden Überraschung herausstellte, selbstverständlich auch alle kannte.

„Woher kennst du denn solche Ausdrücke aus dem Straßenjargon?", wollte ich wissen.

„Eine Theaterausbildung muss lebensnah sein", heiter und gelassen kam ihre Antwort, „und so muss man auch die sogenannte Gossenseite kennen lernen oder besser gesagt, die ganz normale Umgangssprache der Menschen von der Straße."

„Ich kenne übrigens noch 'ne ganze Menge andere, schlimmere Ausdrücke", fuhr sie, schon wieder diabolisch grinsend fort, „willst du sie auch hören?"

„Nein, nein", sagte ich schnell, „im Moment langt's mir auch so."

Schade, denn Vulgärvokabular ist auch ein sehr interessantes Thema."

Ich musste Lachen. Es war so unglaublich abwechslungsreich und schön mit ihr zusammen zu sein, so lebendig, einfach wunderschön, und jeder Tag war neu und anders als der vorhergehende. Manchmal kam ich mir vor, als ob ich in einem Traum oder einem ständigen Rausch lebte. Mit ihr über dieselben Sachen zu lachen, gemeinsam mit ihr still zu sein, mit ihr zu atmen ...

Spät in der Nacht, kurz vor dem Einschlafen, sagte ich leise: „Ich verstehe überhaupt nicht, was du an mir findest. Je mehr ich darüber nachdenke und je länger es mit uns beiden dauert, desto weniger verstehe ich es. Du hast ein philosophisches Abitur gemacht, bist gebildet, dazu noch eine Theaterschauspielerin und siehst toll aus. Du könntest an jedem Finger zehn Männer haben, von denen dir jeder zigmal mehr bieten könnte als ich es kann. Schau doch einmal genau hin. Wer oder was bin ich denn schon? Ich sage es dir: ich bin eine kleine, graue, ungebildete Unauffälligkeit, die niemand bemerkt, mit unsicherem, verklemmtem Auftreten, ein Habenichts, der dir nichts bieten kann und gerne begreifen möchte, was mit ihm nun alles passiert. Diese Gedanken beschäftigen mich ziemlich oft, eigentlich täglich immer mehr."

Sie hatte mich ausreden lassen und sagte dann, immer noch heiter: „Apropos 'nichts zu bieten haben', hast du etwa die letzte halbe Stunde schon vergessen, du Schuft?", und boxte mich auf meinen Brustkorb.

„Aua, das meine ich doch nicht, sondern ..."

„Ich weiß, mein Liebster", unterbrach sie mich, diesmal ernsthaft, und legte ihren Zeigefinger auf meinen Mund, „ich weiß, was du meinst. Du brauchst dir keine Sorgen zu machen, dass ich dir weglaufe. Dich getroffen zu haben ist für mich, ob du es nun glauben willst oder nicht, genau so ein Glücksfall, wie ich hoffentlich einer für dich bin. Du hast, zum Beispiel, nicht gelernt, dich zu verstellen und mir etwas vorzumachen. Du lebst keine Eitelkeiten aus und gibst mir mit deiner Verlässlichkeit sehr viel Halt und innere Ruhe. Darüber hinaus hast du phänomenales – teilweise noch verborgenes – charakterliches Kapital in dir. Und deshalb: nimm es einfach hin mit uns Beiden. Man muss nicht immer alles erklären können und Glück zu erklären, ist ohnehin recht schwierig. Im Moment kann ich es nicht, will es auch nicht erklären, weil manchmal ein unbeabsichtigtes Wort ein kostbares Zusammensein sehr belasten, vielleicht sogar zerstören kann – und damit meine ich nicht das übliche Gewohnheitsmiteinander. Ich will nicht einmal streiten mit dir, weil es zuviel von unserer Zeit kosten würde. Bei dir, oder wenn ich mit dir zusammen bin, kann ich mir selbst sehr nahe sein. Das bedeutet mir sehr sehr viel und du bedeutest mir auch sehr viel. Glaub' mir einfach: ich bin rundherum glücklich mit dir und das genügt."

Sie schwieg und legte sich auf die Seite, ihren Kopf an meiner Schulter. Nach einer kleinen Pause schniefte sie kurz und nahm den Gesprächsfaden wieder auf.

„Ich weiß auch, das es mit uns keine alltägliche, sondern eine ungewöhnliche Beziehung ist. Doch lass' es uns bitte probieren. Jeden Tag aufs Neue. Und vor allen Dingen: lass es uns nicht zerreden! Weißt du, ich habe auch fürchterlich viele Fehler, die du noch gar nicht kennst. Ich kann beispielsweise überhaupt nicht kochen, nicht einmal 'nen gescheiten Kaffee, bin, mit Ausnahme meiner Körperpflege und Kleidung unordentlich bis schlampig, und Hausarbeit ist mir ein Gräuel, find' ich absolut ätzend, schon von jeher und, und, und – es gäbe da noch so manches aufzulisten. Ich bin überhaupt nicht alltagstauglich", legte sie nach und holte mich damit vom Himmel auf die Erde zurück.

„Ich mache mir sowieso nicht so viel aus Kaffee."

„Danke, du bist wirklich süß", sagte Mette schläfrig und steckte ihre Nase schnüffelnd in meine Achselhöhle, „dann lass uns jetzt schlafen. Du musst bald schon wieder raus, aber Maximilian fährt dich in dein Büro. Das habe ich schon heute Morgen mit ihm ausgemacht. Er weckt dich rechtzeitig und du kannst dich auf ihn verlassen."

„Du bist lieb, danke, dass du das arrangiert hast", flüsterte ich und legte mich flach auf meinen Rücken.

Sie rutschte an meiner Seite etwas höher, kuschelte sich bequem an mich und schob ihr angewinkeltes Bein auf meinen Bauch, atmete einmal tief ein und war bald darauf eingeschlafen. Als ich meinen eingeschlafenen Arm vorsichtig unter ihr wegzog, knurrte sie nur kurz ungehalten und schlief sofort weiter.

Glückselig lächelnd schlief ich auch ein.

*

Eines sonntags passierte etwas, das mich in ziemliche Verwirrung stürzte.

Mettes Bruder musste frühmorgens seine neueste Bettgefährtin (die ich bis dahin noch nicht kennen gelernt hatte) nach Hause fahren, nahm mich bei dieser Gelegenheit mit und setzte mich zu Hause ab. Natürlich hatte ich mir seine neueste Trophäe angesehen – aber außer dass sie, wie die meisten ihrer Vorgängerinnen, blond war, blieb nichts von ihr in meiner Erinnerung haften.

Nachdem ich gebadet und mich umgezogen hatte, frühstückte ich ausgiebig unter den sorgenvoll fragenden Blicken meiner Mutter, die – wie immer – unbeantwortet blieben, um anschließend zu Fuß zurück zu Mette zu gehen.

Als ich dort am späten Vormittag ankam, herrschte helle Aufregung im Haus. Mette erzählte mir nach ihrem kurzem Begrüßungskuss noch in der Etagentür stehend: „Es hat einen Todesfall während deiner Abwesenheit bei uns gegeben."

Ich erschrak zutiefst und fragte sofort entsetzt: „Aber doch bitte nicht dein Vater oder Maximilian? Ist der etwa mit dem Auto verunglückt?"

„Nein, nein", beruhigte sie mich, „so schlimm ist es nun auch wieder nicht. Es ist nur eine kleine graue Maus."

„Eine Maus?, du kannst einem aber einen ganz schönen Schrecken einjagen. Was ist denn an einer toten Maus so besonderes, dass man sie als einen Todesfall bezeichnen muss?"

„Du wirst sehen", antwortete sie und erzählte mir in groben Zügen, was während meiner Abwesenheit geschehen war.

„Die Maus hat sich über den Speck in der von uns aufgestellten Mausefalle hergemacht und ist von dem Schnappbügel der Falle erschlagen worden. Weil die Maus aber noch

173

so jung war und einen so frühen und schrecklichen Tod erlitten hat, haben wir in der Familie einstimmig beschlossen, ihr ein würdiges Begräbnis auszurichten, und das bereiten wir gerade gemeinsam vor. Du kommst genau zur rechten Zeit, um daran teilzunehmen."

Teilzunehmen an den Beisetzungsfeierlichkeiten für eine Maus, wohlgemerkt! Verblüfft ist, mäßig ausgedrückt, das, was ich war. Was sollte ich davon bloß halten? Wollten die mich etwa verscheißern? In meinem Kopf jagte wieder einmal ein Fragezeichen das andere.

Mette führte mich in ihre Küche. Ihr Vater, der neuapostolische Pfarrer, kniete in einer schwarzen Hose, die von breiten Hosenträgern gehalten wurde, ohne Jackett, aber wieder in seinem weißen gefälteltem Chemisettchen vor dem erkalteten Kohlenherd und säuberte gründlich mit einem Handfeger und einem Kehrblech die Feuerstelle und den darunter befindlichen Aschenkasten. Oben auf dem Herd lag ein kleines, aus blütenweißem Papier zusammengefaltetes Schiffchen, auf dem die tote Maus ruhte. Den Genickbruch, an dem sie verschieden war, konnte man deutlich sehen. Dumpfe heftige Schläge erschütterten, von kurzen Pausen unterbrochen die Wohnung. Sie kamen aus der Richtung des Balkons.

Mette sah meinen fragenden Blick und erklärte: „Maximilian spaltet Anmachholz aus hellem Holz für das Feuer, mit dem die Maus samt dem Papierschiffchen gleich in unserem Herd eingeäschert werden soll."

„Aha", sagte ich. Was hätte ich auch sonst sagen sollen? Hatten die plötzlich alle eine Meise unter ihrem Pony? Oder waren die völlig durchgeknallt, wie man so etwas wohl jetzt, modern ausgedrückt, nannte? Ich sah dem Geschehen zu und begriff überhaupt nichts.

Mette fuhr fort: „Vorhin hat Vater die Maus bereits postum getauft. Auf den Namen Efftatateta, nach der Maus aus der Penthesilea."

Die kannte ich nicht. Weder die Efftatateta noch die Penthesilea. Mette merkte das und schob nach: „Dem Stück von Kleist."

Den kannte ich auch nicht. Und ich wusste auch nicht, welches oder was für ein Stück gemeint war. Vermutlich ein Theaterstück. So ein Mist. Kapier doch endlich, dachte ich: du bist nichts als ein Ungebildeter, der zufällig unter Gebildete geraten ist. Ich wusste nichts, einfach gar nichts. Es war zum Haareausraufen. Mette merkte auch das an meinem leicht verzweifelten Gesichtsausdruck und sagte nur leichthin: „Ich erkläre es dir später, mach dir keine unnötigen Gedanken. Es wird schon."

Nun ja, mit all dem, was hier passierte, konnte ich im Moment sowieso nichts anfangen und harrte notgedrungen der Dinge, die gewiss noch folgen würden.

Als alle Vorbereitungen zur Einäscherung abgeschlossen waren, zog der Pfarrer sein schwarzes Jackett über, entzündete mit einem Streichholz im Kohlenherd das Feuer und übergab die Maus samt ihrem Papierschiffchen den Flammen. Nach einer Weile musste er Holz nachfeuern, da bei einer Sichtkontrolle durch die oberen Herdringe noch einige Mausreste zu erkennen gewesen waren. Während der ganzen Zeit hatten wir zu viert in der kleinen Küche gestanden, den Herd angeguckt und geschwiegen. Doch endlich lag die Asche der Maus in dem vorher äußerst sorgfältig gesäuberten Aschekasten. Als das bisschen Asche der Maus annähernd erkaltet war, wurde sie in ein kleines Blechgefäß, das mich an eine Tabakdose erinnerte, umgefüllt und dieses mit einem passenden Deckel verschlossen.

Unmittelbar danach verließen wir das Haus und Maximilian fuhr uns alle, samt der Mauseasche, zu der mehr als dreißig Kilometer entfernten Biggetalsperre. Während der Fahrt war die Stimmung merkwürdig gedrückt. Selten sprachen wir einmal miteinander, und wenn, dann betraf es lediglich die Wegführung oder die Verkehrssituation. Jeder hing seinen Gedanken nach und ich verstand immer noch nicht die Welt, in der ich mich augenblicklich befand.

An der Talsperre angekommen gingen wir auf die Staumauer. Der Pfarrer voran und wir zu dritt nebeneinander hinter ihm her. Dann blieb er stehen, nahm den Blechbehälter aus seiner Jackentasche, öffnete ihn und übergab ernsten Gesichtes die Asche der Maus dem Wind und dem Wasser der Talsperre. Wir standen noch einen stillen kleinen Moment am gleichen Fleck und sahen auf die Wellen des Sees. Ob der Pfarrer für die Maus gebetet hatte, wusste ich nicht – es wäre ihm aber zuzutrauen gewesen! Dann gingen wir wortlos zurück zu Maximilians Mercedes. Auf der Heimfahrt waren alle – außer mir – fröhlich und völlig locker, als ob diese merkwürdige Beisetzung niemals stattgefunden hätte.

Während dieser Rückfahrt überlegte ich krampfhaft, was das nun für eine denkwürdige Show gewesen war und falls Show, für wen oder was sollte das gut gewesen sein? Schon wieder Fragen, Fragen, Fragen ohne Antwort. Ob das etwas mit einem religiösen Ritus, einem Mausoleum vielleicht?, zu tun hatte, überlegte ich. Diesen Ausdruck hatte ich schon einmal gehört, ohne seine Bedeutung zu kennen. Damit hatte es bestimmt etwas zu tun, dachte ich voller Hoffnung. Ich beschloss, der Sache auf den Grund zu gehen und zu Hause in meinem schon in die Jahre gekommenen Brockhaus nachzuschauen. Mette hätte mich bestimmt auch darüber aufklären können, aber ich getraute mich nicht, sie danach zu fragen. In Bezug auf uns Menschen gab es doch schließlich auch solch einen christlichen Ritus, der Tedeum genannt wurde, und dessen Bedeutung mir ebenfalls schleierhaft war. Brockhaus, lieber Brockhaus hilf mir – ich weiß erschreckend wenig!

Die Maus war doch schließlich nicht zufällig umgekommen, überlegte ich weiter, sondern mit Vorsatz von dem Pastor und seinem Sohn umgebracht worden. Ausschließlich zu diesem Zweck hatten sie doch letztlich die Mausefalle aufgestellt.

Oder schrieben etwa die Riten der neuapostolischen Gemeinde aus Respekt vor jeglicher Kreatur nach deren Ableben Taufe und Begräbnis vor? Das konnte doch nicht wahr sein! Der Pfarrer wäre in diesem Fall von morgens bis abends nur mit Begräbnissen von irgendwelchem Viehzeug beschäftigt gewesen. Warum aber hatten sie sich dann in dieser Art verhalten? Was machte der Pfarrer denn bei totgeschlagenen Fliegen oder ähnlichem Getier? Wo lag bei ihm die Mindestgröße für Taufen, für Beisetzungen? Diese Mausgeschichte ging mir nicht mehr aus dem Kopf. Ich überlegte hin und her und kam zu keinem Schluss. Wahrscheinlich war ich zu dumm, ein solches Ritual verstehen zu können.

Diese merkwürdige Familie gab mir fast täglich immer noch unlösbare Rätsel auf. Sehr viel verstand ich wirklich nicht von ihr, und ständig noch mehr Fragen zu stellen als ich ohnehin schon tat, und damit jedes Mal aufs Neue meine Unwissenheit zu demonstrieren, wollte ich mir auch ersparen.

Viele Jahre später las ich die „Penthesilea", dieses große Trauerspiel von Kleist. Ich kann mich heute allerdings nicht mehr daran erinnern, ob darin eine Maus namens Efftatateta vorkam oder nicht. Vielleicht kam sie auch in einem anderen Stück vor. Wer weiß das schon ...?

*

„Hast du eigentlich keine Freunde, so 'ne Clique, mit der du um die Häuser ziehst oder auf Mädchenjagd gehst?", wollte Mette eines Tages, ohne das es dafür einen Anlass gegeben hätte, in unserem Nest von mir wissen.

„Du kannst vielleicht Fragen stellen!"

Sie überraschte mich immer wieder mit ihren Fragen, weil sie buchstäblich alles von mir wissen wollte. Alles über meine Kindheit, meine Eltern, meinen Beruf, meine Gefühle –

einfach alles. Sie ließ nichts aus und bohrte mit ihren Fragen voller Neugier und Interesse in mir herum, als ob von meinen Antworten lebenswichtige Entscheidungen für sie persönlich abhängen würden. Manchmal hatte ich das Gefühl, als ob sie am liebsten dabei gewesen wäre, als ich aus dem Geburtskanal heraus kam und das erste Licht meines Lebens erblickte, meinen ersten Schrei ausstieß.

„Eine Clique nicht gerade, aber ein paar Freunde hab' ich schon", antwortete ich dann aber doch nach einem kleinen, zögernden Moment.

„Merkwürdigerweise aber keinen mehr aus meiner Schulzeit. Dafür einige andere, die ich im Laufe der Zeit im Fechtclub oder Jazzkeller oder sonst wo kennen gelernt habe. Das sind aber alles nur lose Freundschaften. Mit den Jungs telefoniere ich manchmal oder treffe mich gelegentlich mit ihnen, um gemeinsam etwas zu unternehmen, was allerdings meine Mutter wegen ab und an schon vorgekommener heftiger Wochenendbesäufnisse nicht gerne sieht."

Mette schnitt eine Grimasse und schüttelte ihren Kopf, dass ihre roten Haare nur so herumflogen.

„Immer wieder deine Mutter! Hat diese Frau denn überhaupt keine Ahnung davon, was sie dir alles antut, wie sie dich in deinen Entwicklungen hemmt und was sie dir alles vermasselt? Es wird Zeit, dass sich diesbezüglich in deinem Leben etwas Grundlegendes verändert. Höchste Zeit!"

„Ich weiß", sagte ich kummervoll, „lass uns lieber von etwas anderem reden. Ich habe schließlich noch meinen allerbesten Freund, der Armin heißt und der nur in den Ferien hier sein kann, weil er ansonsten in einem Schweizer Internat in Zug am Zuger See erzogen wird. Aber wenn er hier ist, sind wir fast unzertrennlich."

„So so, unzertrennlich", wiederholte sie und grinste vielsagend, „Jungmännerfreundschaft oder so was, hm? Ist er vielleicht schwul und scharf auf dich?"

„Quatsch", sagte ich schnell, diesmal in schon fast erbostem Ton über ihre unsachliche Unterstellung.

„Armin und schwul! Der ist genau so hinter den Mädels her wie ich es war, bevor ich dich kennen gelernt habe."

„Interessant", murmelte sie und zog ihre Augenbrauen fragend hoch, „woher weißt du denn so genau, dass er nicht schwul ist? Vielleicht ist er sogar bisexuell veranlagt und du weißt nur nichts davon. Erzähl' mir doch mal was von ihm."

„Noch einmal Quatsch. Jetzt ist es aber genug! Armin ist weder schwul noch bisexuell. Wenn er es wäre, hätte ich es gemerkt!"

„Sei dir da nicht ganz so sicher", hatte sie mir geantwortet, „oder hast du etwa gemerkt, dass ich mal etwas mit einer Frau gehabt habe?"

„Was?", ich war wie vom Donner gerührt, „du hattest eine Affäre mit einer Frau? Wann war denn das?"

„Es war im letzten Jahr und es war keine Affäre, sondern nur ein einmaliger Versuch, der mir außer der Erkenntnis, dass ich ausschließlich auf Männer stehe, nichts gebracht hat. Aber einen Versuch war es sicherlich wert. Jetzt weiß ich jedenfalls über mich und meine sexuellen Bedürfnisse genau Bescheid."

„Wie bist du denn auf die Idee gekommen?", hatte ich immer noch total verblüfft wissen wollen.

„Weißt du, in der Theaterszene, oder dem gesamten Künstlermilieu sowieso, gibt es relativ viele Schwule, Lesben und Bisexuelle und da lag es nahe, auch einmal Sex mit einer Frau auszuprobieren. Eines Tages hat es sich dann so ergeben – mehr oder weniger. Aber, wie schon gesagt, es war keine große Sache, lediglich eine gemeinsame Nacht und es war nicht mein Ding. Absolut nicht! Der Anstoß dazu kam auch nicht von mir, sondern von einer Kollegin, die mich schon länger in ihrem Fokus gehabt hatte. Hab' ich dich jetzt etwa schockiert?"

„Etwas schon."

Lahm hatte ich geantwortet und die Gedanken liefen fieberhaft in meinem Hirn herum. Mein ganzes bisheriges Verständnis von Moral, dass eh durch Mette schon kräftig ins Flattern gekommen war, geriet immer mehr aus den Fugen. Musste ich vielleicht in absehbarer Zeit befürchten, in Konkurrenz zu einer Frau stehen zu müssen? Oder Mettes Zuneigung eventuell mit einer Frau zu teilen?

Mette sah mir meine Verwirrung an und strich mir beruhigend über meinen Kopf: „Mach dir keine Sorgen, es betrifft uns beide nicht. Ich glaube, ich hätte es besser nicht erwähnt. Erzähle mir lieber weiter von deinem Freund Armin."

Nachdem ich mich beruhigt und meine Gedanken geordnet hatte, tat ich das dann in aller Ausführlichkeit und war froh über diese Ablenkung.

Ich erzählte ihr, wie Armin und ich uns kennen gelernt hatten, von seinem luxuriösen Elternhaus, von seinen netten Eltern, die mich trotz aller sozialen Unterschiede mit offenen Armen aufgenommen hatten und von seinem Vater, dem sein Sohn während der langen Zeiten zwischen den Ferien sehr fehlte und der mich deshalb – quasi als Ersatz – ab und zu einmal sonntags mit seinem Wagen abgeholt, zum Essen in ein feines Restaurant eingeladen und mich sogar schon zweimal zur Jagd mitgenommen hatte. Einfach nur aus einer Laune heraus, ohne dass er irgendetwas von mir als Gegenleistung gewollt hatte.

„Weißt du, ich glaube die mögen mich wirklich gut leiden, und im letzten Sommer haben sie Armin und mir sogar einen zweiwöchigen Urlaub auf Sylt in der Nordsee spendiert. Mit reichlich Taschengeld und allem drum und dran."

„Nobel, nobel", meinte Mette und lachte, „lass mal mehr davon hören. Sylt soll sehr schön sein, wie ich gehört habe."

Ich erklärte ihr, dass Armins Vater daran eine Bedingung geknüpft hatte. Er hatte zu mir mit einem Augenzwinkern gesagt: „Jonas, du musst dafür aber aufpassen, dass mein

Sohn immer einen Pariser benutzt, wenn er schon meint, die Mädchen vögeln zu müssen."

Ich war ob dieser offenen Ausdrucksweise, die ich wirklich nicht gewohnt war, zusammengezuckt, und Armins Mutter hatte ihrem Ehemann in gespielter Entrüstung auf den Unterarm geschlagen. Doch bald darauf lachten wir gemeinsam miteinander über sein Ansinnen.

„Also, diese Verantwortung kann ich nicht übernehmen", hatte ich zögernd und dann ganz ernsthaft entgegnet, „denn ich glaube nicht, dass ich im Falle eines solchen Falles dabei sein werde oder etwa Einfluss nehmen könnte."

„Und ich kann auch nicht jeden seiner Schritte überwachen", hatte ich noch zaghaft angefügt und inständig gehofft, dass Armins Vater daraufhin sein Angebot nicht rückgängig machen würde.

„Du weißt schon, wie ich das meine", ebenfalls ernsthaft hatte Armins Vater geantwortet, „pass' ein bisschen auf ihn auf. Armin ist nun mal ein Bruder Leichtfuss – und außerdem mein einziger Sohn."

Armin hatte fluchend und mit den Händen um sich fuchtelnd gegen die Aufpasserorder seines Vaters protestiert. Wir wussten aber alle, was sein Vater gemeint hatte.

„Ein toller Typ, Armins Vater", sagte Mette, „solche offenen Geradeausmänner gefallen mir. Erzähl ruhig weiter, es klingt interessant."

„Das war am Ostermontag gewesen", fuhr ich fort.

Sie hatten mich am Morgen abgeholt und wir waren zu viert zum Jagdhaus Wiesel ins Hochsauerland gefahren. Wir Jungs saßen im Fond des Mercedes, Armins Vater bewegte das Lenkrad und Armins Mutter saß neben ihm.

Nach einem Spaziergang durch Feld und Wald hatten wir im Restaurant Platz genommen und Armins Vater hatte drei Campari mit Soda und einen mit Orangensaft bestellt. Er hatte mich nicht gefragt. Ich hatte nur kurz verwundert geschaut und mich ansonsten bedeckt gehalten. Schließlich musste ich mich ohnehin erst an dieses sagenhaft schöne Restaurant gewöhnen, da ich noch nie zuvor in einem solch feinen Haus gewesen war und ich bemühte mich, möglichst unauffällig meine Eindrücke zu sammeln.

Aber Armins Vater hatte ganz locker zu mir gesagt: „Schau dich ruhig um, Jonas. Das ist ein gutes Haus und hast du in der Diele den großen Kamin und das Geweih von diesem unglaublichen Achtzehnender gesehen?"

Ich schüttelte meinen Kopf, der mir sowieso schon von all diesen neuen Eindrücken schwirrte. Irgendwie war es wie im Kino und ich dachte, gleich kommt die Schlussmusik, das Licht geht an und der Film ist zu Ende.

Wir hatten in den Speisekarten geblättert, als die Getränke kamen. Ich durfte an beiden Varianten probieren und hatte mich für den Campari mit Orangensaft entschieden. Armins Mutter hatte mir beiläufig erklärt, dass Campari bei uns neu auf dem Markt wäre und zur Zeit als der Renner auf den großen gesellschaftlichen Abenden galt. Dann würde er aber natürlich selten mit Soda, sondern vorzugsweise mit Champagner aufgefüllt werden.

„Hast du schon einmal Champagner getrunken?", hatte sie mich gefragt und als ich verneint hatte, fuhr sie fort, „dann werden wir das in den nächsten Tagen einmal bei uns nachholen, nicht wahr, Egon?"

Armins Vater hatte genickt und gemeint: „Vorausgesetzt, dass Jonas nichts dagegen hat, wenn wir ihm ein wenig Nachhilfe in Sachen Lebensart geben."

Natürlich hatte ich nichts dagegen und sie lebten mir vor, wie man sich bei Tisch benahm, in Restaurants verhielt und wie man souverän, respektvoll und höflich miteinander umging.

Während des Essens sah ich mir alles von ihnen ganz genau an und bemerkte schnell, dass sie – anders als ich es gewohnt war – ihre Ellenbogen während des Essens nicht auf dem Tisch abstützten. Dass sie mit geschlossenen Beinen und geradem Rücken am Tisch saßen und das Besteck zum Mund führten, ohne den Kopf zum Teller zu neigen. Sie redeten auch wenig, während sie noch kauten, sondern eher zwischen den einzelnen Bissen oder wenn sie einen Schluck Wein tranken. Das alles dauerte seine Zeit, wirkte ganz souverän und ich bewunderte Armin heimlich, weil er sich, als sei es die selbstverständlichste Sache der Welt, ganz genauso benehmen konnte. Ich war bemüht, mich ihnen anzupassen und als ich das erste Mal meine Serviette, die ich anfangs verschämt unter meinen Teller geschoben hatte, damit er nicht wegrutschen konnte, wieder unter dem Teller hervorgezupft und zu meinem Mund geführt hatte, bevor ich einen Schluck aus meinem Weinglas nahm, bemerkte Armins Mutter beiläufig: „Der Wein schmeckt einfach besser, wenn man sich vorher den Mund abgetupft hat, findest du nicht auch, Jonas?" Ich hatte genickt und war ihr dankbar, dass sie mich diskret aus meiner Unbeholfenheit geführt hatte.

Zwischen der Vor- und Hauptspeise – die Armins Vater mir empfohlen hatte, da ich das Allermeiste von diesen französischen Ausdrücken, die es in der Speisekarte zu lesen gab, nicht verstanden hatte – war es mir ein besonderes Bedürfnis, mich, als wir uns einmal mehr mit den Weingläsern zugeprostet hatten, bei Armins Eltern ganz herzlich für den in Aussicht gestellten Sylturlaub zu bedanken. Armins Vater hatte meine Dankesworte mittendrin einfach unterbrochen und gesagt: „Ist schon in Ordnung so. Du brauchst keine großen Worte zu machen. Hauptsache, Armin hat Gesellschaft und ihr habt Spaß miteinander. Jonas, du wirst sehen, auf Sylt kannst du mit den Mädels flirten, bis dir die Brille beschlägt. Dort sind die Mädels ganz anders als hier." Polternd hatte er gelacht und ich musste auch lachen. Armins Vater war schon ein Riesentyp und das war auch ein Riesenspruch gewesen, der mir sehr gefallen hatte.

Armins Mutter aber hatte ihren Mann stirnrunzelnd ange-schaut und mit einem merkwürdigen Unterton gefragt: „Und woher weißt du das mit den Mädels oder Frauen auf Sylt so genau, mein Lieber? Ist mir da in der jüngsten Vergangen-heit vielleicht etwas entgangen? Du warst schließlich auch schon tagelang ohne mich auf Sylt."

Er hatte jedoch nur, jederzeit Herr der Situation, lässig mit einem kleinen Lacher, der in einen verstohlenen Rülpser übergegangen war, abgewinkt und damit war die Angele-genheit bereinigt und vom Tisch. Ganz ruhig, ganz elegant, ohne ein einziges lautes Wort.

Ich hatte schon einen kleinen Streit befürchtet und ein we-nig die Luft angehalten, weil in den Kreisen, in denen ich mich ansonsten bewegte, schon bedeutend weniger unglück-liche Bemerkungen zu oft rustikalen Auseinandersetzungen geführt hatten.

Mette, die mir bis dahin aufmerksam zugehört hatte, klatsch-te plötzlich in ihre Hände wie ein Kind, dass sich ausgelas-sen freut und meinte:

„Ich finde es ganz toll von Armins Eltern, dass sie sich dei-ner in dieser Weise angenommen haben. Da hast du endlich einmal richtig Glück gehabt in deinem Leben. Und dieses Glück hast du meiner Meinung nach schon lange verdient gehabt. Ist es denn nun zu diesem Sylturlaub gekommen?"

„Klar", hatte ich geantwortet, und die Erinnerung an diese Zeit ließ mich lächeln.

„Wart' einen Moment, ich geh mal kurz aufs Klo und dann musst du weiter erzählen", sagte Mette. Als sie zurückkam, brachte sie zwei Gläser mit Zitronenlimo mit und machte es sich wieder bequem.

*

In den folgenden Sommerferien waren Armin und ich mit dem silbergrauen VW-Käfer, der seiner Mutter gehörte, nach Sylt gefahren. Armin, der schon dreimal vorher dort gewesen war, kannte sich mit der Fahrtstrecke und auch auf der Insel in etwa aus. Allerdings war es für ihn auch das allererste Mal, dass er selbst mit einem Auto auf die alten, klapprigen Waggons des Autozugs fahren musste, der uns über den Hindenburgdamm auf die Insel brachte. Selbstverständlich bestand er diese Herausforderung mit Bravour.

Armins Eltern hatten uns in Kampen – einem wunderschönen Dorf in der Mitte der Insel gelegen – in einer Pension, einem rotgeklinkerten reetdachgedeckten Friesenhaus, in das ich mich auf Anhieb verguckt hatte, ein Doppelzimmer reserviert. Das Zimmer hatte kleine, nach außen gewölbte Butzenscheiben, war nicht gerade sehr geräumig und einfach eingerichtet. Es hatte fließendes kaltes Wasser und war, wie ich trotzdem fand, urgemütlich. Auf dem Flur gab es ein Duschbad, das wir uns mit zwei weiteren Pensionsgästen von unserer Etage teilen mussten, und mit dem Klo verhielt es sich genauso. Wir fanden's prima und es war genau das Richtige für uns. Große Vergleichsmöglichkeiten hatte ich ohnehin nicht.

Überraschenderweise kam zu unserem Ferienglück noch hinzu, dass wir ein granatenstarkes Wetter erwischt hatten, welches uns ständig ermöglichte, tagsüber an unserem Lieblingsbadestrand an der Buhne 16 unserem Badespaß nachzugehen. Es war ein FKK-Strand und ich wusste anfangs aufgrund meiner Verklemmtheit gar nicht, wo ich überall hingucken sollte oder durfte. Doch dieses, von mir schon vorher befürchtete große Problem entpuppte sich als ein ganz kleines und löste sich zu meiner Überraschung in kürzester Zeit von selbst.

Wir liehen uns von unseren Strandnachbarn eine Schaufel aus und bauten uns im feinen Sand eine Strandburg, an – wie Armin anmerkte – strategisch bedeutsamer Stelle (das bedeutete: in der Nähe attraktiver Mädels, die mit ihren Eltern in benachbarten Strandkörben hausten). Unsere Strandburg verzierten wir mit unseren Vornamen, die wir aus gefundenen Muscheln bildeten, und dann tobten wir mehrmals am Tag in der weißgischtigen Brandung der Nordsee herum.

Es war das erste Mal, dass ich auf einer Insel und überhaupt am Meer war, und ich war von der allerersten Sekunde an fasziniert und begeistert von den ständig wechselnden Farben des Meeres, vom Spiel seiner Wellen, von seinem von Sekunde zu Sekunde veränderten Gesicht, dem klatschenden Geräusch der Brandung, dem Gekreisch der Möwen und deren akrobatischen Flugkünsten und von seinem unbeschreiblichen Geruch. Dazu kam dann noch dieser ständige Westwind, der an uns zupfte und uns trocken blies, wenn wir aus dem Wasser herauskamen und uns erschöpft in unsere Strandburg fallen ließen. Für mich war all das ganze das Allerschönste, das ich je erlebt hatte. Alles war traumhaft schön. Ich schmeckte das Leben und ließ mich einfach fallen. Sommer, Sonne, Strand und Meer – ich war glücklich und Armins Vater, der mir dieses Urlaubsvergnügen ermöglicht hatte, kam gleich nach dem lieben Gott.

Meine Haut schmeckte nach dem Salz des Meerwassers und prickelte, wenn ich mich in der Sonne vom Wind hatte trocknen lassen. Unglücklicherweise hatten Armin und ich mit Sonnenschutzcremes wenig am Hut gehabt, so dass wir uns infolge unserer Nachlässigkeit einen unangenehmen Sonnenbrand einfingen. Das war blödsinnig und dazu auch noch hinderlich. Unsere Haut juckte und brannte und der Franzbranntwein, den wir dummerweise als vermeintlich kühlendes Gegenmittel darauf verrieben hatten, machte die Sache noch schlimmer. Nachts hatten wir Schüttelfrost und froren wie die Schneider.

Tags darauf, am Strand bei der Buhne, erbarmten sich mitleidige Mütter unser und salbten uns hilfreich mit Cremes und kundigen Händen, gaben uns gute Ratschläge und spendierten einen Sonnenschirm und auch mal für eine gewisse

Zeit ihren Strandkorb, wenn sie auf einen Strandspaziergang gingen. Dieses Getue hatte ungeahnte Vorteile, denn einige dieser Mütter hatten Töchter, die in „verwendungsfähigem" Alter waren, wie Armin kurz darauf pragmatisch feststellte. Ich musste zugeben: Armins Ansicht entsprach den Tatsachen. Er hatte in seiner unkomplizierten Art absolut recht!

Unser Sonnenbrand hatte also auch Vorteile nach sich gezogen, denn wir hatten unverhofft schnell die ersten erwünschten Kontakte knüpfen können.

Wir lernten die Mädels der Mütter kennen und die Mütter sorgten auch in den folgenden paar Tagen dafür, dass wir – wenn wir dann meist erst gegen Mittag nach den vorangegangenen nächtlichen Eskapaden, die zuweilen auch bis zum Morgengrauen gedauert hatten, an den Strand kamen – zunächst einmal mit reichlich Sonnenschutzcremes eingecremt wurden. Sie taten's gern und fürsorglich mit eigener Hand und ließen keine andere Hand an uns, obwohl die Hände ihrer Töchter, wenngleich sicherlich ungeschickter, Armin und mir irgendwie doch schon lieber gewesen wären. Ein paar Tage später hatte sich auch das von selbst geregelt. Wenn wir am Strand einliefen wurden wir mit dem einen oder anderen Bussi begrüßt, und als unser Dankeschön fürs Eincremen, wurden die Töchter bei Bedarf von uns eingecremt. Diese Bedürfnisse häuften sich in den darauffolgenden Tagen. Dabei kam es auch schon einmal vor, dass sich unsere Finger in gefährliche Nähe von Tabubereichen der Töchter verirrten und schnelle Abwehrreaktionen hervorriefen, die jedoch von Mal zu Mal schwächer wurden.

Auf dem selbst bei hochgängigen Fluten nicht überspültem Strand war ganz in der Nähe unserer Strandburg ein Volleyballfeld mit Netz und Feldbegrenzung von der Kurverwaltung eingerichtet worden, welches zu meinem Erstaunen von vielen Gästen aller Altersklassen genutzt wurde. Natürlich waren die meisten der Spieler absolut nackt und lediglich einige der Frauen trugen zuweilen ein Bikinihöschen. Mitspieler waren stets willkommen, und bald gehörten Armin und ich zu dem Spielerkreis. Kurz darauf spielten auch die Töchter der Mütter mit, was dem Spiel zusätzliche Anreize bot. Und zwar gar nicht mal so schlechte!

Mittlerweile kannten Armin und ich genügend Mädchen, die wir, nachdem wir am späten Nachmittag den Strand verlassen hatten, auf der Whiskymeile in Kampen auf ein Eis oder einen Drink einluden, und mit denen wir uns für den Abend verabredeten. Dabei tauchte ein Problem auf, mit dem weder Armin noch ich gerechnet hatte: wir waren leider beide hinter ein und demselben Mädchen her. Sie hieß Lara und war aus Göttingen. Blond, mit langen Haaren, blauäugig, schlank, schnurriger Stimme und sie genoss es anfangs sehr, von uns beiden Jungs heftig angebaggert zu werden.

Es war nun nicht so, dass Armin und ich uns ihretwegen ernsthaft in die Quere kamen oder gar gestritten hätten, aber wir balzten unabhängig voneinander, stellten uns ins rechte Licht, wenn sich die Gelegenheit dazu bot und passten wie Schießhunde aufeinander auf. Selten wurden Toilettengänge am Strand in größerer Geschwindigkeit erledigt.

Aber es war wie mit den beiden Hunden, die sich um ein und denselben Knochen balgten. In unserem Fall mochte der Knochen nach wenigen Tagen nicht mehr gleichzeitig von zwei Seiten angenagt werden und suchte sich einen anderen, einzelnen „Hund". Dumm gelaufen! Wir trugen es mit Fassung. Schließlich lief ja – laut Armin – noch genügend „verwendungsfähiges Material" herum.

Nach dem Abendessen flanierten wir in Kampen herum oder trafen uns mit den Mädels vom Strand, die wir manchmal mit in den „Ziegenstall" nahmen. Das war eine besondere Art von Kneipe, in der sich Prominente aus Industrie und Wirtschaft sowie Künstler von Film, Funk und Fernsehen trafen und die von Valeska Gert, einer ehemaligen Muse des Kurt Weill, dem Komponisten der Dreigroschenoper, geführt wurde. Dort traten Abend für Abend irgendwelche Gäste als Amateur-Unterhaltungskünstler auf und zelebrierten ihre Kleinkunst. Sie stellten sich auf die kleine Tanzfläche und spielten Sketche, sangen zur Gitarre oder rezitierten Gedichte und Ähnliches mehr.

Diese Atmosphäre hatte es mir vom ersten Besuch an sehr angetan und ich setzte alle meine Überredungskünste ein, Armin mit dorthin zu schleifen – und wenn es nur für ein oder zwei Stunden war. Er begleitete mich nicht gerade mit großer Begeisterung – aber da die Mädels auch gerne in den „Ziegenstall" gingen, schloss er sich uns an. Anschließend folgten wir ihm willig in die Diskothek, die mir natürlich auch gefiel und in die er lieber schon früher gegangen wäre.

„Macht ihr mit beim Volleyball? Das Feld ist frei."

Annika und Katja standen plötzlich in ihren Bikinihöschen an unserer Strandburg, in der wir uns in der Sonne aalten. Ich sah hoch und stellte zum wer-weiß-wievielten Male fest, dass Annika mit Abstand den schönsten Busen weit und breit hatte. Sie war meist sehr zurückhaltend und still, hatte bestimmt auch nicht den tiefen Teller erfunden, aber ihr Busen ...

Armin, der neben mir im Sand saß und rauchte, sah Katja an – die gefragt hatte – und antwortete spontan: „Klar, machen wir doch", und erst dann zu mir gewandt, „oder hast du keine Lust, Alter?"

„Doch, doch – äh – fangt schon mal ohne mich an – äh – ich muss vorher noch kurz auf die Toilette. Komme aber gleich nach."

Ich hatte, um ein öffentliches Ärgernis zu vermeiden, ganz bewusst auf meinem Bauch gelegen und befand mich nun in der Klemme, weil ich nicht aufstehen konnte. Scheiße, dachte ich, was machst du jetzt bloß?

Ich robbte bäuchlings zu meiner Badehose hin und Armin, der begriffen zu haben schien, was wirklich mit mir los war, stand auf. „Kommt", sagte er zu den Beiden, „wir gehen schon mal vor aufs Feld und fangen an, bevor andere auf die gleiche Idee kommen."

Erleichtert sah ich ihnen nach. Als ich von meinem Toilettengang zurückkam, konnte ich ohne Probleme am Volleyballspiel teilnehmen.

Die schönen Tage am Strand gingen dahin und reihten sich aneinander wie eine Perle auf einer Schnur an die andere. Wir schäkerten und balgten uns gelegentlich mit Katja, Mona, Irene, Ulla und wie sie sonst noch hießen. Ab und zu wurde auch mal ein bisschen geknutscht und gestreichelt, wenn die Eltern am Meeressaum herumspazierten oder nicht hinsahen. Geknutscht war aber oft schon zuviel gesagt – und gerade Annika hielt sich bei dem Austausch aller, auch der harmlosesten Zärtlichkeiten sehr zurück. Sie war, allem Anschein nach, die Unberührbare.

Die Nächte waren nicht weniger schön als die Tage. Nur lauter und turbulenter, alkoholhaltiger und kürzer. Doch wenn ich am nächsten Vormittag dieses unglaublich schöne Meer sah, waren die Strapazen der letzten Nacht, der Alkohol und der Diskothekenlärm sofort vergessen.

Am vorletzten Abend unseres Urlaubs waren Armin und ich mit Katja und Annika in den „Ziegenstall" zu Valeska gegangen und ich hatte angekündigt, dort zu unserem Abschied ein Gedicht aufsagen zu wollen, sofern mich mein Mut im letzten Moment nicht verlassen würde.

Ich hatte gleich am Eingang, als wir angekommen waren, Valeska mein Vorhaben angekündigt und sie hatte genickt und gesagt, dass sie mich aufrufen würde. Nur ihr hatte ich verraten, welches Gedicht ich vortragen wollte, und sie hatte mich erstaunt mit hochgezogenen Augenbrauen einen Moment angeschaut und gesagt: „Bist du dir sicher? Da bin ich aber mal wirklich gespannt. Gottfried Benn kann man, glaube ich, nur schwerlich rezitieren – wenn überhaupt. Und mit deinen jungen Jahren ...?"

Eine Dreiviertelstunde später war es soweit. Valeska kündigte mich an und ich betrat in meiner hellgrauen Hose, dem weißen Hemd und jeder Menge Herzklopfen die Tanzfläche. Nach dem kleinen Ermunterungsapplaus und der darauffolgenden erwartungsvollen Stille erhob ich meine Stimme und rezitierte eines meiner Lieblingsgedichte:

TEILS – TEILS von Gottfried Benn
(aus „Aprèslude", Gedichte 1955, Gottfried Benn, Limes Verlag, Wiesbaden)

In meinem Elternhaus hingen keine Gainsboroughs
wurde auch kein Chopin gespielt
ganz amusisches Gedankenleben
mein Vater war einmal im Theater gewesen
Anfang des Jahrhunderts
Wildenbruchs „Haubenlerche"
davon zehrten wir
das war alles.

Nun längst zu Ende
graue Herzen, graue Haare
der Garten in polnischem Besitz
die Gräber teils-teils
aber alle slawisch,
Oder-Neiße-Linie
für Sarginhalte ohne Belang
die Kinder denken an sie
die Gatten auch noch eine Weile
teils-teils
bis sie weitermüssen
Sela, Psalmenende.

Heute noch in einer Großstadtnacht
Caféterrasse
Sommersterne,
vom Nebentisch
Hotelqualitäten in Frankfurt
Vergleiche,
die Damen unbefriedigt
wenn ihre Sehnsucht Gewicht hätte
wöge jede drei Zentner.

Aber ein Fluidum! Heiße Nacht
à la Reiseprospekt und
die Ladies treten aus ihren Bildern:
unwahrscheinliche Beauties
langbeinig, hoher Wasserfall
Über ihre Hingabe kann man sich gar nicht erlauben
nachzudenken.

Ehepaare fallen demgegenüber ab,
kommen nicht an, Bälle gehen ins Netz,
er raucht, sie dreht ihre Ringe,
überhaupt nachdenkenswert
Verhältnis von Ehe und Mannesschaffen
Lähmung oder Hochtrieb.

Fragen, Fragen! Erinnerungen in einer Sommernacht
Hingeblinzelt, hingestrichen,
in meinem Elternhaus hingen keine Gainsboroughs
nun alles abgesunken
teils-teils das Ganze
Sela, Psalmenende.

Mein Vortrag hatte nur wenige Minuten gedauert und es
war still geworden, während ich sprach. Sehr still. Unge-

wöhnlich still. Eine Stille, die anhielt, als ich mein Rezitat beendet hatte.

Unsicher trat ich einen Schritt zurück, deutete linkisch eine kleine Verbeugung an, als plötzlich der Applaus der Gäste losbrach, von denen ein paar sich sogar von ihren Plätzen erhoben hatten. Applaus, der auf mich niederprasselte wie ein Goldregen und eine Welle ungeahnten Glücks in mir hervorrief. Ich ging mit hocherhobenem Kopf und glückselig lachend zu meinem Tisch zurück. Katja und Annika standen auf, umarmten und küssten mich mehrfach und mein Freund Armin schlug mir herzhaft ins Kreuz. Ungläubig sah ich in die applaudierende Runde. Ich hatte meinen Auftritt gehabt – und was für einen!

Kurze Zeit später standen vier Glas Sekt vor uns auf dem Tisch und die Serviererin, eine sehr nette Studentin aus Hamburg, die Britta hieß, sagte: „Das ist von dem älteren Herrn mit der Halbglatze dort drüben. Der ist, glaube ich, vom Fernsehen und macht solche hochkarätigen politischen Sendungen."

Wir prosteten einander zu und bedankten uns mit einem Kopfnicken bei diesem Herrn, der mir über die Tanzfläche hinweg zurief: „Bravo, junger Mann. Starker Vortrag, sehr stark!"

Armin sah mich kopfschüttelnd an: „Donnerwetter, du bist mir vielleicht eine Type. Nun kenne ich dich ja schon ein Weilchen, aber so was hätte ich dir nie zugetraut!"

Ich war selbst erstaunt über meinen Mut, der auf einmal da und mit dem Wunsch verbunden war, einmal in meinem Leben im „Ziegenstall" aufgetreten zu sein. Vielleicht hatte dieser wunderbare Urlaub meinen Mut gezeugt. Ja, dachte ich, so muss es gewesen sein.

Annika saß neben mir und plötzlich spürte ich die Wärme ihres Oberschenkels an meinem Bein. Nein, dachte ich, nicht Annika, die Zurückhaltende, das ist ein Zufall, der bestimmt nichts zu bedeuten hat. Aber ihr Oberschenkel blieb fest an meinen gedrückt und ihre Wärme fing an, mich auf andere Gedanken zu bringen.

Wir ließen uns den Sekt schmecken und meine Freude und gute Laune war durch den Spender gewiss nicht schlechter geworden. Dann wurde ich abgelenkt durch Britta, die zu uns an den Tisch trat und mich bat, mit ihr zu Valeska zu kommen.

Ich folgte ihr in den Eingangsbereich, wo Valeska immer ihre ankommenden Gäste begrüßte und, wie auch fast immer, auf einem schmalen Bänkchen saß. Sie bat mich, neben ihr Platz zu nehmen. Dass dieses eine besondere Auszeichnung war, erfuhr ich erst kurz darauf von Britta.

„Woher weiß und versteht ein so junger Mensch wie du so viel von diesem zynischen, nicht leicht zu verstehenden Gottfried Benn, der wahrlich auch nicht einfach zu lesen ist?", wollte sie von mir wissen.

Daraus entwickelte sich eine einige Minuten andauernde ernsthafte Unterhaltung über Benn und Literatur im Allgemeinen, an deren Ende sie mich einlud, so oft ich wollte bei ihr aufzutreten, gegen ein oder auch zwei Gratisgetränke pro Auftritt. Ich sagte, dass es leider mein vorletzter Abend wäre und ich eventuell morgen noch einmal vorbeikäme. Sie hatte genickt und damit war unser Gespräch beendet gewesen. Aber dieses Gespräch und ihr Angebot hatten meine gute Laune noch mehr gesteigert, und ich ging beschwingt zurück an unseren Tisch.

Der Sekt und die vorangegangenen Drinks, hatten uns in Stimmung gebracht, und wir stolperten aufgekratzt in unsere Lieblingsdiskothek. Annika, bis dahin die jungfräulich Unberührbare, wich nicht von meiner Seite und suchte ständig Berührungskontakt mit mir. Mir kam das komisch vor und ich traute dem Braten nicht. Es war keinesfalls so, dass mir ihre körperliche Nähe unangenehm gewesen wäre, ganz im

Gegenteil, aber ich fürchtete, dass sie mich heißlaufen lassen wollte, um mir dann erstaunt auf die Finger zu klopfen. Bisher war sie jedenfalls immer sehr viel reservierter gewesen.

Irgendwann mussten Katja und Annika nach Hause und in dem festen Bewusstsein, dass mit den Beiden nichts weitergehendes laufen würde, brachten wir sie lediglich nach draußen vor die Tür der Diskothek und verabschiedeten uns mit einem kameradschaftlichen Küsschen und einem Klaps auf den Popo. Annika sah mich still und nachdenklich an, bevor sie sich umdrehte und mit Katja davonging. Nach ein paar Metern drehte sie sich noch einmal zu mir um und wieder war da dieser Blick, der mich traf. Wollte sie eventuell doch etwas von mir? Nein, du Spinner, schalt ich mich. Nicht Annika, bild dir bloß nichts ein, nur weil du ein Gedicht aufgesagt hast!

Der letzte Tag. Wehmut beschlich mich. Ich wollte morgens überall noch einmal hin, wo wir sowieso schon ein- oder mehrmals gewesen waren. Schnüffelte wie ein Hund an jeder Ecke, nahm Abschied. Armin verstand das nicht. Er hielt das für romantischen, absolut überflüssigen Käse; dennoch ließ er mich gewähren und begleitete mich leicht murrend, aber auch nachsichtig.

Annika und Katja, die noch ein paar Tage länger als wir blieben, verbrachten den Rest des Tages mit uns am Strand. Sie waren lieb, nett und schmusten, an die Augen der Umgebung denkend zurückhaltend, aber voller Zärtlichkeit mit uns. Ich sah mir Annika genauer an. Sie hatte wirklich eine bemerkenswerte Eieruhrfigur mit langen, schlanken Beinen, dem schon erwähnten Prachtbusen und einer wundervoll glatten und zarten Haut. Bedauerlicherweise lächelte sie selten, wirkte meist ernst, irgendwie abwesend und verschlossen, wodurch ihr im Grunde sinnlicher, volllippiger Mund irgendwie mürrisch und trotzig wirkte und die ganze Annika damit leider auch.

Am Abend luden wir die Beiden trotzdem zum Abschieds-essen in unser Lieblingsrestaurant ein. Anschließend sagten wir ‚Tschüss' bei Valeska. Ich war nicht in Stimmung aufzu-treten.

Valeska lud mich ein: „Dann komm' im nächsten Jahr wieder. Du wirst hier bei mir immer herzlich willkommen sein."

„Danke. Ich werd's versuchen", versprach ich ihr, obschon mir klar war, dass die Finanzierung dieses Versprechens schwierig werden würde.

In der Diskothek war an diesem frühen Abend noch nicht viel los und Annika schmiegte sich beim Tanzen überraschen-derweise ganz eng an mich. Ganzkörperkontakt, von oben bis unten. Ich wollte es zunächst gar nicht glauben, doch dann hielt ich dagegen. Sie legte einen Arm um meinen Hals, zog mich noch näher an sich heran und wir tanzten ein Weilchen sogar Wange an Wange. Was war bloß los mit ihr? Seit gestern Abend war sie wie umgewandelt zu mir. Und dann kam der Hammer!

„Ich möchte jetzt sehr gerne mit dir an den Strand gehen und mit dir alleine sein", flüsterte sie mir während des Tan-zens ins Ohr, küsste mich auf meinen Hals, sah mir dann in die Augen.

Ich sah sie verdutzt an. Das hatte ich wirklich nicht erwar-tet! Ich nickte aber, sagte daraufhin kurz zu Armin: „Wir sehen uns später", und ging mit Annika nach draußen in die warme Sommernacht. Hoffentlich kommt Armin jetzt nicht mit seiner Katja hinterher gedackelt, dachte ich noch; denn jetzt wollte ich wissen, was Annika mit mir vorhatte.

Am Strand zogen wir unsere Schuhe aus, nahmen sie in die Hand und gingen barfuss Hand in Hand dicht am schäu-menden Brandungssaum entlang in Richtung FKK-Strand, den wir bald darauf erreichten. Wir waren mutterseelenal-leine unterwegs und nach einigen Minuten, in denen wir uns überwiegend über Lyrik – von der Annika wenig Ahnung hatte – unterhalten hatten, blieben wir stehen und blickten hinaus auf dieses überwältigend schöne Meer.

Ich stand hinter ihr und sie lehnte ihren Rücken an meine Brust. Meine Schuhe ließ ich fallen und umfasste Annika in deren Bauchnabelhöhe. Um den Mond spielten Wolkenfetzen, und das splittrige Mondlicht brach sich auf den tanzenden Wellenkämmen.

So standen wir eine Weile regungslos.

„Schön", flüsterte ich. Annika nickte still und sah weiter aufs Meer hinaus. Plötzlich spürte ich ihren Popo an meinem Unterleib. Zunächst glaubte ich an einen Irrtum und wich ein wenig zurück, doch sie folgte mir sofort, bis der Kontakt wieder hergestellt war.

Aha, dachte ich, da schau her. Es war doch kein Irrtum, sie wollte es so haben.

Ich schaute über ihre linke Schulter in ihr Gesicht, das mit angestrengtem Blick und halbgeöffnetem Mund aufs Meer gerichtet war und ließ meine Hände nach oben zu ihren Brüsten gleiten. Sie holte einmal tief Luft, schloss ihre Augen, reckte sich meinen Händen entgegen und intensivierte den Druck ihres Popos an mir. Bewegte sich von links nach rechts und dann wieder von rechts nach links. Jetzt war mir alles klar. Als sie mich mit dem Ergebnis ihrer Bemühungen an ihrem Popo spürte, ließ sie ihre Schuhe fallen und drehte sich zu mir herum. Sie hob ihr linkes Knie und schob ihren Oberschenkel zwischen meine Beine. Dann küssten wir uns leidenschaftlich und griffen nach uns, griffen überall hin, oben und unten, und als wir uns kurz darauf atemlos voneinander lösten, sagte ich: „Komm, lass uns zu den Strandkörben gehen, da sieht uns bestimmt keiner." Ich war so sehr erregt, dass ich kaum hatte reden können.

Im letzten Moment fielen uns unsere Schuhe ein, die wir fast vergessen hätten. Inmitten einem Pulk von Strandkörben suchten wir uns zwei aus, in die wir unsere wenigen

Kleidungsstücke schmissen, die wir uns fast hektisch vom Leib gerissen hatten, und wieder griffen wir hitzig nach uns, bis ich mir meine Hose grabschte und aus deren Tasche einen Pariser nahm, der mir in meiner Aufregung, bevor ich ihn überstreifen konnte, aus den Händen in den Sand fiel. „Oh nein", rief Annika erschreckt, „du hast doch hoffentlich noch einen?", und fasste sich hocherregt zwischen ihre Beine, wo vorher meine Hand gewesen war. Ich nickte. Der zweite Versuch klappte, trotz meiner sandigen Finger, besser und wir versuchten es im Strandkorb, der uns aber zu unbequem war, so dass wir uns vorsichtig, ohne unsere Vereinigung zu lösen, in den Sand rutschen ließen. Wir wälzten uns darin herum, bis Annika ihre langen Beine um mich schlang und abging wie eine Rakete. Sie kam in kürzester Zeit gleich dreimal direkt hintereinander. Jedes Mal zuckte sie dabei so heftig zusammen, als ob sie ein Stromschlag getroffen hätte. Sie krallte ihre Fingernägel schmerzhaft in meinen Rücken, stieß einen undefinierbaren Kiekser heraus und verdrehte ihre Augen so sehr, dass ich fast nur noch das Weiße ihrer Augäpfel sehen konnte. Das irritierte mich ungeheuerlich, brachte mich aus meinem Rhythmus und immer befürchtete ich, dass es jetzt völlig aus mit ihr wäre. So etwas hatte ich bisher nicht für möglich gehalten.

Als der Rausch vorbei war, lagen wir nackt und über und über mit Sand bepudert zwischen den Strandkörben. Der Pariser hatte unbeschädigt seine Pflicht erfüllt und mich damit einer gewissen Sorge enthoben. Ich hatte schon befürchtet, dass er auch etwas Sand während unserer lustvollen Bemühungen abbekommen hätte, und dadurch möglicherweise in seiner Reißfestigkeit beeinträchtigt worden wäre. Zum Glück war es dann doch nicht so.

Weil wir uns mit all dem Sand auf unserer Haut nicht anziehen konnten, badeten wir im Mondlichtgeglitzer in der Brandung, wuschen uns gegenseitig den klebrigen Sand ab und als der Wind uns halbwegs getrocknet hatte, zogen wir uns wieder an und gingen zurück.

Annika musste um Mitternacht zu Hause sein und das schafften wir gerade noch halbwegs. Na ja, zwanzig Minuten waren wir schon über der erlaubten Zeit – aber was sind schon zwanzig Minuten Verspätung in einer Feriennacht?

Unterwegs hatte ich sie gefragt, warum sie mich erst in den letzten beiden Tagen mehr beachtet hätte, als in den ganzen zehn Tage vorher zusammen. So wäre es nicht gewesen, hatte sie geantwortet. Sympathisch und irgendwie aufregend hätte sie mich schon von Anfang an gefunden. Aber erst nach meinem Vortrag im „Ziegenstall" hätte sie gewusst, dass sie unbedingt mit mir zusammen sein wollte. Körperlich, nur körperlich. Warum erst dann, und wieso nur körperlich, verriet sie mir allerdings nicht, obwohl ich es gerne gewußt hätte. Auch als ich noch einmal danach fragte bestand ihre Antwort aus Schweigen.

Frauen! Da schau her: wozu ein Gedicht nicht alles gut sein kann!

Ich verstand die Frauen einfach immer noch nicht. Zwecklos, darüber nachzudenken. Ich würde ihre Verhaltens- und Denkweisen sowieso nicht kapieren. Niemals; es war völlig sinnlos, mir darüber den Kopf zu zerbrechen.

Je näher wir ihrem Feriendomizil kamen, desto mehr versickerte unsere Unterhaltung. Dennoch tauschten wir im Schein der Straßenlaterne unsere Adressen aus, versprachen, uns zu schreiben und küssten uns zum Abschied eher flüchtig. Sie war fast schon wieder unnahbar, zog sich in ihr Schneckenhaus zurück, und ich ließ meine Hände von ihren verführerischen Regionen. Sie winkte mir noch kurz zu, bevor sie im Haus verschwand und ich zurückging in die Diskothek, wo immer noch kein Tiger los war und ich meinen Freund Armin, von Katja bereits verlassen, bereits leicht angetrunken am Tresen sitzen sah.

Während ich ihm von meinem Stranderlebnis erzählte, bemühte ich mich – alkoholisch gesehen – ihn einzuholen, was mir aber nicht gelang. Entweder konnte ich an diesem Abend nicht das erforderliche Maß trinken, oder der Alkohol wirkte bei mir nicht. Armin hielt mich für einen Glückspilz und dieses Wort lallte er auch noch, als ich ihn zwei Stunden später schwankend zurück in unsere Pension führte.

„Ein Glückspils bissu, jawoll, ein Glückspils", wiederholte er mit dicken Schleifen in der Stimme, „un' ich krieg' schon bald richtige Schwielen in meine rechte Hand."

Am nächsten Tag fuhren wir verkatert und verspätet zurück in Richtung Heimat. Auf halber Strecke setzte strömender Regen ein, der genau zu unsere Stimmung passte und uns bis zu unserem Ziel begleitete.

Ein paar Tage später wollte ich Armins Vater das übrig gebliebene Geld von Sylt zurückgeben, doch er nahm es nicht an und meinte nur, dass ich es ausgeben könnte, wenn ich abends mit Armin unterwegs wäre, dessen Ferien immerhin noch einige Tage andauern würden. Er war wirklich sehr großzügig und ich bedankte mich noch einmal ganz herzlich.

Genauso, dachte ich, wollte ich mich später auch einmal verhalten. Jedenfalls nicht kleinlich und bestimmt ohne die Erwartungshaltung, etwas zurück zu bekommen für das, was ich einmal in dem gutem Glauben, das Richtige zu tun – und sei es auch nur aus einer Laune heraus – getan hatte.

Zwei Wochen später erhielt ich eine Ansichtskarte von Annika aus Recklinghausen, ihrem Wohnort, auf der sie sich unter anderem für ,die wunderschöne letzte Nacht am Strand' bedankte.

Meine Mutter, die natürlich diese Karte vor mir gelesen hatte, flippte förmlich aus. Sie zeterte und schrie, nannte mich einen Hurensohn und erst gegen Abend, als Armin mich abholte und ihr erklärte, dass wir doch nur gemeinsam am Strand mit anderen an einem großen Lagerfeuer Abschied gefeiert hätten, beruhigte sie sich wieder. Meinen (natürlich nicht der Wahrheit entsprechenden) Erklärungen hatte sie keinen Glauben geschenkt – Armins schon. So war sie eben. In meinem Antwortbrief an Annika machte ich ihr heftige Vorwürfe wegen ihrer ungeschickten und deutlichen Wortwahl und danach ließen wir es sein, uns weitere Karten oder Briefe zu schreiben.

„Schön", sagte Mette, „wenn ich dich so erzählen höre, könnte ich Lust bekommen, mit dir auch einmal nach Sylt zu fahren." Ich seufzte kummervoll. Diesen Wunsch konnte ich gut nachvollziehen – aber die Realität und meine Finanzlage ließen solche Traumverwirklichungen in den nächsten Jahren bestimmt nicht zu.

*

Manchmal holte mich Mette nach Feierabend vom Büro ab. Mette war eine auffallende Schönheit, die immer und überall, wo wir auch hinkamen, allein schon durch ihre ungezähmte rote Haarpracht erhebliche Aufmerksamkeit erregte und so war es natürlich klar, dass meine Kolleginnen und Kollegen, wenn sie uns sahen, mehr oder weniger deutlich über unser Verhältnis herzogen und hinter unseren Rücken miteinander tuschelten. Das ging mir schmunzelnd links an der Hüfte vorbei; denn ich war mir absolut sicher, dass einige Kollegen liebend gerne an meiner Stelle gewesen wären.

Bei schönem Wetter machten wir an solchen Tagen, sofern wir nicht sofort zu Mette nach Hause in unser Nest gingen, einen Stadtbummel. Mein rechter Arm war um ihre Schulter gelegt und ihr linker Arm umfasste meinen Rücken. Meist hakte sie ihren Daumen in meinen Hosenbund ein und wir gingen in gleichem Schritt, Hüfte an Hüfte gedrückt.

Es war Glück pur.

Bei einer solchen Bummelei fragte ich sie eines Tages: „Kennst du eigentlich die Zeitschrift „Twen"?"

„Nur flüchtig, ich habe sie nur wenige Male kurz in der Hand gehabt und ein bisschen drin herumgeblättert."

„Schade, das ist seit ein oder zwei Jahren meine erklärte Lieblingszeitschrift. Die ist schon regelrecht Kult geworden oder zumindest stark kultverdächtig. Ich finde sie komplett ganz toll und außergewöhnlich gut gemacht. Komm, wir kaufen uns jetzt die neueste Ausgabe und lesen sie nachher gemeinsam."

„Gute Idee", fand Mette und auf dem Weg zum nächsten Zeitungskiosk erklärte ich ihr, warum mich die „Twen" jedes Mal aufs neue über alle Maßen faszinierte.

Gerade in der „Twen" drückte sich meiner Meinung nach das damalige Lebensgefühl der Zwanzigjährigen, die sich, wie ich, zu der neuen und ‚modernen Generation' zählten, am besten aus. Sie erschien – wenn ich mich recht erinnere – alle vier Wochen und wurde von mir immer mit größter Spannung erwartet. Sie unterschied sich nicht nur in ihrer ganzen Aufmachung, der großformatigen Hochglanz-Ausgabe in Schwarz-Weiß-Druck, von allen Gazetten des damaligen Blätterwaldes, sondern erst recht durch ihre inhaltliche Vielfalt, ihre absolut kreative neuartige Gestaltung und moderne Themenwahl. Die Beiträge waren überwiegend von namhaften Autoren verfasst, unterlegt mit Fotos der weltbesten Fotografen und stellten eine Art von Zeitgeist dar, der mir lag und den ich für mich als erstrebenswert erachtete. Allein schon wegen der Fotos, die oft sehr provokativer Natur waren, lohnte es sich für mich, diese Zeitschrift zu kaufen. Spontan fielen mir die Fotos von Will McBride ein, der seine hochschwangere Frau nackt fotografiert hatte, wie auch die kurz darauf folgende Geburt seines Kindes. Das war noch nie zuvor dagewesen. Es war eine Sensation ohnegleichen und ein riesiger Skandal außerdem.

Wir hatten uns auf eine Bank gesetzt und ich hatte voller Begeisterung auf Mette eingeredet.

„Weißt du", sagte ich schlussfolgernd, „wenn ich so etwas sehe, möchte ich am liebsten auch kreativ arbeiten und keine in Vorschriften und Normen eingebundenen Fraktionierkolonnen für Erdölraffinerien konstruieren und zeichnen. Ich weiß zwar nicht, auf welchem kreativen Sektor, aber fotografieren oder schreiben könnte mir gefallen. Leider fehlt mir aber das Geld für eine gescheite Spiegelreflexkamera."

„Dann versuche es doch mit dem Schriftstellern", antwortete mir Mette, „aber wenn du das tun willst, musst du irgendwann damit anfangen und das dann auch intensiv und konstant über einen längeren Zeitraum betreiben. Sonst gibt es wenig Sinn und es macht dir auch nach kurzer Zeit keinen Spaß mehr."

Ich hörte ihre Worte und dachte, um schreiben zu können, muss ich erst noch eine ganze Menge mehr gelesen haben und außerdem brauche ich jede Menge Übung. Die gelegentlichen Briefe an Freunde und die wenigen kleinen Alltagsgeschichten, die ich einmal für mich niedergeschrieben hatte, langten da mit Sicherheit nicht.

Doch irgendwie hatte sie mir Mut gemacht.

Jedenfalls genügend Mut, um ihr die Geschichte von dem Regenwurm zu erzählen, den ich als Zwei- oder Dreijähriger gefressen hatte, damals an dem Ackerrand, neben der Wiese, wo mich meine Eltern abgesetzt hatten um die Wiese zu mähen.

Ich hatte in der feuchten Ackerkrume gebuddelt und einen Regenwurm erwischt. Einen handlangen Wurm, der an dem einen blassroten Ende etwas dünner als an dem anderen Ende war, das dicker und blau verfärbt aussah, ähnlich einer Krampfader. Ich zog ihn ganz aus der dunklen Erde, den Wurm, der feucht glänzte und sich kühl anfühlte, fasste ihn mit meinen beiden Händen jeweils an seinen Enden, prüfte seine Dehnbarkeit bis er, länger geworden, zerriss, und ich in jeder Hand ein Teil von ihm hatte, das weiterlebte und sich kringelte, selbst als ich das blassrote dünne Teil in meinen Mund steckte und mit meinen Zähnen darauf herumkaute um zu probieren, wie ein Regenwurm schmeckt und eigentlich nur den Mistgeschmack der Erde, die noch an ihm hing, wahrnahm, der keinen Wurmgeschmack neben sich duldete, bis Benno kam, unser zu allen freundlicher blondgelockter Nachbarshund, der ein Kind der Straßenzeugung war und das dickere zuckende blaue Krampfaderende in meiner anderen Hand erschnüffelte und mir wegnahm. Wegnahm und verschlang mit seiner großen Zunge, die anschließend meine Hand leckte und über mein Gesicht wusch und mir den letzten Rest von meinem Regenwurmende aus meinem Mundwinkel klaute, obwohl ich mich dagegen wehrte, bis ich meine Schwester hörte, die das alles vom Balkon unseres Hauses aus mit angesehen hatte und laut schreiend rief: „Spuck's aus, Jonas, spuck alles aus", und zu mir gerannt kam, den Benno von mir zerrte und an mir zerrte und mich hochhob, und die mich mit meiner Mutter zu unserem Haus schleppte, zu dem Wasserhahn in unserem Hof, wo sie mir mit fließendem Wasser den Mund auswuschen und mit ihren Fingern hin und her über meine Zähne fuhren, mit den Fingern tief in meinen Rachen gingen in der Hoffnung, noch etwas von dem Wurm zu finden und ihn auszugraben, bis ich fürchterlich würgen und husten musste und die Finger endlich aufhörten, mich zu quälen.

Aber das Wurmstück, das ich verschluckt hatte, blieb in meinem Bauch und kam nicht wieder hoch.

Mette hatte mir, während ich ihr diese kleine Geschichte von meinem Regenwurm erzählte, aufmerksam zugehört und schüttelte nachdenklich ihren Kopf:

„Das ist es doch, was ich vorhin gemeint habe. Hast du denn niemals daran gedacht, eine Geschichte wie diese aufzuschreiben? Das könnte doch eine abgeschlossene Erzählung oder Kurzgeschichte werden, denke ich und ich meine das in vollem Ernst."

„Gedacht habe ich schon mal daran, aber dann kommen mir Zweifel; denn wen interessieren schon solche Geschichten von einem Regenwurm, den ein Kleinkind gefressen hat? Doch niemanden, oder?"

„Das sehe ich aber anders, ganz anders", entgegnete sie mir, immer noch sehr ernsthaft, „es kommt doch hauptsächlich darauf an, wie man etwas erzählt, wie man etwas zu sagen hat. Viele Autoren – auch ganz berühmte – haben schließlich mit Kurzgeschichten angefangen. Du solltest lernen, an dich und deine Fähigkeiten zu glauben und nicht nur zu sagen, dass du etwas schreiben oder etwas anderes kreatives irgendwann vielleicht einmal in Angriff nehmen willst, sondern es einfach versuchen. Es passiert dir doch nichts, wenn es nicht klappt. Einen Versuch ist es immer wert. Und jeder Versuch hat das Recht zu scheitern und legitimiert dich erst recht, den nächsten Versuch zu starten. Nur Mut, irgendwann wird es funktionieren – und wenn du nicht schreiben willst oder kannst, sondern stattdessen die Idee bekommst, Bilder zu malen oder ein Motorrad zu bauen, fang damit an. Heute, sofort, jetzt – du wirst schon merken, wohin es dich führt. Aber tue das, was du tun willst, was du tun musst. Und wenn du es tun musst, tue es mit allem, was du einzusetzen hast. Lebe es aus, mit allen Konsequenzen. Ich weiß, dass du den Willen und die Kraft dazu hast und sei nicht vorher schon bang vor dem Ergebnis. Denn nur wer Angst hat, reicht dem Teufel und der Verdammnis die Hand."

Hoppla, da war die Pastorentochter durchgekommen, dachte ich. Es war eine lange Rede von ihr gewesen und hinzuzufügen hatte ich ihr eigentlich nichts. Ich nahm mir felsenfest vor, ganz ernsthaft und gründlich über das, was sie mir zu erklären versucht hatte, nachzudenken. Notizen wollte ich mir als Gedächtnisstütze machen und irgendwann würde ich dann sehen, was dabei herauskäme.

Was das allerdings mit dem Teufel und der Verdammnis zu tun haben könnte ...?

*

Wir kauften auf solchen Spaziergängen ein paar Notwendigkeiten ein. Besuchten, wenn das Geld noch reichte, eine Eisdiele auf einen Eiskaffee, den wir beide sehr gerne mochten, oder gingen in diverse Buchhandlungen, wo wir Bücher, die uns interessierten, anlasen und uns mit Taschenbuchprospekten üppig ausstatten ließen. Wieder bei ihr zu Hause in ihrem Zimmer, verkrochen wir uns in ihr Bett und stöberten in den mitgebrachten Unterlagen, das heißt genau gesagt: Mette kreuzte mir – je nach Wichtigkeit mit einem, zwei oder drei Kreuzchen – Werke von bedeutenden Autoren an, die ich ihrer Meinung nach unbedingt alle lesen müsste.

Das fing in etwa bei Homer an und ging so ungefähr bis Günter Grass und war eine Menge Lesestoff. Ich las immer noch sehr gerne und keineswegs nur noch Krimis, sondern vermehrt anspruchsvollere Literatur. Es kam mir auch mal ein Hemingway unter, ebenso Tucholsky, Erich Kästner, Dürrenmatt – mit Sicherheit aber nicht die von ihr ebenfalls als wichtig angekreuzten Franz Kafka, Irmgard Keun oder gar die Franzosen wie Camus, Sartre oder die vielen russischen Schriftsteller, von denen ich auch noch nichts gelesen hatte. Gar nicht zu reden von den vielen englischsprachigen Autoren, von denen mir auch nur die Wenigsten etwas sagten.

Was sollte das wohl werden?

Ich versprach Mette, so viel wie möglich zu lesen und sie über meine Fortschritte und all das, was ich las, kontinuierlich auf dem Laufenden zu halten.

In den Stunden, in denen wir nicht lasen oder uns im Bett mit uns beschäftigten, sprachen wir sehr oft und über alle mögliche Themen miteinander. Offen und ehrlich. Wir erzählten uns, was wir bisher erlebt hatten, was wir schön fanden oder was uns nicht gefiel und welche Erwartungen wir an unser Leben, unsere Zukunft stellten. Ganz langsam waren wir lockerer und vertrauter miteinander geworden. Jeden Tag ein Stückchen mehr. Wir schilderten uns gegenseitig Dinge, die uns aufgefallen und beschäftigt hatten oder Erlebnisse, die wir lustig fanden oder die uns besonders berührt hatten. Sie erzählte mir mehrere Anekdoten von ihren Bühnenauftritten, von ziemlich peinlichen Versprechern während der Aufführungen, von kleinen Pannen ihrer Kollegen und wir lachten gemeinsam darüber. Insbesondere wenn sie mir, mit komödiantischem Talent begabt, die Pannen voller Temperament und mit großer Gestik vorspielte.

Ich erzählte ihr auch von meinen kleinen oder größeren Pleiten oder Pannen; wie mir beispielsweise einmal bei einem Fechtturnier in Düsseldorf schon in der ersten Runde bei einem meiner Angriffe mit tiefem Ausfallschritt meine Fechthose im Schritt von vorne bis hinten schlagartig aufriss und ich unter dem Gelächter meiner Fechtkameraden und der gottlob wenigen Zuschauer quasi in meiner Unterhose dastand. Sie lachte sich kringelig als ich berichtete, wie wir in Ermangelung einer Ersatzhose für mich versuchten, mittels Sicherheitsnadeln und Heftklammern den kapitalen Riss notdürftig soweit zu flicken, dass ich weiterfechten konnte, ohne bei jeder Bewegung befürchten zu müssen, dass mir mein Gemächte herausfallen würde.

„Wenn ich mir das vorstelle, wie das ausgesehen hat!" Vor lauter Lachen waren ihr die Tränen gekommen.

Nun ja, dieses Missgeschick hatte meine Konzentration dermaßen gestört, dass ich dieses und die nächsten beiden Gefechte verlor und daraufhin sang- und klanglos aus dem Turnier ausgeschieden war. Mette konnte sich kaum darüber beruhigen und tröstete mich, immer noch lachend.

*

Aber wenn ich sie nach ihrer Mutter und Kindheit befragte, wich sie mir aus, hatte plötzlich anderes zu tun, antwortete mir einsilbig oder wechselte schnell das Thema.

Irgendwann war mir aufgefallen, dass es in der ganzen Wohnung nicht einen einzigen Hinweis auf ihre Mutter gab. Nicht einmal ein kleines Erinnerungsfoto an der Wand ihres Zimmers oder im Wohnzimmer ihres Vaters. Niemals wurde ihre Mutter in Gesprächen erwähnt. Es war, als ob ihre Mutter nie existiert hätte. Ich fühlte, dass da irgendetwas – möglicherweise Schreckliches geschehen war – ein Geheimnis, welches Mette aus unerfindlichen Gründen vor mir zu verbergen suchte. Die Geschichte von dem frühen Tod ihrer Mutter durch eine unheilbare Krankheit erschien mir immer zweifelhafter zu werden, je länger wir zusammen waren.

In einer stillen Stunde sprach ich sie daraufhin einmal ganz direkt an. Sie erschrak, wurde ganz steif und wollte mir wieder ausweichen, bat: „Frag' mich nicht, bitte", doch ich hielt sie fest und ließ – sanft, aber bestimmt – nicht locker.

Als sie merkte, dass sie mir nicht mehr ausweichen konnte, sah sie mich mit ernsten Augen an. Auf ihrer Stirn bildete sich die mir schon bekannte kleine steile Falte, wie so häufig wenn sie sich ärgerte oder auf etwas sehr stark konzentrierte, und dann erzählte sie mir mit brüchig werdender Stimme, zunächst stockend, dann allmählich flüssiger redend, ihre Geschichte.

Maximilian war gegen Ende des zweiten Weltkrieges in ihrer östlichen Heimat an Lungentuberkulose erkrankt und nach einem Krankenhausaufenthalt zur Erholung zu Verwandten nach Memmingen ins Allgäu gebracht worden. Dadurch war er wahrscheinlich in den letzten Kriegsmonaten Hitlers Schergen, auf der Suche nach Kanonenfutter, entgangen. Ihre Eltern und sie hatten sich bald darauf auf der Flucht vor den aus Polen einmarschierenden Russen einem Flüchtlingstreck von Osten in Richtung Westen angeschlossen und waren von den schnelleren Russen eingeholt worden.

Sie stand mit hängenden Armen vor mir. Wir berührten uns nicht und die Erinnerungen ließen sie erschauern. Als ich sah, was mit ihr los war, wollte ich sie in meine Arme nehmen, das Gespräch abbrechen und mich für meine Fragen entschuldigen. Doch jetzt wehrte sie mich ab. Sie setzte sich auf ihre Bettkante, überkreuzte die Arme vor ihrer Brust, als ob sie Schutz suchen würde oder fror und sah mich unverwandt an, während sie weitersprach.

„Unser Flüchtlingstreck wurde von den Russen auseinandergepflückt und etliche Frauen gegen all unseren Widerstand brutal herausgeholt", erzählte sie dann, mühsam nach Worten ringend.

„Meine Mutter hat zu diesen verschleppten Frauen gehört."
Sie machte eine kurze Pause, bevor sie weitersprach.

„Die wenigen Männer, die in dem Treck mitfuhren, waren alt oder Schwerkriegsverletzte mit teilamputierten Gliedmaßen, die liegend transportiert werden mussten oder an Krücken humpelten. Diese Invaliden wurden von den Russen verschont. Mein Vater, möglicherweise der einzige gesunde Mann im wehrfähigen Alter, blieb wahrscheinlich nur deshalb unbehelligt, weil er seine Pastorenkleidung trug, die ihn als Geistlichen auswies."

Ich erfuhr, dass es einige Tage gedauert hatte, bis der Treck und sie unter massiven Drohungen der Russen – ohne ihre Mutter und die anderen Frauen, ohne jegliches Wissen über deren Ergehen oder Verbleib – weiterziehen mussten. Wiederum viele Tage später wurden sie von ihren Verwandten in Norddeutschland aufgenommen, in deren Familie sie dann in den nachfolgenden Jahren mit ihrem Vater verblieb und aufwuchs. Zum Glück für sie kam, bald nach dem Ende des Weltkriegs, der von ihr doch so heißgeliebte Bruder Maximilian wieder genesen aus dem Allgäu zu ihnen zurück in ihre neue Bleibe.

Sie hatte ihre Mutter nie wiedergesehen und auch nie wieder etwas von ihr gehört. Ihr Vater hatte in den folgenden Jahren über Hilfsorganisationen und alles, was sonst noch möglich gewesen war, versucht, irgendein Lebenszeichen von ihrer Mutter oder wenigstens einen kleinen Hinweis auf ihren Verbleib zu bekommen.

„Sie ist bis zum heutigen Tag spurlos verschwunden."

Sie saß vor mir und sah mich mit ihren großen Augen an, die sich in den letzten Minuten gerötet hatten. Niemals zuvor hatte ich sie so sehr verängstigt und bewegt gesehen. Ihre, von ihr und ihren Familienangehörigen verdrängte Vergangenheit, hatte sie durch meine dumme Fragerei eingeholt. Mein Gott, was war ich doch für ein Vollidiot! Warum, um Himmelswillen, hatte ich nur so direkt nachgehakt? Ich hatte doch überhaupt kein Recht dazu gehabt und jetzt hatte ich ihr in meiner blöden Neugier, möglichst viel von ihr wissen zu wollen, sehr weh getan. Ich hatte Wunden in ihr aufgerissen, die längst vernarbt schienen. Mein schlechtes Gewissen machte mir schwer zu schaffen und konnte dennoch unser Gespräch nicht ungeschehen machen.

Ihre Mutter war also nicht an einer Krankheit gestorben, wie sie mir bei unserem Kennen lernen erzählt hatte, sondern aller Wahrscheinlichkeit nach von den Russen auf Nimmerwiedersehen verschleppt, höchstwahrscheinlich vergewaltigt und umgebracht worden. Russische Belästigungen am eigenen Leibe schien Mette glücklicherweise nicht erfahren zu haben. Ich hatte es zwar nicht hinterfragt, doch falls es so gewesen wäre, hätte ich es auch bestimmt nicht mehr wissen wollen.

Vielleicht waren diese schrecklichen Erinnerungen eine Erklärung für die unglaubliche Toleranz, die Mettes Vater seinen Kindern angedeihen ließ. Vielleicht hatte auch er seine Frau so sehr geliebt, dass er Fotos oder andere Erinnerungsstücke an sie in seiner Wohnung nicht ertragen konnte, ohne in tiefe Verzweiflung zu geraten. Vielleicht machte er sich Vorwürfe, gab sich eine Mitschuld an ihrem Verschwinden, weil er sich vielleicht nicht kämpferisch genug gewehrt hatte. Es gab so viele „Vielleicht" – ich hatte keine Bedürfnisse mehr, in dieser Richtung weitere Fragen stellen zu wollen. Wir ließen uns auf ihrem Bett nieder und sie legte ihren Kopf auf meine Brust. Wir, die geschundenen Kinder des Zweiten Weltkrieges, hatten also alle unsere Wunden davongetragen, dachte ich.

Um Mette von sich und ihrem wieder aufgebrochenen Kummer abzulenken, erzählte ich ihr die Geschichte von meiner erklärten Lieblingstante Klara, die zwar keine direkte Verwandte von uns war, sondern eher eine Art Ruftante, die bei dem ersten Luftangriff in der Nähe meines Elternhauses, in dem sie vermutlich hatte Schutz suchen wollen, ihr Bein verloren hatte und umgekommen war.

Es war kurz nach meinem vierten Geburtstag an einem klaren, sonnigen Dezembervormittag gewesen. Unser Volksempfänger in der Küche meldete gegen Mittag große aus dem Norden näherkommende Bomberverbände.

Meine Eltern, meine Schwester und ich hatten unsere Notausrüstungen geschnappt, die für alle Fälle im Hausflur bereit standen und unser Haus verlassen. Wir wussten, dass wir uns beeilen mussten, um den nächstgelegenen Luftschutzbunker zu erreichen bevor die Bomber über uns waren.

Zu spät. Als wir vor unserem Haus waren, heulten die Sirenen auf und kündigten uns Fliegeralarm in höchster Alarmstufe an. Am Horizont zeigten sich schon sehr viele kleine schwarze Punkte am Himmel, die sich uns mit immer lauter werdendem Gebrumm rasch näherten.

Wir hasteten zurück ins Haus.

Natürlich hatte auch mein Vater auf Parteibefehl einen unserer Kellerräume zum Luftschutzkeller ausgebaut. Wasser, selbst eingemachtes Gemüse, Fleisch in Gelee, Konserven, Kommisbrot und ähnliches mehr hatten wir bevorratet und ein Notbett aufgestellt. Gasmasken für uns alle (deren Anwendung wir ein paar Mal geprobt hatten), Wolldecken, Taschenlampen und vieles andere lagen griffbereit auf einem stählernen Regal. Außen an unserem Haus wies eine große, rote Farbmarkierung auf die Lage unseres Schutzraums hin, den wir bei diesem Luftangriff allerdings nicht mehr erreichten.

Wir waren noch im Treppenhaus als die Bomber über uns anfingen, sich ihrer todbringenden Last zu entledigen. Die ersten Bomben schlugen mit ohrenbetäubendem Krachen in unmittelbarer Nähe unseres Hauses ein. Vater schrie „Hinlegen" und wir warfen uns auf den Boden unseres Flurs. Mein Vater legte sich schützend auf mich und Mutter tat gleiches mit EvaMaria. Wir hielten uns die Ohren zu und öffneten unseren Mund, wie es uns der Vater gelehrt hatte.

Die fallenden Bomben pfiffen fürchterlich bevor sie einschlugen und explodierten. Es blitzte und krachte infernalisch rings um uns herum. Unser Haus erbebte immer wieder einmal bis auf die Grundmauern und die eine oder andere Fensterscheibe ging zu Bruch. Bei jeder Explosion zuckten wir zusammen, beteten, weinten. Es war die Vorhölle auf Erden.

Wahrscheinlich hatte dieser Angriff nur wenige Minuten gedauert, die uns jedoch wie eine Ewigkeit vorgekommen waren.

Plötzlich hörten die Explosionen auf. Das Gebrumme am Himmel wurde leiser. Dann war Stille. Eine unheimliche Stille. Kurz darauf signalisierten die Sirenen Entwarnung und wir nahmen auch andere Geräusche von außen wieder wahr.

Wir standen auf, nahmen unsere Sachen in die Hand und verließen erneut unser Haus. So schnell wir konnten rannten wir in Richtung Luftschutzbunker. Aus einigen Nachbarhäusern schlugen Flammen. Andere waren beschädigt oder nur noch Trümmerhaufen. Auch andere Menschen liefen schnell in Richtung Bunker oder sonst wo hin.

Nur zwei oder drei Fußminuten von unserem Haus entfernt lag eine Frau auf der Straße. Sie lag auf dem Rücken und hatte nur noch ein Bein. Ihre Kleidung war zerfetzt und überall war Blut. Es war die von mir innig geliebte Tante Klara. Wir rannten vorbei und Vater schrie: „Weiter, weiter." Ich rief: „Mama, Tante Klara", und blieb stehen. Mutter lief zurück, strich Klara übers Gesicht und bedeckte sie einigermaßen.

Wir hasteten weiter. Keuchten vor Angst und Anstrengung einen kurzen, steilen Weg hoch. Vorbei an unserem Nachbarn, der Schöning hieß und der am Wegesrand still auf seiner rechten Seite lag. Er sah aus als ob er schliefe.

Mit letzter Kraft erreichten wir unser Ziel, einen mächtigen Steinbruch, in dem ein großer Stollen als Luftschutzbunker behelfsmäßig in den letzten Wochen ausgebaut worden war. Helfer nahmen uns am Stolleneingang in Empfang und führten uns zu zwei nebeneinander stehenden Feldbetten. Völlig ausgepumpt ließen wir uns nieder.

Wir zitterten wie Espenlaub. Wir lebten und wir waren unverletzt. Wir hatten Glück gehabt.

An diesem Nachmittag folgten keine weiteren Luftangriffe und wir hielten uns überwiegen draußen in der Nähe des Stolleneingangs auf. Es war nicht sehr kalt und der Himmel strahlend blau. Als die Sonne unterging, die Nacht mit ihrer Kälte kam, zogen wir uns auf unsere Betten zurück und der Stollen wurde mit einer Stahltür verschlossen, damit kein verräterischer Lichtschein hinausdringen konnte. Mittlerweile hatten hier etwa einhundertzwanzig Menschen Zuflucht gefunden. Gegen Abend bekamen wir alle von den Schwestern des Roten Kreuzes eine Essensration und etwas Warmes zu trinken.

Die Wände des Stollens bestanden aus roh bearbeitetem Felsgestein, an dem an einigen Stellen Wasserrinnsale hinunter flossen, die sich in einem kleinen Graben sammelten und nach außen abfließen konnten. Das Gewölbe war in der Mitte mindestens drei bis vier Meter hoch und an der Wand waren ringsum Kabel mit einer Notbeleuchtung angebracht, die von einem brummenden Generator mit Strom versorgt wurde.

Wir saßen auf unseren Betten wie all die anderen auch. Die Eltern unterhielten sich in gedämpftem Ton mit den Bettnachbarn, bis sich nach und nach ein jeder zur Ruhe legte. Es war feucht und schweinekalt. Ich kuschelte mich unter der einzigen Decke, die wir pro Bett hatten, fest an meine Mutter und Vater umsorgte EvaMaria.

Stunden später weckten uns die Sirenen und bald darauf hörten wir die ersten Explosionen. Der von den Erwachsenen befürchtete große Luftangriff auf unsere Stadt hatte begonnen.

Alle waren wach geworden. Die Familien rückten noch näher zusammen, hielten sich an den Händen, stumm vor Angst und Verzweiflung.

Die erste Bombe traf unseren Steinbruch und der ganze Berg bebte. Viele schrieen auf und weinten laut, als Geröll von der Decke auf uns herunter rieselte und uns einstaubte. Mutter wimmerte und ich kroch noch näher zu ihr, legte meinen Kopf in ihren Schoß und hielt mich fest. Der zweite Bombentreffer war ungleich heftiger als der erste. Die Beleuchtung flackerte, ging aus und erst nach Sekunden in völliger Dunkelheit wieder an. Angstschreie und lautes, ungebremstes Weinen waren zu hören. Dann war da die laute Männerstimme: „Vater unser, der du bist im Himmel, geheiligt werde dein Name, dein Reich ..."

Eine erboste kräftige Stimme unterbrach den Betenden fluchend: „Hör auf damit, du Betschwester, wo ist er denn jetzt, dein gütiger Gott? Glaubst du etwa, dein Gott kann uns helfen?"

„... Dein Wille geschehe, wie im Himmel, also auch ..."

Weiter kam der Betende nicht mehr, da ein alles vorherige übertreffender Bombeneinschlag den gesamten Steinbruch erschüttern ließ. Das Licht ging aus. Noch mehr Geröll fiel auf uns herab. Einige Streichhölzer und Feuerzeuge flammten auf, Taschenlampen wurden angeknipst. Das gesamte Stollengewölbe war mit Staub gefüllt, der uns husten ließ. Einige wollten panikartig raus aus dem Stollen und mussten mit Gewalt von den Besonnenen der Hilfskräfte daran gehindert werden.

Zu unserem Glück wurden wir von weiteren Treffern verschont. Ganz allmählich beruhigten sich alle wieder und als die Notbeleuchtung wieder aufflackerte, war das wie ein Sonnenstrahl an einem Frühlingsmorgen.

Die Bombardierung unserer Stadt erfolgte in mehreren Angriffswellen und hörte erst im Morgengrauen auf. Als längere Zeit keine Explosionen mehr zu hören waren, wurde die Stahltür am Stolleneingang einen Spalt weit geöffnet und einige wenige Männer durften vorsichtig nach draußen gehen. Mein Vater gehörte zu diesen Männern. Als er wieder zurückkam, zitterte er am ganzen Körper und sagte: „Die ganze Stadt brennt", und das Entsetzen ließ seine Stimme verstummen.

Wir verließen den Stollen sobald wir durften. Vom Vorplatz sahen wir auf unsere einstmals schöne, stolze Stadt, die es nicht mehr gab. Kein Kirchturm, überall Ruinen, brennende Gebäude, Trümmer und abstrakt in die Luft stehende Eisenbahngleise im Bahnhofsbereich. Es war ein entsetzlicher Anblick, der auch uns Kinder ins Herz traf.

Wir waren völlig verdreckt und durchgefroren, unsere Kleidung klamm. Wir gingen „nach Hause", ohne zu wissen, was uns erwarten würde. Vater lief voran, als erster den steilen Weg hinunter und blieb unten stehen. Dann schrie er auf, sprang in die Luft, rannte auf uns zu und schrie: „Es steht, unser Haus steht."

Er fiel vor uns auf die Knie, umarmte uns Kinder, stand auf, umarmte unsere Mutter, kniete dann wieder vor uns im Stra-ßendreck, umarmte erneut EvaMaria und mich gleichzeitig und weinte laut schluchzend wie ein Kind.

In den folgenden Monaten hatten wir immer wieder einmal in den Bunker flüchten müssen, doch ganz so schlimm wie bei dem ersten Bombenangriff wurde es nicht mehr für uns; obwohl wir im Februar und März 1945 zur Sicherheit be-stimmt mehr Zeit im Bunker als in meinem Elternhaus ver-brachten, das glücklicherweise auch in dieser Zeit weitge-hend von Bombentreffern verschont blieb. Als Ende April endlich die Amerikaner in unsere Stadt und Region einmar-schiert waren, hatten wir alle erleichtert aufgeatmet und der Krieg war damit für uns endgültig vorbei.

Wir hatten in den letzten Wochen und Monaten davor viel erlitten und erdulden müssen – aber wir waren gottlob kör-perlich unverletzt geblieben und konnten nun auf bessere Zeiten hoffen.

Meine Erinnerungen an diese schreckliche Zeit wühlten mich ebenfalls fürchterlich auf. Ich hatte wieder all diese grauen-haften Bilder vor meinen Augen, hatte wieder den Geruch der Angst in meiner Nase und erinnerte mich genau an die vielen verschiedenen Gesichter der Angst, die ich damals ertragen und täglich um mich herum erleben musste.

„Diese Tage und die folgenden Monate bis zum Kriegsende, werde ich in meinem Leben nie vergessen können. Nie die Angstfratzen, nie den kalten Angstschweiß auf meiner Haut aus meiner Erinnerung streichen können. Jeder Tag war eine sich immer wieder anders darstellende Hölle."

Sie lag in meinem Arm, weich und warm, so irrsinnig leben-dig und fern von Krieg und Tod und allem, was damit zu-sammenhing. Ich drückte sie fest an mich. Sie war mein Trost, mein Halt, mein Glück.

*

Überraschenderweise wurde ich an einem Montag von meinem Konstruktionschef für eine dreitägige Dienstreise eingeteilt. Ich sollte einen Kollegen begleiten, der auf einer unserer Baustellen in Hamburg Fertigungskontrollen durchzuführen hatte. Meine Aufgabe sollte darin bestehen, Erfahrungen zu sammeln und dem Kollegen gegebenenfalls zur Hand zu gehen, ohne für meine Handlangerdienste Verantwortung übernehmen zu müssen. Es war meine erste Dienstreise und ich war gespannt auf das was mich erwarten würde.

Am selben Abend erzählte ich Mette davon und dass es übermorgen bereits losgehen sollte. Ich freute mich darauf – trotz der unerwarteten Trennung von Mette – und ignorierte die kleine Unmutsfalte, die, während ich ihr meine Dienstreise ankündigte, auf ihrer Stirn erschienen war. Ignorierte auch ihre zunehmende Einsilbigkeit, die erst abnahm als ich sagte, dass ich aber morgen Abend noch einmal für ein paar Stunden zu ihr kommen würde.

Die Dienstreise gestaltete sich interessanter als ich erwartet hatte. Wir reisten mit einem vom Arbeitgeber zur Verfügung gestellten Firmenfahrzeug, einem komfortablen Opel Olympia, und übernachteten in einem kleinen Hotel in Hamburg-Harburg in der Nähe der Erdöl-Raffinerie, auf der sich unsere Baustelle befand.

Der Kollege war zwölf Jahre älter als ich und mitteilsam genug, um mich von seinen Erfahrungen profitieren zu lassen. Ich fand die Raffinerie hochinteressant, die Kontrollarbeiten spannend und freute mich, so viel lernen zu können – wenngleich ich von der Stadt Hamburg gar nichts zu sehen bekam. Ansonsten hatte aber alles geklappt und ich war ein bisschen stolz darauf, dass gerade ich von meinem Chef für diese Aufgabe ausgesucht worden war.

Am Freitagabend waren wir wieder zurück. Mein Kollege setzte mich zu Hause ab bevor er weiterfuhr, um den Firmenwagen wieder zurückzugeben.

Meine Mutter war nicht zu Hause als ich zurückkam, aber auf der kleinen Kommode in unserem Flur lag ein an mich adressierter Brief. Er war von Mette. Ich nahm ihn in die Hand, spürte mein Herzklopfen und wie sehr sie mir gefehlt hatte in diesen vergangenen drei Tagen und ging in mein Zimmer. Ich ließ mein Gepäck einfach auf den Boden fallen, setzte mich an meinen Behelfsschreibtisch und öffnete ihren Brief.

Mein Liebster,
drei Tage sind eine lange Zeit, wenn man vermisst. Weiß nicht wohin mit mir. Zähle die Stunden, auch die Minuten, bin unruhig, kann kaum schlafen. Du bist so viel für mich.
Komm zurück. Komm gesund zurück. Zurück zu mir. Ich sehne mich nach Dir mit allen Fasern meines Ichs, brenne vor Verlangen nach Deinen Berührungen, Deiner Haut, Deiner Stimme, nach Dir, Dir, Dir!
Komm bitte zu mir, sobald Du kannst.
Voller Sehnsucht
Deine Mette
PS: Das ist ein Schamhaar von mir, dass ich mir in einer Verlangensphase nach Dir ausgerissen habe.

Und tatsächlich: in der Nähe ihres Namens hatte sie ein gekräuseltes Haar, dessen rötlichen Schimmer man mehr ahnen als sehen konnte, mit Tesafilm auf den Briefbogen geklebt!
Verrückt, dachte ich. Meine Mette ist völlig verrückt geworden, und lächelte idiotisch wie ein Halbbesoffener. Wenn meine Mutter diesen Brief geöffnet hätte (was ihr durchaus zuzutrauen war), wäre sie bestimmt ausgerastet – ich dann allerdings auch!
Ich räumte kurz mein Zimmer auf und packte ein paar Sachen fürs Wochenende in eine Tasche.

„Ich komme wahrscheinlich erst am Sonntag nach Hause, mir geht's aber gut und ich rufe dich zwischendurch einmal an", hatte ich meiner Mutter auf einen Zettel geschrieben, den ich ihr auf den Küchentisch gelegt hatte. Dann verließ ich das Haus.

Mette empfing mich schon ziemlich aufgelöst und wollte mich gar nicht mehr loslassen. Sie war gar nicht mehr die lebenserfahrene junge Frau, die Theaterschauspielerin, sondern glich viel eher einem jungen, unerfahrenen Mädchen.

„Hey", sagte ich, als ich sie in meinen Armen hielt, „du zitterst ja wirklich. Es ist doch gar nichts geschehen. Ich bin wieder da."

Sie nickte und klammerte sich trotzdem wieder an mich, bis ich in meine Tasche fasste und den daumennagelgroßen, gläsernen Elefanten mit dem grünen Band hervorholte und ihr vor die Augen hielt.

„Den habe ich dir aus Harburg mitgebracht. Das ist ein Glückselefant", sagte ich und legte ihn ihr um den Hals. Wie ich vermutet hatte, passte das grüne Band sehr gut zu ihren roten Haaren.

Sie bedankte sich überschwänglich und ich sah ihr die Freude an, die ich ihr mit diesem kleinen, kitschigen Mitbringsel gemacht hatte. Natürlich war es Kitsch, wie so vieles mit uns auch kitschig war – und Klischees waren uns schließlich in unserer Beziehung auch nicht fremd. Aber wenn Klischees und Kitsch zu unserem Glück gehörten, dann war es eben so. Dann gab's nichts zu erklären.

Ich musste ihr erzählen: alles von der Fahrt, der Raffinerie, den Kontrollarbeiten, von Harburg, unserem Hotel und so weiter. Erst als dies geschehen war und sie mich bis ins letzte Detail gehend ausgeschöpft hatte, war der ganze Stress weg und meine Mette wieder so wie vor meiner Dienstreise.

„Wie kommst du denn darauf, dir ein Schamhaar auszureißen und mir zuzuschicken?", wollte ich von ihr wissen.

„Du hättest mir ja vor deiner Reise eins ausreißen und mitnehmen können", war ihre Antwort, die mich sprachlos werden ließ, „dann hättest du jedenfalls etwas Intimes von mir bei dir gehabt."

Himmel, dachte ich, was für eine groteske Logik, und schüttelte ungläubig den Kopf. Aber das war typisch Mette. Ich musste sie so akzeptieren, wie sie war – selbst wenn ich sie manchmal nicht verstand. Einen anderen Weg gab es nicht.

*

An einem schönen, bereits warmen Apriltag, holte mich Mette wieder einmal nach Büroschluss von meiner Arbeitsstelle ab. Am frühen Nachmittag hatte sie mich angerufen, mir ihr Vorhaben angekündigt und ich freute mich schon den Rest des Nachmittags darauf.

Sie wartete unweit des Büroausgangs an einer Straßenecke auf mich, trug Bluejeans, eine karierte Hemdbluse und darüber einen weiten Kuschelpullover mit V-Ausschnitt und war völlig ungeschminkt. Sie begrüßte mich mit einem schnellen, flüchtigen Kuss auf den Mund – schließlich befanden wir uns in der Öffentlichkeit und in Sichtweite meiner Arbeitskollegen, die ebenfalls das Bürogebäude gerade verließen und uns sicherlich im Blick hatten – und hakte, wie bereits üblich, ihren linken Daumen hinter meinem Rücken in meinen Hosenbund ein und wir beschlossen, bei diesem schönen Wetter auf kleinen Umwegen quer durch die Innenstadt zu ihr nach Hause zu gehen.

Wie redeten ein paar Sätze miteinander über das, was uns tagsüber widerfahren war, doch nach wenigen Minuten legte sie ihren Kopf an meine Schulter, schloss ihre Augen und sagte zu mir: „Du führst mich jetzt nach Hause, Liebster, ich werde, bis wir dort angekommen sind, meine Augen nicht mehr öffnen, egal was passiert."

„Du spinnst", sagte ich völlig perplex, „das kann ich nicht", und spürte, wie sich mir das Nackenfell sträubte.

„Du kannst das, ich vertraue mich dir an."

Das große Zittern überfiel mich schlagartig und ich bekam es mit der Angst zu tun. Sie vertraute sich mir blind an? Mit allem, mit ihrem Leben? Und so, wie sie es gesagt hatte, würde sie ihre Augen unterwegs geschlossen halten; da war ich mir ganz sicher. So gut kannte ich sie mittlerweile.

Wir verlangsamten unsere Schritte. Meine Hand lag auf ihrer rechten Schulter. Ich spürte ihre Hüfte an meiner Seite und wir gingen vorsichtig in gleichem Schritt weiter. Ich zog mit angespannten Muskeln verkrampft meine Schultern hoch. Drehte oft meinen Kopf nach hinten, ein vergewissernder kurzer Blick dorthin, wo ständig lautlos die Gefahr herkommen konnte. Ich musste schließlich immer mit dem Schlimmsten rechnen.

Ich fing an, mit ihr zu reden, warnte sie vor Bordsteinkanten, achtete auf entgegenkommende Menschen mit und ohne Kinderwagen oder einem frei herumlaufenden oder angeleinten Hund und dessen voraussichtlichem Platzbedarf. Umkurvte, Mette fest umfassend, mit ihr Pflanzkübel, Laternenpfosten, Mülltonnen und sonstige Hindernisse, die wir auf unserem Weg vorfanden und die ich als Einzelperson automatisch, ohne sie als Hindernis bemerkt zu haben, hinter mir gelassen hätte. Jetzt, als Alleinsehender von zwei Personen, bekamen diese Dinge ganz andere Dimensionen und eine völlig andere Wertigkeit.

Meine wahrnehmenden Sinne verschärften sich in ungeahntem Maße. Meine Ohren erfassten die hinter uns liegende Geräuschkulisse im Hinblick auf mögliche Gefährdungen für uns, während meine Augen alles, was vor uns lag, ständig auf eventuelle Gefahrenquellen absuchten. Ich musste immer und überall Platz für zwei Personen nebeneinander einkalkulieren. Wir überquerten Parkplätze und Verkehrsknotenpunkte, blieben an roten Ampeln innerhalb vieler anderer Menschen stehen bis „Grün" kam, stiegen treppauf und treppab, bergauf und bergab, gingen zusammenzuckend weiter, als kurz vor einer Kreuzung unmittelbar hinter uns die Reifen eines stark abgebremsten Autos sehr laut aufquietschten, gefasst auf den dumpfen Aufprall, der ausblieb und trotzdem mein Herz zum Rasen brachte, schneller als ein Lämmerschwanz zucken konnte. Wir blieben stehen und ich sah vorsichtig über meine Schulter zurück. Ich konnte nicht erkennen, was die Ursache für das abrupte Bremsmanöver und die quietschenden Reifen gewesen war. Es war nichts passiert, aber mein Herzklopfen spürte ich dessen ungeachtet hoch bis zum Halse.

Unentwegt erklärte ich Mette, wo wir uns gerade befanden. In welcher Straße, auf welchem Platz und alles, was sonst gerade um uns herum vorging. Das war leichter gesagt als getan. Schließlich war sie in meiner Heimatstadt nicht zu Hause. Sie hatte nie in ihr gelebt, sondern war bestenfalls mal ein paar Tage zu Besuch hier gewesen. Daher kannte sie kaum Straßennamen, und wie die überquerten Kreuzungen und Parks hießen, an denen wir gerade vorbei kamen, wusste sie meistens auch nicht. Manchmal mussten wir stehen bleiben, bis ich ihr dargelegt hatte, wo wir uns befanden oder bis die Verkehrssituation vor uns für mich übersichtlicher geworden war.

Auf meiner Stirn bildeten sich kleine Schweißperlen, die ich immer öfter mit dem Handrücken abwischen musste und ich merkte, wie mir der Nacken und mein Hemdkragen nass und nässer wurden.

Merkwürdig, dachte ich nach ungefähr einer halben Stunde, je länger wir miteinander so fest verbunden unterwegs waren, desto mehr verschmolzen wir. So schien es mir und es war beinahe so, als ob wir eine einzige Person geworden wären.

Ich brauchte ihr auch mit zunehmender Wegeslänge immer weniger zu erklären oder sie gar vor Hindernissen zu warnen. Sie spürte schon an meiner veränderten Art zu gehen, dem Druck meiner Hand auf ihrer Schulter oder der Bewegung meiner Hüfte an ihrer, was ich vorhatte oder welcher Art das Hindernis vor uns war.

Nach fast einer Stunde näherten wir uns endlich der Straße, in der sie wohnte. Wir hatten annähernd die doppelte Zeit als üblich gebraucht und für mich war es eine unendlich lange Stunde gewesen. Wir nahmen noch einen letzten kleinen Anstieg in Angriff und blieben dann vor ihrem Zuhause an ihrem Gartentor stehen.

„Wir sind zu Hause, du kannst deine Augen wieder aufmachen", sagte ich erleichtert.

Sie öffnete ihre Augen und sah mich lange sehr ernst an, wie aus weiter Ferne kommend. Ich konnte ihren Blick nicht deuten, schwitzte indessen, zitterte vor Anstrengung am ganzen Körper. Ich war ziemlich fertig. Es war eine Konzentrationsübung unvergleichbarer Art für mich gewesen, wie ich sie noch nie zuvor erlebt und die mich bis an meine Grenzen und vielleicht sogar noch ein Stückchen darüber hinaus gefordert hatte.

Wir gingen ins Haus, in ihr Zimmer und legten uns ohne Schuhe, aber ansonsten angezogen auf ihr Bett. Sie umarmte mich und hielt mich fest, bis sich mein Herzrhythmus wieder etwas beruhigt hatte.

Ich musste für einen Moment eingeschlafen sein. Als ich wieder wach wurde, lag ich immer noch in ihren Armen und Mette weinte. Weinte still und tränenreich. Voller Schreck wollte ich mich aufsetzen. Aber sie hielt mich weiter fest umarmt, so dass ich mein Vorhaben nicht umsetzen konnte. Ich hatte sie noch nie zuvor weinen sehen und fragte bestürzt: „Warum weinst du denn, habe ich etwas falsch gemacht?"

Sie beruhigte sich, putzte ihre Nase, schniefte noch einmal und sah mich mit ihren rotverweinten Augen an bevor sie mir antwortete: „Ach, du bist so lieb und falsch hast du überhaupt nichts gemacht. Ganz im Gegenteil, es sind doch nur Freudentränen", und schluchzte schon wieder.

„Ich habe mich doch noch nie zuvor einem anderen Menschen so bedingungslos und total ausgeliefert wie dir auf unserem Nachhauseweg, und habe dadurch ein ganzes Stück mehr von mir selbst erfahren. Ich bin sehr stolz auf mich, diese Prüfung bestanden zu haben und auch auf dich und deine Hilfe. Du hast mich sehr bereichert und ich danke dir unendlich dafür, dass du diese Verantwortung, diese Strapaze auf dich genommen hast." Dann schmiegte sie sich wieder enger an mich und schluchzte noch ein paar Mal, bevor sie sich endgültig beruhigen konnte.

Ich war mir wieder einmal nicht sicher, ob ich das alles genauso verstanden hatte, wie es von ihr gemeint war. Aber eins war mir klar geworden: diese Zwillingstour war nicht nur für mich, sondern auch für sie ein enormer Kraftakt gewesen.

Das gab mir wiederum Mut und ich war stolz auf meine Leistung.

*

Es kam nicht sehr oft vor, dass wir ausgingen. Und wenn, dann höchstens einmal ins Kino oder in „unseren" Jazzkeller, der mir vor meiner Zeit mit Mette an allen Wochenenden, an denen ich mich nicht auf Fechtturnieren oder Sportlehrgängen betätigt und vergnügt hatte, eine Art zweite Heimat geworden war und in dem wir uns schließlich auch kennen gelernt hatten. Allein deshalb schon genoss der Jazzkeller bei uns beiden einen besonderen Stellenwert.

Ich erzählte Mette von meinen ersten, ganz seltenen Kinobesuchen und deren kuriosen Begleiterscheinungen ungefähr zu Zeiten der Währungsreform. Wahrscheinlich war es kurz danach gewesen.

„Kannst du dir eigentlich vorstellen, dass die potenziellen Kinobesucher pro Person ein Brikett mitbringen mussten, um überhaupt eine Kinokarte kaufen zu können?"

„Wie war das?" Mette sah mich völlig irritiert an. „Und was passierte dann mit denen, die auch ins Kino wollten und kein Brikett dabei hatten oder mit den Kindern? Haben die ihren Eltern zuvor etwa Briketts klauen müssen, um ins Kino gehen zu können?"

„Für Kinder galt diese Regel nicht, und die Erwachsenen ohne Brikett mussten warten und bekamen erst dann eine Kinokarte, wenn alle Brikettbringer mit Eintrittskarten versorgt waren", antwortete ich.

„Ich fass' es nicht", sagte sie, mich ungläubig ansehend, „du kannst Sachen erzählen, die so bizarr sind, dass ich sie mir eigentlich kaum vorstellen kann. Dort, wo ich aufgewachsen bin, gab es diese Regelung jedenfalls nicht. Das hätte ich gewusst."

„Es war aber bei uns in einem gewissen Zeitraum genau so, wie ich dir erzählt habe", beharrte ich auf meinen Ausführungen, „obwohl es mir heute auch völlig absurd vorkommt."

An einem unserer seltenen Abende im Jazzkeller kam uns in dem großen Hauptgewölbe auf dem Weg zur Theke mal wieder der unvermeintliche Moritz entgegen, den wir schon länger nicht mehr gesehen hatten. Gutgelaunt und schon von weitem seine Zähne bleckend begrüßte er uns mit großem „Hallo, und wie geht's und lange nicht mehr gesehen und kommt ihr jetzt wieder des öfteren hierher und, und, und …"

Er überfiel uns mit einem Wortschwall und war froh, uns die Hand schütteln zu dürfen und schwafelte, ohne unsere Antworten abzuwarten, ohne Unterlass irgendeinen belanglosen Scheiß herunter, der an uns ablief wie Wassertropfen an einem frisch poliertem Autolack.

Unsere Augen blieben nach kurzem Suchen – wie hätte es auch anders sein können – an seinem Handicap, dem getrockneten Speichelfaden an seinem Kinn, hängen. Wahrscheinlich hatte er kurz zuvor wieder irgendjemandem eine seiner spaßigen

Geschichten aus seinem Uhrmacherladen oder seinem eigenen Leben erzählt, und bei seinem lauten Gelächter zum x-ten Male das Platzen seiner Speichelblase nicht bemerkt.

Mir fiel auf, mit welchen Blicken er Mette ansah und wie sehr er doch in sie verliebt war. Er lechzte förmlich nach ihr. Um das zu erkennen, brauchte man kein Hellseher zu sein. Es war so klar, wie das stete Amen in der Kirche.

Nachdem er seine überschwängliche Begrüßung zum Luftholen unterbrechen musste, begrüßten wir ihn auch freundlich und dann sagte ich scheinheilig grinsend zu ihm:

„Wisch dir mal mit der Hand übers Kinn, da hast du einen Faden oder so was Ähnliches hängen."

„Oh verflucht", sagte er und wusste sofort, dass ich keinen Faden gemeint hatte, „schon wieder, wie peinlich." Er kramte ein Taschentuch aus seiner Hosentasche, wandte sich, um sich restaurieren zu können, von uns ab und meinte, undeutlich durch sein Taschentuch murmelnd, „ich verschwinde besser mal kurz auf die Toilette. Ich sehe euch sicherlich noch später, oder?"

„Klar doch", antworteten wir und nickten ihm zu.

Wir drängten uns weiter durch die Menge der Jazzfreunde zur Theke durch. Ich wusste, er würde uns im Verlaufe des Abends immer wieder mit seinem Bernhardinerhundeblick verfolgen.

Was heißt uns? Mette würde er nachsehen! Ich war ihm schnurzegal; schlimmer, ich war sein Rivale, der zudem noch die Nase weit vorn am Objekt seiner Begierde hatte. Auf mich hätte er jederzeit liebend gern verzichten können, aber er musste mich zu seinem Leidwesen in Kauf nehmen, wenn er überhaupt ein paar Worte mit Mette reden wollte. Die Würfel waren schon vor Wochen gefallen und er hatte alles andere als eine Sechs abbekommen.

Und ob er es nun wahrhaben wollte oder nicht: er hatte nicht den Hauch einer Chance bei meiner Mette – selbst wenn die skurrile Speichelfadengeschichte nicht gewesen wäre.

So oder so tat er mir schon irgendwie leid – wenngleich sich mein Mitleid in Grenzen hielt. Dafür genoss ich viel zu sehr mein Glück mit Mette, das ohnehin alles und jedes andere Geschehen meines bisherigen Lebens überstrahlte.

Dann und wann tanzten Mette und ich ein wenig miteinander, eng aneinandergeschmiegt und zeigten somit jedem, dass wir zusammen gehörten. Wir hielten ein Schwätzchen mit diesem oder jenem Bekannten an der Bar oder holten uns bei Bedarf einen neuen Drink („Blue Curaçao" war derzeit der Renner und das Allerhöchste der Genüsse) und erfuhren dabei beiläufig den neuesten Klatsch: wer augenblicklich mit wem neu liiert war und welche Bands demnächst auftreten würden und wer auf welcher Party sich mal wieder fürchterlich besoffen und daneben benommen hatte und so weiter ...

Nachdem wir uns auf diese Weise einige Zeit lang informiert und amüsiert hatten, verließen wir den Jazzclub wieder und gingen durch die dunkle Nacht zurück zu Mette, zurück in unser Nest, unserem wärmenden Zuhause.

So war es immer – sofern wir überhaupt einmal ausgingen. Nirgendwo blieben wir sehr lange. Natürlich gefiel es uns im Jazzkeller oder sonst wo, aber wir wollten meistens doch die Zeit, die wir füreinander hatten, lieber mit uns alleine verbringen.

Eigentlich gingen wir sowieso nur aus, wenn Mette ihre Periode hatte. Dann mochte sie nicht unentwegt mit mir in unserem Nest sein, sondern wollte sich lieber etwas mehr außerhalb ihres Zimmers oder der Wohnung bewegen. Keineswegs war es so, dass ich in diesen Tagen sexuell nicht auf meine Kosten gekommen wäre. Dafür ließ sich Mette schon genug einfallen – aber sie brauchte darüber hinaus auch eine gewisse aushäusige Zerstreuung.

Selbst nach einem Kinobesuch verzichteten wir normalerweise darauf, irgendwo noch einen Drink zu uns zu nehmen, sondern gingen vielmehr meistens auf kürzestem Wege wieder zurück in unsere Liebesklause und vergaßen, dass es außerhalb davon noch eine reale Welt mit vielfältigen ungelösten Problemen gab. Probleme, die für uns derzeit nicht existierten und uns auch überhaupt nicht interessierten.

*

„Komm", sagte Mette, „lass uns Beineküssen spielen."
„Was ist denn das?"
„Du wirst schon sehen. Es fällt unter die Rubrik der Spiele für Erwachsene. Lass mich in Ruhe tun, was ich jetzt gerne tun möchte. Ich denke, es wird dir sehr viel Spaß, und vielleicht auch mehr, machen. So, und nun lege sich der Herr bitte locker und entspannt auf seinen Rücken. Bleib aber bitte ganz passiv – solange du's aushalten kannst, Liebster."
Ich ergab mich, amüsiert über ihren Eifer und tat, neugierig geworden, was sie von mir wollte. Ihr Bett knarrte etwas, als ich mich schwungvoll herumwarf – aber es hatte schon in höheren Tönen gesungen.
„Ich fange außen oben an und höre innen oben auf", und dann spürte ich ihre Lippen an meinem Oberschenkel, weich und feucht, die langsam nach unten rutschten. Spürte ihre samtene Zunge, die ähnlich sorgsam leckte wie die einer Katze und dachte irritiert, was, um Himmelswillen, stellt sie denn bloß mit mir an? Ist sie plötzlich völlig verrückt geworden?
Sie küsste und leckte meinen Unterschenkel, die dünne Haut um meinen Knöchel, rutschte weiter bis zu den Zehen, nahm meinen großen Zeh in ihren Mund und bevor sie ihn wieder losließ, biss sie kurz zu – aber nicht zu fest.
Sie kniete sich zwischen meine Beine, hob das von ihr liebkoste Bein etwas an, drückte es leicht nach außen und ließ ihren Mund über die Innenseite meiner Wade nach oben wandern. Je höher sie kam, desto langsamer wurde ihr vorankommen, desto weniger Quadratzentimeter ließ sie aus.

Und als sie endlich oben angekommen war, hob sie ihren Kopf, sah mich an und sagte leise: „Und jetzt das andere Bein."

Die süße Qual begann von vorne. Außen runter, innen rauf. Mit jedem Zentimeter, den sie von der Innenseite meines Oberschenkels eroberte, verlangsamte sie wiederum ihr Tempo, bis ich meine Passivität nicht mehr durchhalten konnte und sie am Ziel angelangt war.

„Jetzt bist du dran", sagte sie, als sie wieder reden konnte und legte sich auf ihren Rücken.

Ich war ungeschickter als sie, auch ungeduldiger, so dass sie mich hie und da zügeln und leiten musste. Sie half mir auch, als ich auf der Innenseite angelangt war, indem sie ihr Bein leicht anhob und auf meine Schulter legte.

„Vergiss die Kniekehle nicht – und nimm die Zunge", seufzte sie leise, bis ich oben angekommen war und ihr anderes Bein forderte.

Das Spiel fing an, mir immer mehr Spaß zu machen. Manchmal biss ich auch ein bisschen zu, was sie quietschen oder quasi empört „keinen Knutschfleck, bloß keinen Knutschfleck", aufschreien ließ.

„Wieso", hatte ich scheinheilig gefragt und sie angesehen, „sieht denn außer mir noch jemand diese Stelle?"

„Du Dummer", hatte sie geantwortet, mir einen flüchtigen Klaps auf den Kopf gegeben und mich erregt zurück an ihren Schenkel gezogen. Und wieder ihre Stimme: „Kniekehle, Zunge."

Auch sie musste irgendwann ihre Passivität aufgeben, wand sich, hob und zuckte manchmal mit ihrem Unterleib hin und her.

„Es geht auch ohne Zucken", sagte sie zwischendurch einmal schnell und atemlos, „aber mit Zucken ist es viel lustvoller."

Dann war ich oben, ganz oben und sie hielt sanft meinen Kopf ...

Alles war so leicht mit ihr. Unkompliziert, einfach und natürlich. Ohne Zweifel oder Ängste, auch nur irgendetwas falsch machen zu können – wie das bisher immer mit anderen Frauen so gewesen war.

Wann immer Mette und ich zusammen kamen, war es so, als ob uns ein Vogel aufsitzen ließ und uns mit seinen Schwingen in unsere eigene Welt fliegen würde, in der uns ein besonderer Zauber umfasste. Die reale Welt blieb hinter uns als Staffage zurück – bis wir zurückkehrten und uns wieder eingliedern mussten.

Ahnungslos, doch voller ungezähmter Fantasien, hatte ich mir Liebe so oder so ähnlich schon lange vorgestellt.

*

Ich weiß nicht, was abseits unseres Nestes zu dieser Zeit alles im Sport, dem gesellschaftlichen Leben und in der sonstigen Weltgeschichte passierte. Weiß nicht mal mehr, wie ich meiner täglichen Arbeit nachkommen konnte. Schlaf war unwichtig geworden. Vier Stunden in der Nacht mussten genügen – und manchmal waren es sogar noch weniger. Essen und Trinken wurden ebenfalls zur völligen Nebensache degradiert. Uns genügte irgendetwas Kaltes aus der Hand, ein Butterbrot oder eine Tüte Pommes, eine Currywurst, die wir an einem Kiosk um die Ecke holen konnten, eine Banane oder was immer sich gerade fand. Soweit ich mich erinnern kann gab es während unserer gemeinsamen Zeit, in diesem Pastorenhaushalt, niemals etwas Gekochtes zu essen. Jeder versorgte sich unauffällig mit möglichst geringem Aufwand selbst und auf seine Art und Weise.

Mette und ich stellten diesbezüglich jedenfalls nicht die geringsten Ansprüche. Ein paar Glas Bier oder Wein, die ich vor meiner Zeit mit Mette an meinen gelegentlichen Ausgehabenden gerne getrunken hatte, oder sonstiger Alkohol spielten überhaupt keine Rolle mehr für mich, waren unwichtig geworden. Das Wetter, wie es auch immer war, wurde – wenn überhaupt – achselzuckend zur Kenntnis genommen, und die Tagespolitik musste Tag für Tag ohne uns auskommen. Wir waren zusammen. Wir lebten gemeinsam auf einer Wellenlänge, die ausschließlich für uns reserviert war. Das war das Einzige, was für uns zählte. Es gab für uns in diesen Tagen und Wochen keine andere Welt um uns herum. Wir brauchten in ihrem Zimmer nicht einmal Schallplatten oder Radiomusik zu hören. Noch nicht einmal als Stimmungsuntermalung – für mich vor wenigen Wochen einfach unvorstellbar, wie so vieles andere mehr.

Wir genügten uns, das war alles.

*

Am 12. April 1961 erfuhren wir dann aber doch etwas von der von uns ignorierten realen Welt um uns herum.

Wir lagen (wo schon sonst) in Mettes Bett, als es an ihrer Zimmertür klopfte, dringend klopfte. Bevor ich protestieren konnte, rief Mette schon: „Herein."

Es war Mettes Vater, der Pfarrer, der höchst ungeduldig seinen Kopf zur Tür hereinsteckte, sich einerseits für die Störung entschuldigte, andererseits uns aber sofort etwas seiner Meinung nach außergewöhnlich Wichtiges mitteilen musste.

Obschon ich durch die vielen verschiedenen Vorkommnisse mit dieser ungewöhnlichen Familie inzwischen etwas abgebrühter geworden war, berührte mich diese Störung doch ganz erheblich in meinem Schamgefühl. Denn erstens lagen des Pfarrers Tochter und ich nackt in einem Bett unter einer gemeinsamen Bettdecke, und zweitens war ich kurz zuvor auf der Toilette gewesen und hatte bei meiner Rückkehr den Duft unserer Liebe, der im Zimmer hing, sehr deutlich wahrgenommen.

Und nun nahm sich der Pfarrer einen Stuhl und setzte sich von allem unberührt zu uns ans Bett. Er musste doch auch riechen, was ich kurz zuvor gerochen hatte, dachte ich. Darüber verlor er allerdings kein einziges Wort, sondern erzählte vielmehr, dass er schon seit geraumer Zeit aufmerksam einer sensationellen Radioreportage lauschte.

Die Russen hätten einen jungen Kosmonauten in einer kleinen Astronautenkapsel – ähnlich wie Jahre zuvor den Sputnik mit der Hündin Laika an Bord – mit einer Rakete in den Weltraum geschossen. Der Gagarin, so hieß der Kosmonaut, würde jetzt die Erde in dieser Kapsel auf einer Umlaufbahn umkreisen und sollte dann wieder sicher irgendwo in Russland oder Sibirien landen. „Unfassbar", sagte er, schüttelte immer wieder seinen Kopf und wiederholte, „unfassbar, das kann ich mir beim besten Willen nicht vorstellen! Wisst ihr überhaupt, was das für uns alle bedeuten kann?"

Mettes Vater, den ich nur als einen bedächtigen und von größter Gelassenheit geprägten Mann kannte, wirkte sehr aufgeregt – was heißt aufgeregt: er war für meine Begriffe völlig aus dem Häuschen!

Mette und ich schwiegen zu diesen Neuigkeiten, was er nicht zu bemerken schien und was ihn erst recht nicht in seinem Redeschwall aufhielt.

„Welch eine technische Meisterleistung", dozierte er weiter, „diese Leistung ist wegweisend für die Zukunft der Menschheit und ihren technischen und politischen Entwicklungsmöglichkeiten. Vielleicht sogar gleichbedeutend mit der Erfindung des Rades."

In diesem Stil ging das noch ein paar Minuten weiter. Dann stellte Mettes Vater den Stuhl, auf dem er zappelnd wie ein kleiner Junge gesessen hatte, sorgfältig wieder zurück an seinen früheren Platz vor Mettes Schreibtisch und verließ das Zimmer, um weiter der Radioreportage zu lauschen. Er machte nicht den Eindruck, als ob es ihm aufgefallen wäre, dass wir keinen Ton zu seinen Ausführungen gesagt hatten. Wir hatte uns bemüht, höflich zuzuhören, aber im Grunde genommen interessierten uns momentan andere Dinge erheblich mehr. Das Weltall und was die Russen dort oben anstellten, all das war unendlich weit weg von uns und uns letztlich piepegal. Im Laufe der nächsten Stunden kam Mettes

Vater noch zweimal zu uns ins Zimmer und informierte uns jeweils begeistert über den neuesten Stand der Dinge.
Sicherheitshalber klopfte er natürlich immer vorher an die Tür, die wir im Übrigen schon längst nicht mehr abschlossen. Es hätte ja sein können, dass seine Tochter und ich gerade ein besonderes Programm der eigenen Entwicklungsmöglichkeiten durchtesteten, das momentan keine Zeit für Weltraumabenteuer und dadurch bedingte Störungen zuließ.
Misstrauisch, wie ich immer noch war – wenn auch mittlerweile gemäßigt – bestand mein Lauschverdacht ihm gegenüber nach wie vor. Nachweisen konnte ich seine Berechtigung allerdings zu keinem Zeitpunkt und je länger ich mit Mette zusammen war, desto weniger wichtig wurde es für mich daran zu denken, ob er nun auf dem Flur stand und lauschte oder nicht. Sollte er doch lauschen, wenn er wollte. Mette war es allem Anschein nach sowieso total wurscht. Also verhielt ich mich genauso, was soll's – ändern konnte der Pastor eh nichts mehr!

*

Irgendwie hatte ich schon von Anfang an den Eindruck gehabt, dass mich Mettes Vater, obwohl er sich mir gegenüber absolut neutral verhielt, nicht besonders gut leiden konnte. Es war nur ein Gefühl ohne jegliche Begründung. Vermutlich, so dachte ich, war ich ihm nicht gut genug für seine einzige Tochter. Außerdem passte ihm ganz sicherlich nicht mein Stallgeruch, mutmaßte ich darüber hinaus. Den zu ändern war mir allerdings nicht möglich. Als ich Mette darauf ansprach, antwortete sie leicht verwundert:
„Jetzt siehst du aber Gespenster oder du leidest wieder an deinen Minderwertigkeitskomplexen. Papa ist und war immer und zu allen Personen die ihn umgaben distanziert, sein ganzes Leben lang schon und er konnte insbesondere seine Zuneigung noch nie deutlich zeigen – leider nicht einmal seinen eigenen Kindern gegenüber", und dann strich sie mir

zärtlich und voller Verständnis mit ihrer Hand über mein Gesicht. Damit war das Thema für sie erledigt.

Trotzdem konnte ich seine Gefühle und sein Verhalten mir gegenüber nachvollziehen und in gewisser Weise verstehen. Seine von ihm so sehr geliebte Tochter hatte jedoch, wie er wusste, mich auserwählt und nicht umgekehrt. Zudem musste er sie auch noch in den wenigen Wochen, in denen sie bei ihm in der Wohnung lebte, mit deren Liebhaber teilen. Das kleine Teilstück, das von Mettes Zeit und Zuneigung für ihn übrig blieb, war ihm mit Sicherheit zuwenig und irgendwie spürte ich das Tag für Tag.

Anmerken ließ er sich allerdings weiterhin nichts. Er behandelte mich stets freundlich, höflich und korrekt mit typisch norddeutscher Zurückhaltung. Er war ein kluger Mann. Wohl deshalb, so mein Eindruck, förderte er paradoxerweise manchmal sogar Mettes und mein Zusammensein. Möglicherweise gab er sich der Hoffnung hin, dass unsere Beziehung schneller vorbei sein würde, je intensiver wir sie ausleben würden. Vielleicht fürchtete er auch, seine Tochter zu verlieren, wenn ich mich nicht in Kauf nähme. Also ertrug er mich mit Fassung und Demut und ich versuchte zu lernen, mir über seine Gedanken keine Gedanken zu machen.

*

Der Sonntag war trübe und nass. Morgens war es neblig gewesen und als der Nebel sich auflöste, setzte der Regen ein. Aprilwetter eben. Mette und ich freuten uns, auf der richtigen Seite der Fensterscheiben zu sein und dass es uns egal sein konnte, wie stark der Wind den Regen an die Scheiben klatschen ließ. Wir saßen da, hörten den Regen plätschern und lasen in unseren Büchern. Ich hatte mir von Tennessee Williams „Süßer Vogel Jugend" vorgenommen und Mette kaute an „Unter dem Milchwald" von Dylan Thomas, als der Pastor zu uns kam und zaghaft fragte, ob wir vielleicht zu ihm auf Kaffee und Kuchen ins Wohnzimmer kommen wollten.

Das war bisher noch nicht vorgekommen. Als wir seinen flehenden Ton hörten, seine bittenden Augen sahen, unterbrachen wir unsere Lektüre und nahmen seine Einladung dankend an.

Wir waren nur zu dritt. Maximilian war mit einer seiner Freundinnen in seinem Wagen unterwegs. Wir ließen es uns schmecken und unterhielten uns vertraut in einer Weise, wie man sich eigentlich nur unter Familienmitgliedern unterhält. Danach räumten wir gemeinsam das Geschirr und den Kuchenrest ab und trugen alles in die Küche, um anschließend wieder zurück ins Wohnzimmer zu gehen.

Mettes Vater goss uns allen ein kleines Glas Weißwein ein und Mette und ich setzten uns nebeneinander auf das Sofa und hielten Händchen.

Der Pastor ging in seinem schwarzen Anzug und seinem weißen Chemisettchen gemessenen Schrittes in seinem Wohnzimmer hin und her, seine Hände auf dem Rücken verschränkt und trug mit wohltönender Stimme ein Gedicht von Eugen Roth vor, von dem ich bis dahin noch nichts gehört und erst recht nichts gelesen hatte, den er allerdings sehr schätzte und über den er sich kurz zuvor beim Kaffee erheitert und äußerst lobend geäußert hatte.

Der vorher genossene Kaffee musste ihm aber ein wenig zugesetzt haben; denn er hatte leichte Blähungen, denen er während seines Vortrags gebremsten Lauf ließ. Da er jedoch etwas schwerhörig war, bekam er wahrscheinlich gar nicht mit, dass seine Blähungen durchaus hörbarer Natur waren. Mette und ich drückten in stillem Vergnügen unsere Hände, lachten uns innerlich scheckig, hörten ihm zu und machten ein aufmerksames Gesicht. Und der Pastor rezitierte:

„Ein Mensch denkt oft mit stiller Liebe, an – pups – Briefe, die er gerne schriebe, zum Beispiel: Herr, sofern sie – pups, pups – glauben, sie könnten alles sich erlauben, so teile ich Ihnen – pups – hierdurch mit, dass der bewusste Eselstritt ..." und so weiter.

Auf diese Weise lernte ich Gedichte von Eugen Roth, anschließend auch noch etwas von Christian Morgenstern und Joachim Ringelnatz kennen. Dann bedankten Mette und ich uns für Kaffee, Kuchen und den Wein und gingen zurück in unser Nest, wo wir uns – pups – auf ihrem Bett kugelten vor lauter Lachen, bis uns unser Zwerchfell wehtat. Es war ein kurioser, unvergesslicher Nachmittag.

„Hoffentlich trinkt er keinen Kaffee, wenn er anschließend vor seinen Gemeindemitgliedern eine Predigt halten muss", sagte ich vergnügt zu Mette und bei diesem Gedanken prusteten wir schon wieder laut lachend los.

*

Mette und ich lasen nebeneinander in ihrem Bett liegend auch vieles gemeinsam, lasen gleichzeitig aus einem Buch und unterhielten uns anschließend über das, was wir gerade gelesen hatten. Es waren überwiegend Werke deutschsprachiger Autoren. Heinrich Böll, den Mette einmal persönlich bei einer Theateraufführung, in der sie mitgewirkt hatte, kennen gelernt hatte, war ganz aktuell.

Wir nahmen uns aber auch Werke von den nicht im Trend der Zeit liegenden Schriftstellern vor, wie die der Schwerkalibrigen von Gottfried Benn und Erhart Kästner, der mit dem gleichnamigen Erich nicht verwechselt werden sollte, sowie dem Schweizer Max Frisch, den ich zum damaligen Zeitpunkt zu einem meiner Lieblingsschriftsteller erkoren hatte und vielen anderen bedeutenden Autoren. In diesem Metier fühlte sich Mette wie zu Hause und war mir selbstverständlich haushoch überlegen. Sie achtete aber dennoch ganz fair auch auf meine Meinung, die manches Mal von der ihren abwich und nicht gerade selten zu ausgiebigen Diskussionen führte, in denen ich sehr viel lernte, ohne dass es mir direkt bewusst wurde.

Merkwürdigerweise kannte sie sich in der Musikwelt weniger bis überhaupt nicht aus. Weder in der leichten Unterhaltungsmusik noch dem Jazz, eher dagegen schon in den klassischen Musikbereichen, die auch in der Waldorfschule ein bedeutsames Thema gewesen waren. Grundsätzlich fühlte sie sich durch Musik nicht gestört – aber es fehlte ihr auch nichts, wenn das Radio in ihrem Zimmer keinen Schlager trällerte und einfach stumm blieb.

Ich dagegen – besonders wenn ich alleine war – brauchte meine täglichen Musikeinheiten, wenngleich ich mich mit meinen entsprechenden Ansprüchen in Mettes Beisein zurückhielt. Am liebsten hörte ich Jazz und die eher leichteren Arten der Unterhaltungsmusik. Ganz schwer dagegen tat ich mich mit Opern, denen ich überhaupt nichts abgewinnen konnte. Das hing gewiss auch mit meinem ersten und bis dato einzigen Opernbesuch zusammen.

Ein Ehepaar aus unserer Straße und gute Freunde meiner Mutter waren ausgesprochene Opernliebhaber und unternahmen eines Tages den Versuch, mir die Welt der Oper zu erschließen. So luden sie mich zu einem Opernabend in das Kölner Opernhaus ein. Es gab ein modernes Stück. „Dem Jazz artverwandt", hatten sie mir gesagt und mich damit geködert, obschon sie, wie ich argwöhnte, vom Jazz – gleich welcher Stilrichtung – nicht sehr viel Ahnung zu haben schienen.

Die Oper begann und damit mein Martyrium. Es war für meine Ohren nicht auszuhalten. Zwölftonmusik von Arnold Schönberg, glaube ich mich erinnern zu können. Möglicherweise war es aber auch ein Werk von Karl-Heinz Stockhausen oder etwas anderes in dieser Richtung, und diese Quälerei dauerte länger als zwei Stunden. In der Pause hätte ich am liebsten Reißaus genommen – aber Köln war dafür zu weit weg von meinem Zuhause.

Diese Art der Musik blieb mir total verschlossen. Von dem Gesang verstand ich kein Wort und erst recht nichts von der sogenannten Handlung. Es war für mich ein grauenhafter

Abend und beendete mein ohnehin kümmerlich ausgeprägtes Interesse an Opern bis zum heutigen Tag.

Mein „Dankeschön" an die beiden Opernliebhaber fiel entsprechend gequält aus. Lobenswerterweise verzichteten sie
zukünftig auf weitere Bekehrungsversuche meiner opernfrem-
den Seele.

*

In den folgenden Tagen intensivierte Mette ihre Sprechübungen und ihr Rollenstudium. Ich musste sie immer öfter
abhören und ich war stolz auf sie, stolz auf ihre Ernsthaftig-
keit, mit der sie ihre Arbeit betrieb und ich bewunderte ihre
Energie. Nie zuvor hatte ich Theaterstücke gelesen und war
auch überhaupt bisher nur dreimal im Theater gewesen,
darunter immerhin in Schillers „Tell".

Das Agieren der Schauspieler, die ich bisher auf der Bühne
gesehen hatte, hatte ich bestenfalls mit dem Prädikat ‚höl-
zern' bedacht, und zu den Handlungen der Stücke hatte ich
nur sehr schwer Zugang gefunden; von Begeisterung konnte
jedenfalls keine Rede sein. Da gaben mir Kinofilme schon
viel mehr.

Jetzt, da ich Mette bei ihren Rollen abhören musste, wurde
ich nicht nur zu ihrem Souffleur, sondern zwangsläufig auch
zu ihrem Dialogpartner in dem einen oder anderen Theaterstück, das sie gerade durcharbeitete, und ich bekam
dadurch natürlich auch einen ganz anderen Bezug zu den
einzelnen Figuren, als wenn ich Teil eines Theaterpublikums
gewesen wäre. Das war hochinteressant und machte mir sehr
viel Spaß. Natürlich lernte ich die Texte nicht auswendig,
wie es Mette teilweise tat. Ich las sie vielmehr von meiner
Vorlage ab und achtete sorgfältig darauf, dass sie ihre Texte
absolut fehlerfrei vortrug. Sie hatte mir vorher eingeschärft,
ihr nicht den allerkleinsten Fehler durchgehen zu lassen. Sie
dürfte sich auf gar keinen Fall eine Textabweichung einprä-
gen. Das wäre tödlich in ihrem Metier. Ohne dass es mir

bewusst wurde, bekam ich durch dieses gemeinsame Rollenstudium mit der Zeit einen völlig veränderten Blickwinkel und ein ganz anderes Gefühl oder Gespür für Theaterstücke und was es Mette bedeutete, als Theaterschauspielerin auf einer Bühne zu stehen.

Vielleicht hatte ich mir in der Vergangenheit die falschen Stücke ausgesucht und angesehen. Vielleicht waren aber auch die Schauspieler oder die Aufführungen tatsächlich grottentief schlecht gewesen. Ich weiß es nicht. Den zwischen Schauspielern und Publikum oft zitierten überspringenden Funken hatte ich jedenfalls nicht erlebt. Irgendwie hatte mich keines der von mir gesehenen Stücke berührt – und von Spannung war erst recht nichts zu spüren gewesen. So kam es, dass ich sehr schnell die Lust an solchen kulturellen Ereignissen verloren hatte und die gesamte Kulturschiene der Schauspiel- und Theaterwelt in unserer Stadt jahrelang ziemlich weit an mir vorbei lief. Dort hinzugehen schien mir pure Zeitverschwendung zu sein.

Da gab ich mein bisschen Geld, das ich zur Verfügung hatte, doch lieber für Jazzkonzerte, Taschenbücher oder Schallplatten aus.

Mette hatte ein ausgesprochen merkwürdiges Verhältnis zum Geld. Besser gesagt eigentlich überhaupt keins, weil sie Geld nicht interessierte. Ihr machte es nichts aus, wenn ich insbesondere zum Monatsende hin jeden Groschen zweimal umdrehen musste bevor ich ihn ausgab und wir deshalb nicht ausgehen konnten, um irgendwo einzukehren, sondern einfach nur, um herumzuspazieren.

Sie hatte sowieso nie ausreichend Geld in ihren Taschen gehabt. Ihre Gagen, die sie als junge Schauspielerin erhielt, waren äußerst kümmerlich und hätten ohne gewisse familiäre Zuschüsse – meist materieller Art – nie und nimmer zum Leben gereicht. Zur Zeit war sie eine arbeitslose Schauspielerin und bekam infolgedessen Arbeitslosengeld oder so etwas Ähnliches. Außerdem noch den schon erwähnten Zuschuss, der auf eine Stiftung zurückzuführen war.

Sie stammte doch ursprünglich aus einem alten schlesischen Adelsgeschlecht, dessen oberster Familienrat oder wie immer man das damals nannte, seinerzeit, lange vor Beginn des zweiten Weltkrieges, diese Stiftung zugunsten verarmter oder in Not geratener Familienmitglieder gegründet hatte. Glücklicherweise bei einem westlichen Geldinstitut. Davon profitierte Mette nun – wenn auch nur in bescheidenem Maße.

Sie bewarb sich voller Erwartung und Zuversicht um ein neues Engagement, eine neue Rolle bei verschiedenen Schauspielhäusern in ganz Westdeutschland. Fügte ihren Bewerbungen aktuelle Fotos von sich bei, die sie extra in den vergangenen Tagen in einem stadtbekannten Fotostudio hatte anfertigen lassen und schrieb, unter welchem Regisseur und an welchem Theater sie welche Rolle zu welcher Zeit gespielt hatte. Als alle Unterlagen zusammengestellt und in frankierten Kuverts untergebracht waren, brachten wir diese gemeinsam zum nächsten Briefkasten. Sie küsste jeden einzelnen Brief, bevor sie ihn in den Briefkastenschlitz steckte. Ihr war es sehr ernst, möglichst bald wieder ihrem Beruf als Theaterschauspielerin nachgehen zu können. Schließlich hatte sie sich in den Wochen zu Hause und im Zusammensein mit mir prächtig erholt. Sie steckte jetzt wieder voller Energie und Tatendrang und wollte unbedingt zurück auf die Bühne. Was die Folgen ihrer Bewerbungen für unsere Liebe bedeuten würden, übergingen oder verdrängten wir beide.

Es folgten Tage des Wartens und der Unruhe, an denen sie mich fast täglich nach Feierabend von meiner Arbeitsstelle abholte.

Das machte mich stolz und ich genoss es ungemein, war glücklich, wenn wir Hand in Hand durch die Stadt schlenderten und uns die Schaufenster der Läden oder Modegeschäfte oder die Schaukästen der Kinos anschauten.

Mette hatte mich angerufen, bevor sie mich eines nachmittags abholte und hatte im Gegensatz zu sonst, zu meiner Überraschung, keine lange Hose, sondern einen weiten knieumspielten Rock an und wegen der immer noch kühlen Witterung einen dünnen beigefarbenen Trenchcoat darüber.

Sie erzählte, dass sie leider noch keine Antwort auf ihre Bewerbungen bekommen hatte und wir hielten ein bisschen Alltagsgeschwätz, wie wir das nannten, wenn wir uns gegenseitig unseren Tagesablauf schilderten.

Auf dem Weg zur Innenstadt sagte sie ganz beiläufig zu mir: „Weißt du eigentlich, dass ich in den ersten ein oder zwei Tagen nach Beendigung meiner Periode besonders liebeshungrig bin? Jedenfalls solange, bis mein Hormonhaushalt wieder im Lot ist."

„Woher soll ich das wissen? So lange sind wir schließlich noch nicht zusammen. Meines Erachtens bist du sehr oft liebeshungrig, ohne dass ich den genauen Grund dafür jedes Mal erfahren habe", antwortete ich schmunzelnd und musste an die letzten Wochen denken.

„Gestern war der letzte Tag meiner Periode", meinte sie nur als Antwort und grinste mich schelmisch von der Seite an.

„Na ja", grinste ich zurück und freute mich schon auf unser Nest und was mich dort erwarten würde, „bis zu Hause wirst du es wohl noch aushalten können, oder etwa nicht?"

„Abwarten", sagte sie nur.

Diese mysteriösen monatlichen Blutungen der Frauen! Das war wieder so ein Thema, das mich lange Zeit beschäftigt hatte und mit dem ich auch heute mit meinen zwanzig Jahren, wenn auch nur noch gelegentlich, meine Probleme hatte.

Ich weiß noch ganz genau wie das war, als ich als zwölf- oder dreizehnjähriger Junge das erste Mal von meinen Spielkameraden Klaus davon erfuhr und partout nicht glauben konnte, was er erzählte.

Peter, ein weiterer meiner Spielkameraden und ich hatten freitags beschlossen, am nächstfolgenden Sonntag von morgens bis abends eine Radtour zu einem von Wäldern umgebenen Badeweiher in der Umgebung zu machen und hatten Klaus vorgeschlagen, doch mitzufahren.

„Ich würde gerne mitkommen", hatte Klaus geantwortet, „aber ich muss erst meine Mutter fragen und die hat zur Zeit ganz starke Kopf- und Rückenschmerzen und fühlt sich ziemlich schlecht und überhaupt: immer, wenn sie ihre Tage hat, lässt sie ihre schlechte Laune an mir aus. Als ob ich etwas dafür könnte."

„Was sind das denn für Tage, an denen sie so 'nen Rappel hat", hatte ihn Peter gefragt und ich hatte das natürlich auch wissen wollen.

Und Klaus hatte uns daraufhin erzählt, was er wusste. Viel war es nicht gerade gewesen, aber genügend, um unsere Fantasien anzuheizen.

„Kriegen das eigentlich alle Frauen?", hatte ich Klaus noch voller Neugier gefragt.

Er hatte zögernd geantwortet: „Nee, ich glaube, das kriegen nur Mütter. Und ältere Frauen. So ab Mitte zwanzig ungefähr. Aber Mütter haben damit ganz bestimmt zu tun."

Nein, hatte ich gedacht, das kann doch nicht wahr sein! Müssen die Frauen wirklich immer aufpassen, dass ihnen ihr Blut nicht alle paar Wochen die Beine herunterläuft? Warum denn das und was machen die dann dagegen? Und tut das weh? Und, und, und ...?

Ich hatte zwar noch nicht bemerkt, dass Frauen Blut an den Beinen herunterlief, aber ich hatte auch nicht darauf geachtet. Woher kommt das Blut überhaupt und weshalb bluten sie, fragte ich mich? Ganz allmählich kam ich dann dahinter, zumal ich manchmal nach Mutters großer Kochwäsche auf unserer Wäscheleine solche komischen, strumpfhalterähnlichen Wäschegebilde gesehen hatte, mit denen ich nichts anfangen konnte und von denen meine Mutter behauptete, dass sie nichts für mich wären.

„Kümmere dich gefälligst um deinen eigenen Kram anstatt solch dumme Fragen zu stellen zu Sachen, die dich nichts angehen", hatte sie noch gesagt, ohne mich anzuschauen.

Tagelang hatte ich mir meinen Kopf darüber zerbrochen, woher die Frauen denn wussten, wann es denn wieder losging mit all dem Blut und was sie dagegen tun könnten, und wie lang das andauern würde, und wie viel Blut das immer war und, und, und ...

Es war mir unbegreiflich gewesen. Ich hatte meinen Kopf geschüttelt, sobald ich nur daran dachte und mir war klar: ich wäre jedenfalls jedes Mal stinksauer geworden, wenn mir so eine lästige Sauerei passiert wäre. Das stand für mich fest! Unabhängig davon, ob das nun auch noch wehgetan hätte oder nicht.

*

Auf unserem Spaziergang kamen wir an einem der besten Cafés unserer Stadt vorbei, dem Café Kleinschmitt. Einem Café, in dem sich die betuliche Damenwelt gereiften Alters gerne zu Kaffee und Kuchen traf und zu dessen Eingang vom Bürgersteig drei Treppenstufen hoch führten, über denen ein baldachinartiger Regenschutz angebracht war. Als ich den dunkelbraunen Baldachin sah, musste ich lachen und Mette sah mich verwundert an. Sie knuffte mich – wie des öfteren, wenn eine Situation für sie unklar war oder sie etwas von mir wissen wollte – in meine Seite und fragte neugierig: „Warum lachst du so in dich hinein? Hab' ich irgendwas verpasst?"

„Nein, nein, nicht direkt, aber gerade als ich diesen Caféeingang sah, musste ich an einen kleinen belustigenden Vorfall vom vergangenen Herbst denken, an dem ich eines abends – nicht alleine übrigens – unter diesem Baldachin Schutz vor einem unerwarteten Regenguss gesucht hatte."

Sie schaute mich interessiert an.

„Sag nur, du hast hier mitten in der Stadt auf der Bahnhofstraße in diesem Caféeingang mit einem Mädchen ...?"
Jetzt musste ich wirklich lachen. Mette und ihre blühenden Fantasien! „Wo denkst du bloß hin?", sagte ich, „hast du denn immer nur das Eine im Sinn? Es war ganz anders. Ich erzähle es dir."

Und so schilderte ich ihr wie ich mich dort, umgeben von anderen schirmlosen Leuten, vor einem plötzlichen Regenguss mitten auf der untersten Treppenstufe untergestellt hatte. Wir alle hatten gemeinsam den Caféeingang blockiert, bis eine große vollschlanke ältere Frau mit aufgespanntem Regenschirm unverhofft vor mir mit den Worten aufgetaucht war: „Darf ich bitten?"

Spontan hatte ich ihr daraufhin feixend geantwortet: „Nein danke, ich tanze momentan nicht!", und rings um mich herum war lautes Gelächter ausgebrochen.

Die Dame hatte entschlossen ihren Regenschirm zusammengeklappt und sich mit ihrer ganzen Matronenwucht und den unter ihrem bebenden, samtigen Oberlippenbart hervorgequetschten Worten: „Platz da, du Flegel!", an mir vorbeigedrängt und die Stufen zum Eingang des Cafés erobert.

Mette lachte laut auf, als ich ihr diese kleine Episode erzählte und sagte dann: „Siehst du, ich wusste es doch schon die ganze Zeit über. In dir steckt viel mehr drin als du glaubst. Du kannst ja ein richtiger Filou sein! Warum traust du dich nicht öfters mal aus dir und deiner Einsiedelei heraus und folgst deinen spontanen Einfällen? Du hättest mehr Spaß an deinem Leben, viel mehr Spaß. Das kannst du mir ruhig glauben. Und ich entdecke gerne immer mehr neue Seiten an dir."

„Möglicherweise lerne ich heute sogar noch eine weitere neue Seite von dir kennen", orakelte sie und sah mich kurz von der Seite an. Ich grinste, weil ich diese Bemerkung für anzüglich hielt und in Zusammenhang mit dem etwas späteren Verlauf des Abends in unserem Nest brachte. Ich ersparte mir allerdings eine Antwort.

Kurz darauf näherten wir uns der Cityhalle, dem größten Kaufhaus mitten in der Innenstadt und Mette steuerte schnurstracks auf die Eingangsdrehtür zu mit den Worten: „Ich muss dort drin 'mal auf die Toilette, die ist im obersten Stockwerk neben der Cafeteria."

Wir fuhren mit den Rolltreppen hinauf, bis es nicht mehr weiter ging. Dort verschwand Mette schnell zwischen der Cafeteria und der Campingabteilung hinter der WC-Türe und ich wunderte mich ein wenig, woher sie sich als eigentlich ortsunkundige Person in diesem Haus so gut auskannte. Na ja, vielleicht war sie während meiner Arbeitszeit auf ihren Stadtbummeleien schon mal hier gewesen.

Aus Langeweile sah ich mir in der Zwischenzeit die Campingartikel an, obwohl mich Camping eigentlich überhaupt nicht interessierte. Merkwürdigerweise auch nie interessiert hatte, obwohl die meisten meiner Freunde ganz verrückt darauf waren. Mir erschien das alles zu umständlich und zu wenig komfortabel mit der einsickernden Morgenfeuchte und all den Insekten und undefinierbaren Geräuschen nachts da draußen in der freien Natur – nein, das war nicht mein Ding. Es war eine große Ausstellung, in der einige Zelte in den verschiedensten Größen aufgebaut waren, unter anderem auch ein prächtiges Hauszelt mit einem anmontierten Vorzelt. Vor dessen Eingang befand ich mich gerade, als Mette plötzlich wieder neben mir stand. Sie hatte ihren Trenchcoat ausgezogen und über ihren Unterarm gehängt, kam ganz nahe zu mir heran und flüsterte mir ins Ohr:

„Ich habe mir gerade mein Höschen ausgezogen", und berührte mit ihren Lippen und einem Schlecker ihrer nassen Zungenspitze meine Ohrmuschel.

Ich zuckte zusammen. Dieses Luder wusste es ganz genau: immer, wenn sie mit ihrem Mund an meinem Ohr knabberte oder dort mit ihrer Zunge aktiv wurde, war bei mir in kürzester Zeit der Samba los. So auch diesmal wieder!

„Was soll das?", fragte ich und sah sie irritiert an.

„Schau mal, da steht aber ein schönes großes Hauszelt", fuhr sie fort, „komm, das schauen wir uns einmal genauer an", und zog mich an der Hand rasch hinter sich her durch das offene Vorzelt in das Hauszelt hinein, das bis auf einen einsamen Campingstuhl total leer war. Sie ließ die Eingangsklappe hinter sich herunterfallen, warf ihren Trenchcoat auf die Sitzfläche des Campingstuhls und drehte sich zu mir um.

„Du bist ja verrückt", sagte ich leise, wohl ahnend, als ich die Lust in ihren Augen sah, was sie mit mir vorhatte.

„Ja", antwortete sie flüsternd, „total verrückt nach dir", küsste mich voller Temperament und griff mir in den Schritt. Sie zog mich hinter sich her zu diesem Campingstuhl, öffnete meine Hose, fand was sie gesucht hatte und drehte sich herum. Sie beugte sich nach vorne, bäuchlings über die Rückenlehne des Stuhls, warf ihren Rock hoch und reckte mir ihren makellosen weißen Hintern entgegen wie eine rossige Stute.

„Komm' Liebster", die Stimme schon heiser vor Lust, „nimm mich jetzt, mach's mir ganz schnell und hart, bitte."

Die Geräusche ringsherum verschwammen und das Getöse in meinem Kopf nahm zu. Ich sah nur noch das Geschlecht meiner Geliebten vor mir, die sich mir darbot wie noch nie zuvor, und trotz aller Bedenken und Herzklopfen siegte die Geilheit in mir über allem und ich konnte nicht anders als das tun, was sie von mir erwartete. Ich nahm sie und wir machten es wie die Hunde. Schnell, heiß, hektisch. Wir versuchten, unsere Liebeslaute so gut es ging zu unterdrücken, bis die Wellen der Lust über uns zusammenschlugen und es vorbei war.

Mette richtete sich auf, atmete einmal tief durch und ließ ihren Rock fallen, bis sein Saum ihre Kniestrümpfe wieder umspielte und sie sozusagen vollständig angezogen vor mir stand. Fast vollständig, wie ich wusste. Sie half mir meine Kleider zu ordnen, schnappte sich ihren Trenchcoat und wir verließen, als ob nichts geschehen wäre, Hand in Hand unbemerkt das Hauszelt. Nur ihre geröteten Wangen deuteten auf das hin, was zuvor geschehen war. Einige Meter vom Zelteingang weg zeigte sie mir ihren linken Unterarm, in den sie sich während unseres Liebesaktes gebissen hatte.

„Wenn ich das nicht gemacht hätte", sagte sie, „hätte ich in meiner Erregung sicherlich zu laut aufgeschrieen. Und das hätte gefährlich für uns beide werden können."

Sie musste kräftig zugebissen haben, denn beide Zahnreihen waren deutlich abgebildet.

„Du hast deinen Unterarm als Beißholz benutzt", staunte ich, „und ich dachte bisher immer, dass man in ein Beißholz nur beißt, wenn man seine Wut und nicht etwa seine Freude oder Lust abreagieren will."

„Es musste sein, eine Art von Selbsterhaltungstrieb", sagte sie und fuhr fort, „siehst du, das war doch sehr erquickend und einmal etwas ganz Anderes und es hat sich doch gelohnt, dass ich heute Nachmittag, bevor ich dich abholte, den Campingstuhl in das Zelt gestellt habe."

Das erzählte sie mir ganz heiter, ganz beiläufig und mir blieb vor Überraschung fast die Spucke weg. Sie hatte das alles also schon im Laufe des Tages sorgfältig bis ins letzte Detail geplant. Perplex, wie ich war, wusste ich minutenlang nicht, was ich dazu sagen sollte. Jetzt verstand ich auch weshalb sie heute, anders als sonst üblich, keine lange Hose sondern einen weiten Rock trug.

Kopfschüttelnd sah ich sie dann an: „Schäm dich. Du bist unmöglich!, weißt du das?", mehr zu sagen fiel mir nicht ein.

„Jedenfalls war es sehr lustvoll und viel besser, als ich es mir vorgestellt hatte", meinte sie aufgeräumt. „Schämen tue ich mich allerdings überhaupt nicht. Jetzt gehe ich erst einmal um die Ecke, um mich trocken zu wischen und um mein Höschen wieder anziehen." Mit diesen Worten verschwand sie erneut hinter der Toilettentür.

Ich holte mir eine Cola in der Cafeteria und hatte das Gefühl, dass das Kettenkarussell in meinem Kopf verkehrt herum lief. Waren eigentlich alle Frauen so, fragte ich mich, oder waren meine erotischen Fantasien eventuell absolut unterbelichtet?

So ein Mist, dachte ich verärgert über mich selbst und auch über Mettes Verführung und horchte in mich hinein. Warum hatte ich bloß mitgemacht und mich nicht beherrschen können? Ein schlechtes Gewissen hatte ich nicht gerade, aber über mein Verhalten war ich schon beunruhigt. Meine gesamten moralischen Vorstellungen gingen immer mehr den Bach hinunter. Nur gut, dass uns niemand erwischt hatte. Wenn das so weiter geht bringt mich Mette eines Tages noch in Teufels Küche oder mindestens vor den Kadi, wenn nicht noch schlimmer.

Über das ganze Gesicht lachend kam meine Mette beschwingten Schrittes von der Toilette zurück, trank einen durstigen Schluck von meiner Cola und verkündete fröhlich: „Fortsetzung folgt in Kürze."

„Ohne mich", sagte ich und wiederholte, „ohne mich! Ich hol' mir ja noch einen Herzkasper bei solchen Sachen. Stell' dir nur vor, jemand hätte uns gehört, hätte gesehen, wie vielleicht das Zelt gewackelt hat und wäre hereingekommen?"

„Wir sind doch gekommen, das genügt doch", antwortete sie kess und mich bewusst falsch verstehend.

Ich seufzte besorgt: „Das meine ich doch nicht. Ich gebe ja gerne zu, dass es mir auch gefallen hat, aber trotzdem ist mir das Risiko zu hoch. Mich kennen hier viel zu viele Leute und wenn so etwas einmal herauskommt, gibt es einen Riesenskandal, der in dieser spießigen Kleinstadt wie ein Lauffeuer herumgehen wird. Ich werde in Windeseile meine Arbeitsstelle los sein und bin in dieser Stadt ein für alle Mal erledigt. Darüber scheinst du dir überhaupt keine Gedanken zu machen. Ich habe vorhin wegen dieser schnellen Nummer mit dir – quasi in der Öffentlichkeit – meine Existenz aufs Spiel gesetzt, ist dir das nicht klar?"

„Oh, mein armer, armer Angstschisser." Spöttisch war ihr Ton geworden. „Mach' dir doch nicht immer so viele Sorgen. Wir sind nicht erwischt worden", stellte sie lakonisch fest, um dann ganz ruhig fortzufahren, „und solche Extravaganzen sollen auch nicht zur Gewohnheit werden. Es war nur ein Highlight zwischendurch. Und zukünftig werden wir bei diesen besonderen Ereignissen genauso vorsichtig und umsichtig vorgehen wie heute, das verspreche ich dir. Schließlich hatte ich heute Nachmittag, bevor ich dich angerufen habe, die Lage in der Campingabteilung sorgfältig sondiert und wusste, dass dort kein spezielles Verkaufspersonal und kaum Kaufinteressenten herumliefen. Solange du nur Schiss hast und ansonsten keine weiteren moralischen Bedenken, kriegen wir unsere aushäusigen Spieltriebe schon befriedigend geregelt."

„Ein einziger Kaufinteressent hätte genügt", bräselte ich immer noch zutiefst beunruhigt, mitgemacht zu haben, „und wir wären aufgeflogen. Und das weißt du auch."

„Ein kleines Risiko ist halt immer dabei, aber dafür war es auch etwas Außergewöhnliches, oder etwa nicht?"

Sie teilte meine Befürchtungen und Einwände in gar keiner Weise, blieb dagegen bei ihrer Meinung und das mit der ihr eigenen, großen Gelassenheit.

Ich seufzte erneut. Was sollte ich auch sonst noch dazu sagen. Ein Steinbock ist eben ein Steinbock und wenn der sich etwas in den Kopf gesetzt hat, und noch dazu eine leidenschaftliche Frau ist ...

*

Es kamen die ersten Absagen der angeschriebenen Theater. Jede Absage bewegte Mette sehr persönlich, kränkte sie, deprimierte sie. Mit jeder Absage zweifelte sie auch etwas mehr an sich selbst und verschloss sich von Tag zu Tag zunehmend, auch mir gegenüber.

Ihre ansteckende fröhliche Unternehmungslust und ihr Lachen verschwanden. Sie wurde zusehends nervöser, fahriger und manchmal wirkte sie völlig geistesabwesend. Es gab Phasen, in denen sie nicht einmal von mir ansprechbar, erreichbar war. Ihre kleine steile Stirnfalte war nun ständig vorhanden. Unser bis dato ausgeprägtes Sexualleben mutierte – falls überhaupt etwas lief – immer mehr zu verkümmerten Gewohnheitsübungen ohne Lust und Spaß, bei denen wir beide manchmal froh zu sein schienen, wenn es vorüber war.

Doch als ich in dieser Zeit eines Abends von meiner Arbeitsstelle zu ihr nach Hause kam, wartete sie schon ungeduldig vor ihrer Haustüre auf- und abhüpfend, auf mich.

„Ich habe eine positive Antwort bekommen", jubelte sie voller Glück, „und bin in der kommenden Woche zu einem Vorstellungsgespräch an das Theater nach Bad Kreuznach eingeladen worden."

Ihre Aufregung und Freude kannte keine Grenzen. Sie sprühte, jauchzte und fiel mir schon draußen im Vorgarten und im Treppenhaus ein ums andere Mal um den Hals. Sie schob mich schnell in ihr Zimmer und kaum hatte sie die Tür hinter sich ins Schloss fallen lassen, schubste sie mich auf ihr Bett, zerrte mir die Hosen herunter, riss sich ihre Kleider vom Leib, küsste mich wild und hemmungslos und setzte sich auf mich, als ich bereit war. Sie beritt mich wie ein tanzender Kork auf Wellenkämmen, mit aller Leidenschaft, und gegen Ende wie ein Jockey auf der Zielgeraden. Sie warf ihren Kopf in den Nacken, bäumte sich auf und schrie auf dem Höhepunkt ihrer Lust wie sie noch nie zuvor, während wir uns liebten, geschrien hatte. Danach legte sie sich neben mich, sah mich schweigsam unverwandt an und streichelte meinen Kopf, meinen Körper sanft und unendlich liebevoll.

Es kam der Tag, an dem das Vorstellungsgespräch stattfinden sollte. Mette blieb früh morgens länger als sonst üblich im Badezimmer verschwunden. Als sie wiederkam, wirkte sie wieder abwesend und verschlossen. Sie suchte sich ihre Garderobe sorgfältig aus und zog sich in meinem Beisein an.

Ich war kurz vor ihr im Bad gewesen, saß jetzt fertig angezogen wortlos auf ihrem Bett und sah ihr interessiert zu. Absurderweise hätte ich in diesem Moment gerne eine Zigarette geraucht – ein merkwürdiger Wunsch für einen Nichtraucher.

Sie lief nackt in ihrem Zimmer herum. Flatterte wie ein junger Vogel hin und her, von einer Ecke in die andere. Ihre bloßen Füße tapsten flink über den Dielenboden und huschten über ihren Flickenteppich.

Ich bewunderte ihre unbefangene Natürlichkeit, ihre makellose helle Haut, ihren schlanken wohlgeformten Körper, den ich mittlerweile so gut kannte, und insbesondere ihren zum Niederknien schönen Hintern. Sie selbst fand ihn zwar ein bisschen zu rund, etwa in dem Maße, wie sie ihren Busen zu klein geraten fand. Aber ansonsten war sie nur begrenzt eitel und mit ihrem Äußeren recht zufrieden. Dazu hatte sie meiner Meinung nach auch allen Grund.

Sie probierte verschiedene Höschen an, dann diesen oder jenen BH und als sie sich entschieden hatte, zog sie als erstes einen schlichten weißen Büstenhalter an und erst danach das dazu passende Höschen. Zu meiner Überraschung stopfte sie anschließend ihren BH mit ihren kleinen Füllkissen aus. Ich traute meinen Augen nicht, sagte aber nichts dazu, denn seit unserer ersten gemeinsamen Nacht hatte sie diese Mogelpackungen nicht mehr benutzt – jedenfalls nicht, wenn wir zusammen waren. Sie verzichtete vielmehr meistens auf einen Büstenhalter, da ihr fast alle ihre BHs ohne die Füllkissen nicht richtig passten. Ich hatte – wie ich jetzt erfuhr – irrtümlich angenommen, dass diese Füllkissenperiode für sie mittlerweile endgültig überwunden und passé war.

Nachdem sie sich für eine einfache, sandfarbene Bluse, eine enge schwarze Hose, die an den Knöcheln kleine v-förmige Schlitze hatte, eine schwarze Weste und schwarze Ballerinas entschieden hatte, zog sie alles an, schminkte sich sorgfältig und routiniert und wollte meine Meinung zu ihrem Aussehen hören. Mit ihren frisch gewaschenen und geföhnten roten Haaren, dieser kaum zu zähmenden Prachtmähne, die ihr wie selbstverständlich bis zu ihren Schulterblättern herunterfiel, sah sie schlichtweg umwerfend aus.

Und als ich nickte, freute sie sich sichtlich über meine bewundernde Zustimmung, belohnte mich daraufhin umgehend mit einem kleinen Kuss und dachte sogar daran, anschließend mit dem Daumen ihre Lippenstiftspuren von meinen Lippen zu entfernen.

Dann war es soweit. Es war ein kühler, wolkenverhangener und dunstiger Morgen, der nach Regen aussah. Sie zog ihren Mantel an, nahm ihre Handtasche und den Umschlag mit den zusammengesuchten Zeitungskritiken, in denen sie in der Vergangenheit lobend erwähnt worden war, schnappte sich ihren Regenschirm für alle Fälle und wir verließen gemeinsam das Haus.

Draußen wartete bereits der getreue Maximilian mit seinem Wagen auf sie. Er hatte sich dem wichtigen Anlass entsprechend einen Tag Urlaub genommen und wollte unbedingt den Chauffeur für seine kleinere Schwester spielen und, falls nötig, ihr den Rücken stärken. Er hätte ihr auch seinen Wagen geliehen, aber da Mette noch keinen Führerschein hatte, ging das nicht und sie nahm ihres Bruders Angebot selbstredend voller Freude an.

Ich hätte sie natürlich auch gerne nach Bad Kreuznach gefahren, aber ich hatte leider weder ein eigenes Auto noch einen Führerschein, auf dessen Erwerb ich aber bereits seit Monaten hin ansparte. Letztlich hatte ich allerdings auch meine Zweifel, ob meine Begleitung überhaupt erwünscht gewesen wäre; denn schließlich passten in Maximilians Auto immerhin 4 bis 5 Personen. Aber man hatte mich nicht gefragt, ob ich mitfahren wollte. Womöglich hätte ich Mettes Konzentration gestört, vermutete ich. Also hielt ich mich zurück und versuchte zu verstehen. Trotzdem blieb der Kloß in meinem Hals, der mir sagte, dass ich heute das erste Mal, seit Mette und ich zusammen waren, ausgegrenzt worden war. Er kündigte mir auch an, nur ein vorrübergehender Gast in Mettes Zeit gewesen zu sein – aber das wollte ich nicht wahrhaben und schob diese Gedanken, so gut es ging, zur Seite.

Mette wirkte an diesem Morgen keineswegs in dem Maße selbstsicher wie sonst, sondern war eher ziemlich nervös, sehr ernst und angespannt.

Ich spielte zum ersten Mal, seit wir uns kannten, nur eine Nebenrolle.

Wir umarmten uns zum Abschied kurz, eher flüchtig, fast wie gute Bekannte – jedenfalls nicht wie ein verliebtes Paar. Ich wünschte ihr, wenn auch mit äußerst gemischten Gefühlen, sehr viel Glück, versprach ihr, meine Daumen zu drücken, und dann stiegen sie in Maximilians Mercedes und fuhren los. Ich hoffte für Mette, dass Maximilian auf sie einen positiven und vor allem einen beruhigenden Einfluss haben würde. Am gleichen Abend wollten sie wieder zurück sein und würden mich, so war es abgesprochen, unmittelbar nach ihrer Ankunft zu Hause abholen oder anrufen.

*

Ich ging nach Hause, wo mich meine Mutter erwartete. Ob ich mir an jenem Tag ebenfalls Urlaub genommen hatte oder Überstunden abfeierte, weiß ich heute nicht mehr. Jedenfalls ging ich nicht ins Büro. Dass ich damals „blau gemacht" hatte, konnte ich mir nicht vorstellen – auch später war das die ganz seltene Ausnahme in meinem Berufsleben. Aufgrund meiner strengen Erziehung, war so etwas ausgeschlossen. Entweder man war krank und der Doktor hatte die Krankheit attestiert, oder man war gesund und ging arbeiten. So einfach war das. Faulheit oder eine andere Ausrede wären undenkbar gewesen. Da hätte meine Mutter nicht mitgespielt und mir Beine gemacht. Bei ihr hatten Pflichterfüllungen einen besonders hohen Stellenwert.

Ich blieb den ganzen Tag über zu Hause. Meine Mutter scharwenzelte jede Minute um mich herum, betüttelte mich von vorne bis hinten und von hinten bis vorne. Kaum war ich einmal in meinem Zimmer verschwunden, schon stand sie mit irgendeiner Frage, einem völlig überflüssigen Anliegen in der Türe oder wollte mir vermeintliche Neuigkeiten erzählen, die mich eher nicht interessierten.

Ich übte mich in Toleranz und Verständnis, denn in den letzten Wochen hatte sie durch mich und mein Liebesverhältnis einiges ertragen müssen. Sie hätte es allerdings viel einfacher haben können. Aber ihre konstante Weigerung, meine von mir so sehr geliebte Mette kennen zu lernen, stand dem im Wege. Ich verstand diese Haltung – die mich außerordentlich ärgerte – überhaupt nicht. Trotz meiner vielfachen Bemühungen, ihr meine Freundin, auf die ich zudem noch unendlich stolz war, vorzustellen, blieb sie hartnäckig bei ihrer Ablehnung. Eine Schauspielerin als Freundin ihres einzigen Sohns? Nein, das war ihr viel zu suspekt und ganz bestimmt nicht seriös genug. Vielleicht fühlte sie sich auch nur ausgegrenzt oder, es war schlichte Eifersucht. Wenn ja, dann war sie an den nun bestehenden Verhältnissen selbst schuld.

Vor wenigen Wochen hatte sie Mette und mich abends Hand in Hand auf einem Spaziergang in der Innenstadt gesehen, aber einen Bogen um uns gemacht, damit wir sie nicht bemerken konnten. So wie ich meine Mutter kannte, war sie uns bestimmt eine Weile klammheimlich gefolgt und hatte uns beobachtet. Jedenfalls machte sie mir kurz darauf eine heftige Szene wegen „dieser Hure mit den langen roten Haaren", die sie nicht kennen lernen wollte, weil sie ihr den einzigen Sohn wegnahm und diesen sicherlich verderben und ins Unglück stürzen würde. Wegen dieser bösartigen Bemerkung hatte es anschließend einen Riesenstreit zwischen uns gegeben und ich hatte daraufhin zwei, drei Wochen lang nur das Allernötigste mit ihr gesprochen. Trotzdem nahm sie diese Bemerkung mit keinem einzigen Wort zurück. Der Gedanke an eine Entschuldigung war ihr erst recht nicht gekommen.

Gegen Abend wurde ich zunehmend nervöser. Zumal ich mich den ganzen Tag über, wenn ich tatsächlich einmal alleine und von meiner Mutter unbehelligt gewesen war, gefragt hatte, wie es denn mit Mette und mir in naher Zukunft weitergehen würde – wenn sie tatsächlich an einen anderen Ort ging, um ihrer Arbeit als Schauspielerin nachzugehen. Diese Frage hatte ich in der letzten Zeit so gut es ging verdrängt oder vor mir hergeschoben. Aus Angst vor den mutmaßlichen Konsequenzen, die sich immer deutlicher abzeichneten, hatte ich darüber auch kaum mit Mette gesprochen. Mehr als ein beiläufiges dahingeredetes „es wird schon irgendwie weitergehen", war allerdings nie dabei herausgekommen. Doch jetzt, da ich wieder in meinem eigenen häuslichen Umfeld war, wurde die Frage immer lauter und lauter. Ich wehrte mich mit aller Kraft schon jetzt einzusehen, was der Wahrscheinlichkeit nach passieren würde. Ich wollte mein Glück mit Mette bis zum Tag ihrer Abreise, soweit möglich, unbelastet und ungetrübt ausleben.

Also steckte ich weiterhin feige meinen Kopf in den Sand und spielte Vogel Strauß.

*

Kurz nach 19 Uhr rief mich Maximilian von einer Telefonzelle aus an. Glücklicherweise hatten wir seit etwa zwei Jahren ein eigenes Telefon, dessen Anschlusskosten und Grundgebühren wir uns mit unserem Etagennachbarn teilten. Wir hatten beide zwar unterschiedliche Telefonnummern, aber es konnte zur selben Zeit immer nur ein Anschlusspartner telefonieren. Diese Regel erwies sich als absolut unproblematisch und war in jedem Fall billiger und außerdem besser, als überhaupt kein Telefon zu haben.

Es wäre ganz gut gelaufen, berichtete Maximilian kurz, was immer das heißen mochte. Mette sei bereits in ihrem Zimmer und würde auf mich warten. Leider könnte er mich nicht abholen, da er selbst eine Verabredung hätte und schon reichlich spät dran wäre.

Das war nicht weiter schlimm für mich. Hauptsache, meine geliebte Mette war wieder zurück und ich würde sie bald wieder in meine Arme nehmen können.

Ich packte ein paar Sachen für den nächsten Tag zusammen, verabschiedete mich von meiner sorgenvoll aufseufzenden Mutter und machte mich auf den halbstündigen Weg zu Mette. Meine zweite Zahnbürste, Rasierzeug und andere Toilettenartikel, die ich ohnehin täglich benötigte, waren sowieso schon seit Wochen in ihrem Badezimmer deponiert.

Sie empfing mich mit strahlendem Gesicht, wirkte aufgekratzt und sprühte vor lauter Lebensfreude.

Sie erzählte. Gleich nach ihrer Ankunft in Bad Kreuznach hatte sich Maximilian nach dem Theater durchgefragt und es daraufhin problemlos gefunden. Mette war ausgestiegen und durch einen Nebeneingang in das Theater hineingegangen. Maximilian wollte sich ein paar Zeitungen kaufen, ein bisschen durch Bad Kreuznach spazieren und anschließend in einem Café, welches sie vorher als Treffpunkt ausgewählt hatten, in der Nähe des Theaters auf Mette warten. So hatten sie es ausgemacht.

„Es hat dann doch länger gedauert, als wir vorher vermutet haben", wie sie mir lächelnd mitteilte, „aber Max hat geduldig gewartet und ich hoffe, dass es sich gelohnt hat."

Sie berichtete mir dann in allen Einzelheiten, wie sie empfangen worden war, wie lange sie hinter der Bühne in einem kleinen Raum hätte warten müssen, von der Größe, den Farben und Gerüchen des Theaters.

„Dem mit nichts auf der Welt zu vergleichendem Theaterduft!", wie sie sich wörtlich ausdrückte. Endlich war sie auf die Bühne gerufen worden. Unten im Publikumsraum hätten der Regisseur, die Regieassistentin und einige andere Personen gesessen.

Sie hatte sich kurz vorgestellt und durfte anschließend eine kleine Rolle ihrer Wahl vorspielen. Nach kurzer Zeit hätte der Regisseur gedankt, ihr ein paar beschriebene Seiten in die Hand gegeben und sie gebeten, sich diesen Text in der Garderobe hinter der Bühne anzusehen. Es waren Textstellen aus dem Stück, das als nächstes auf dem Spielplan stehen sollte und insbesondere die Rolle betrafen, um die sie sich beworben hatte. Wieder hatte sie eine geraume Weile warten müssen, bevor sie erneut auf die Bühne gebeten worden war, um den ihr mitgegebenen Text vorzutragen. Die Textblätter in ihrer Hand wären als Hilfsmittel aber zulässig gewesen.

Nach einer sich daran anschließenden weiteren Wartezeit in den Kulissen sei sie zum Abschlussgespräch mit dem Regisseur in den kleinen Raum hinter der Bühne, in dem sie vorher gewartet hatte, geführt worden, in dem auch die Regieassistentin auf sie gewartet hätte. Der Regisseur hatte lobende Worte über ihren Vortrag gefunden, wie auch über ihre Ausstrahlung, ihre Präsenz und ihr Temperament. Bedauerlicherweise befand er allerdings ihren Busen als zu voluminös für die elfenhafte Person, die es in dem geplanten Stück darzustellen galt.

Mette hatte daraufhin völlig unbefangen und ohne zu zögern in ihren Blusenausschnitt gegriffen und zur Verblüffung des Regisseurs und seiner Assistentin ihre Hilfsmittel entfernt. Der Regisseur hätte den Kopf geschüttelt und laut schallend gelacht, erklärte sie mir übers ganze Gesicht grinsend. In des Regisseurs Gelächter hatten dann auch Mette und die Regieassistentin fröhlich mit eingestimmt. Damit wäre dieses kleine Problem auf eine ganz einfache Weise geklärt gewesen.

Kurz darauf hatte sie sich verabschieden dürfen. Das Theater würde sie in Bälde, da die Zeit bis zum Probenbeginn kurz bemessen war, schriftlich benachrichtigen. Das war ihr noch mit auf den Weg gegeben worden.

Mette hatte Maximilian anschließend in dem vereinbarten Café getroffen. Er hatte sich in der Wartezeit die Mühe gemacht, die örtlichen Tageszeitungen im Hinblick auf das Angebot möblierter Zimmer durchzusehen. Mehr als ein möbliertes Zimmer würde sich Mette im Fall ihres Engagements trotz des Stiftungszuschusses auf gar keinen Fall leisten können, da die Gagen der Theaterschauspieler, insbesondere der jungen, unbekannten Gesichter, sehr gering ausfielen. Das entsprechende Angebot sah vielversprechend aus, so dass Mette und Maximilian beschlossen, prophylaktisch ein oder zwei Adressen, die Maximilian in den Zeitungen herausgesucht und angekreuzt hatte, aufzusuchen.

Und tatsächlich: bei einer älteren alleinstehenden Dame, die, trotz einer gewissen Schwerhörigkeit, zudem noch eine begeisterte Theaterbesucherin war und sicherlich in Mette eine interessante Gesprächspartnerin vermutete, hätte sie ein geräumiges, helles Zimmer, mit Blick auf einen ziemlich verwilderten Garten, zu einem für sie akzeptablen Preis gefunden, welches ihr zusagen würde. Insbesondere da es nur wenige Fußminuten vom Theater entfernt lag.

Mette hatte der Dame dann ihren Bruder Maximilian vorgestellt und ihr von mir, ihrem zweiten „Bruder Jonas" erzählt. Damit hatte sie schon jetzt vorbeugend einen Nagel eingeschlagen, der mir gegebenenfalls bei meinen angedachten zukünftigen Besuchen Tür und Tor – gemeint waren natürlich Übernachtungsmöglichkeiten – öffnen sollte. Die Schwerhörigkeit ihrer möglichen Vermieterin würde uns bestimmt ebenfalls gelegen kommen.

Die Dame hatte Mette angeboten, ihr das Zimmer für ein paar Tage freizuhalten, sofern sie bei einer Absage die Kosten für eine neue Zeitungsanzeige übernehmen würde. In diesem Sinne waren beide verblieben.

Anschließend waren Mette und Maximilian noch ein wenig im Bad Kreuznacher Kurpark an der Nahe herumspaziert, weil Mette sich erst einmal abreagieren musste, bevor sie die Heimfahrt antreten konnte.

Wir saßen nebeneinander auf ihrem Bett und sie erzählte mir immer wieder neue Einzelheiten, strahlend vor Begeisterung. Sie war voller Hoffnung und rief ein ums andere Mal: „Es muss einfach klappen", drückte ihre Daumen und fantasierte weiter, „es wäre ein Traum, wenn ich diese Rolle spielen dürfte!"

Ich saß da, ohne sie zu berühren und hörte ihren Schilderungen aufmerksam zu. Mein Magen zog sich zusammen, krampfte schmerzhaft und ich spürte, wie mir mein Herz immer schwerer und mein Platz in ihrem Herzen immer kleiner wurde.

In dieser Nacht blieb ich wieder, wie geplant, bei ihr. Wir schliefen miteinander und obwohl sie sich sehr bemühte, zärtlich zu mir zu sein, merkte ich, dass es nicht so war wie in den Nächten zuvor. Ihre Seele war nicht frei; sie war in ihren Gedanken ganz woanders und in ihrem Herzen nicht bei der Sache, die wir gemeinsam taten. Ich fühlte, wie sie mir im leisen Seufzer ihrer Lust entglitt und konnte nichts dagegen tun.

Wieder folgten Tage des Wartens. Tage zwischen Hoffen und Bangen, Tage der Ungewissheit. Die nächsten Absagen auf ihre Bewerbungen an anderen Bühnen trafen ein, die Mette jedes Mal aufs Neue sehr verletzten. Was bis vor kurzem zwischen uns locker und ungezwungen gewesen war, glich nun einem steten Bemühen, liebevoll zu einander zu sein. Sein zu müssen! Einem Bemühen, dass wir außerdem noch krampfhaft vor dem Anderen zu verbergen suchten. Ich spürte ständig ihre innere Anspannung, die sich von Tag zu Tag mehr zwischen uns drängte. Sie war längst nicht mehr die ungezwungene, legere, jederzeit die Dinge überblickende Mette der zurückliegenden Wochen.

Endlich kam der von ihr mit Herzblut ersehnte Brief. Mette hatte die Rolle bekommen! Der von der Theaterleitung bereits unterschriebene Vertrag – mit einer Kopie für Mette – lag dem Anschreiben bei. Mette brauchte nur noch das Original gegenzuzeichnen und umgehend zurückzuschicken. Das tat sie am gleichen Tag und damit war alles, was sie sich erwünscht hatte, in trockenen Tüchern.

Die Proben für ihre Rolle in Bad Kreuznach sollten in wenigen Tagen beginnen.

Es traf mich wie ein Hammerschlag. Es hatte nichts genutzt, mir in der letzten Zeit etwas vorgemacht zu haben. Die Wirklichkeit hatte mich eingeholt und sie schmeckte sehr viel bitterer als erwartet.

Kurzentschlossen hatte sie sofort nach Erhalt ihres Vertrags ihre zukünftige Vermieterin angerufen und ihr telefonisch bestätigt, was Tage zuvor bereits gemeinsam abgesprochen war. Damit war die Wohnungsfrage geklärt. Alles andere würde nach ihrer Ankunft Vorort geregelt werden. Mette war überglücklich. Das Gleiche konnte ich von mir ganz und gar nicht behaupten – obwohl ich mich in gewisser Weise natürlich auch für sie freute.

Aber jede andere Lösung die sie mir in meinem unmittelbaren Umfeld gelassen hätte, wäre mir Vieltausendmal lieber gewesen.

Schon am nächsten Tag begann sie mit ihren Reisevorbereitungen. Kleidungsstücke, Unterwäsche, Schuhe, Toilettenar-

tikel, Kosmetika und so weiter wurden auf ihre Tauglichkeit hin geprüft und zusammengestellt. Es folgten die „Unbedingt-Mitnehm-Bücher". Bücher, die sie zum Leben und Atmen einfach brauchte. Letzte Einkäufe ergänzten Fehlendes.
Bald darauf war alles organisiert und die Koffer gepackt. Ihr Umzug nach Bad Kreuznach konnte beginnen.

*

Die letzten gemeinsamen Tage und Nächte mit ihr vergingen wie im Fluge und für mich viel zu schnell. Jeder für sich war ständig mit seinen eigenen Gedanken beschäftigt, die wir aber dem Anderen nicht offenbaren konnten. Dazu waren wir nicht mehr fähig.
Es kam der Tag ihrer Abreise.
Ich war den Abend zuvor auf direktem Weg von meiner Arbeitsstelle zu Mette gegangen. Das letzte Mal in unser Nest, dachte ich auf dem Weg dorthin. Mein Schritt war schwer und meine Umgebung hatte ich kaum wahrgenommen.
Es wurde ein merkwürdiger Abend. Keiner von uns wusste so recht, was er sagen sollte und eigentlich war alles, was wir redeten, nebensächlich und schon so manches Mal zwischen uns beredet worden.
Um abzulenken erzählte ich von meiner Arbeit und von einem heftigen Streit zwischen zwei Kollegen über eine Frau, mit gegenseitigen immer wüster eskalierenden Beschimpfungen, der fast in eine Schlägerei ausgeartet wäre, wenn nicht andere Kollegen beherzt eingegriffen hätten. Eine Frau, die vermutlich mit beiden Männern im gleichen Zeitraum ein Verhältnis gehabt hatte oder immer noch hatte. Ich erzählte ihr das Wort für Wort in allen Einzelheiten, um sie und mich abzubringen von dem, was in Wirklichkeit in mir, in uns vorging.
Mettes Interesse an dieser Geschichte war dürftig und sie antwortete mir einsilbig und geistesabwesend. Ich weiß gar nicht, ob sie mir überhaupt wirklich zugehört hatte. Erst als

ich ihr erzählte, dass ich mich jetzt ganz ernsthaft mit dem Gedanken befasste, zum nächsten Semesterbeginn ein Abendstudium an der hiesigen Ingenieurschule zu beginnen, wandte sie sich mir zu, zeigte lebhaftes Interesse und bestärkte mich in meinem Vorhaben.

Sie wuselte in ihrem Zimmer herum, packte hier noch eine Kleinigkeit ein und dort noch etwas Lesestoff für die Fahrt in ihr Handgepäck. Sie würde mit dem Zug fahren müssen, da Maximilian, der sie eigentlich mit seinem Wagen nach Bad Kreuznach bringen wollte, wegen einer wichtigen Sitzung an seiner Arbeitsstelle, der Bank, keinen Urlaub bekommen hatte. Daher hatten wir auch ihre beiden großen Koffer bereits vor zwei Tagen per Bahnfracht an ihre neue Adresse geschickt. Mette hatte ihre Vermieterin darüber telefonisch informiert.

Dann gab es nichts mehr zu tun für sie. Ihr Zimmer war aufgeräumt und wir gingen zu Ihrem Vater ins Wohnzimmer, wo wir uns nebeneinander aufs Sofa setzten, wie damals, als er die Gedichte rezitiert hatte.

Damals hört sich lang an, weit zurückliegend, dachte ich. Dabei war es erst vor wenigen Wochen gewesen, die mir allerdings wie eine Ewigkeit vorgekommen waren. Obschon der Pastor versuchte, ein paar heitere Geschichten aus Mettes Schulzeit zu erzählen und sich auch sonst alle Mühe gab, die Stimmung aufzuhellen, sah man ihm an, wie sehr er litt, wie unendlich traurig er war und wie schwer es ihm fiel, seine einzige Tochter wieder hergeben zu müssen.

Wir setzten uns an den Abendbrottisch, aßen eine Kleinigkeit zusammen und tranken ein Glas trockenen fränkischen Wein miteinander, um diesen besonderen Tag angemessen zu würdigen. Dann verabschiedeten wir uns und gingen in Mettes Zimmer. Wir zogen uns nebeneinander aus und gingen in Mettes Bett, zum letzten Mal in die Mitte unseres Nestes.

In dieser Nacht nahmen wir uns noch einmal sehr viel Zeit füreinander. Wir streichelten uns lange Zeit und liebten uns langsam, sanft, mit großer Zärtlichkeit. Danach konnten wir endlich auch wieder miteinander reden. Wir versuchten, uns von unserem Abschiedsschmerz zu befreien und erzählten uns von unseren Zukunftsplänen. Erst spät in der Nacht schlief sie in meinen Armen ein, ihren Kopf auf meiner Schulter, ihren Arm auf meiner Brust und – wie sooft und von mir geliebt – ihr angewinkeltes rechtes Bein auf meinem Bauch. Kurz bevor sie einschlief murmelte sie noch:

„Ich bin so glücklich, von ganzem Herzen froh, dass ich dich kennen gelernt habe. Du hast mir mehr gegeben, als du vielleicht glaubst. Bei dir konnte ich mich fallen lassen, ohne hinzufallen."

Und ein paar Minuten später ganz leise: „Ich bin dankbar für jeden Augenblick mit dir, jede deiner Berührungen, jedes einzelne Wort. Du bist das Beste, was mir in dieser Zeit passieren konnte."

Ich lag ganz still, wagte kaum Luft zu holen und hätte mir gewünscht, in diesem Augenblick den Lauf der Welt anhalten zu können. Wir waren in unserer gemeinsamen Zeit sehr vertraut miteinander geworden und ganz nah beieinander. Dieses war der glücklichste Moment in meinem ganzen bisherigen Leben, an dem meine Seele und mein ganzer Körper lächelten – trotz der Tränen, die mir heiß aus den Augenwinkeln rannen. Irgendwann schlief auch ich ein.

Als ich am darauffolgenden Morgen aufwachte, sah die Welt ganz anders aus.

Der glücklichste Moment meines Lebens lag bereits Äonen hinter mir. So weit entfernt, als hätte es ihn nie gegeben und irgendwelche weiteren glücklichen Momente – und seien sie noch so gering – konnte ich mir gar nicht vorstellen. Das ganze Kartenhaus meines Glücks fiel auf einen Schlag in sich zusammen. Ich wusste weder aus noch ein mit mir und konnte keinen klaren Gedanken mehr fassen. Es war, als hätte ich nur noch Watte im Kopf.

Wir gingen nacheinander ins Bad, ich zuerst. Als Mette später aus dem Bad zurück in ihr Zimmer kam, war ich bereits angezogen und wusste immer noch nicht wohin mit mir. Sie wickelte sich aus ihrem Badetuch und ich packte sie blitzartig in meiner Verzweiflung und schmiss sie auf ihr Bett. Sie schlug um sich und wehrte sich, versuchte mich zu beißen, doch ich nahm sie gegen ihren stummen Widerstand und fügte ihr Schmerz zu, bis sie sich ergab. Fügte mir ebenso Schmerz zu, schluchzend in meiner Ohnmacht, den Lauf der Dinge nicht ändern zu können, festzuhalten, was mir schon längst entglitten war. Als es vorbei war und ich mich beruhigt hatte, löste sie sich von mir und stand wortlos und hastig auf, ohne mich eines Blickes zu würdigen. Ich bemerkte den feuerroten Abdruck meiner Gürtelschnalle auf ihrem Oberschenkel. Fast sah es aus wie der Abdruck eines Brandeisens. Sie drehte sich um, schnappte sich still ihr Badetuch und ging erneut ins Badezimmer.

Als sie in ihr Badetuch gewickelt zurückkam, sagte sie leise ohne mich anzusehen: „Dreh dich bitte um, ich möchte mich anziehen."

Ich ging zum Fenster und sah hinaus. Kurz darauf versuchte ich fast tonlos mein Verhalten zu entschuldigen: „Verzeih mir bitte. Ich weiß auch nicht, was mit mir los ist, ich bin völlig durcheinander, bitte verzeih mir, wenn du kannst", und dann versagte mir meine Stimme ihren Dienst völlig.

Die Fensterscheibe, an die ich mich mit meinem Kopf gelehnt hatte, kühlte meine Stirn, linderte den irrsinnig pochenden Kopfschmerz, der sich eingestellt hatte.

Plötzlich stand sie hinter mir, legte ihren Kopf zwischen meine Schulterblätter und umfasste mich mit ihren Armen, fing mich auf, hielt mich fest. Dann drehte sie mich zu sich herum. Sie stand in ihrer Unterwäsche vor mir, sah mir in die Augen und sagte ganz weich: „Schon gut, es ist schon gut und vorbei, es ist doch nicht wirklich etwas passiert. Ich weiß doch, wie es in dir aussieht, auch, dass ich dir heute mehr weh tue, als du mir jemals weh getan hättest. Aber es muss trotzdem sein, so leid es mir für dich tut", und sie streichelte meinen Kopf und mein Gesicht und sah mir immer noch unverwandt in die Augen.

„Du siehst zum Erbarmen aus mit deinen tiefen dunklen Ringen unter den Augen, deiner Blässe und den roten Flecken im Gesicht, die ich gar nicht an dir kenne", bemerkte sie noch mitfühlend.

Damit hatte sie recht. Das war mir auch aufgefallen, als ich vorhin im Bad in den Spiegel geschaut hatte.

Sie ließ mich los und wurde wieder sachlich: „ Versuche bitte, mich zu verstehen. Ich muss mich jetzt dringend fertig machen, sonst kriege ich meinen Zug nicht."

Während Mette sich weiter anzog, holte ich noch meine restlichen Toilettensachen aus ihrem Badezimmer und packte alles zusammen in meine mitgebrachte Collegetasche. Nach einem kurzen, fast schweigsamen Frühstück, an dem auch ihr Vater teilnahm, der bei Tisch für einen langen Moment seine zitternden Hände faltete und die Augen schloss, standen wir schon wieder auf. Außer einer Tasse Kaffee und einem halben Brötchen hatte ich nichts herunter bekommen. Danach wurde es Zeit für uns.

Der Morgen war trüb und diesig. Der Nebel hing in allen Tälern. Ich sah aus Mettes Fenster in den Garten, in dem die Bäume bis zu den Knien im dicken Dampf der Wiese standen. Trotz des nahenden Frühlings sah es aus als nahte der Herbst.

Es klingelte. Maximilian stand draußen auf der Straße mit seinem Wagen. Er hatte seine Arbeitsstelle für eine kurze Zeit verlassen können, um uns zum Bahnhof zu bringen.

Mette zog ihren Mantel an und holte ihr Handgepäck. Ihr Vater war so rücksichtsvoll, uns nicht zum Bahnhof begleiten zu wollen. Er ging mit nach unten zur Haustür, wo wir uns von ihm verabschiedeten. In seinem jetzt tief zerfurchten Gesicht spiegelte sich wieder wie schwer es ihm fiel, seine Tochter loszulassen. Nach dem er Mette umarmt hatte, gab er mir seine Hand mit den Worten: „Auf Wiedersehn Jonas, es würde mich freuen, wenn sie in den nächsten Wochen einmal auf einen Besuch zu mir kämen. Rufen sie mich doch bitte kurz vorher an."

„Gerne, Herr Pastor, ich werde gerne kommen." Leise hatte ich geantwortet.

Es war wie ein Ritterschlag für mich und berührte mich zutiefst. Hatte er mich etwa doch akzeptiert, ohne Wenn und Aber, so wie ich war, oder hoffte er nur, durch mich in nächster Zukunft hin und wieder etwas mehr von seiner Tochter zu hören? Egal, ich nahm mir vor, mein Versprechen zu halten. Er hatte es verdient.

Maximilian fuhr uns zum Bahnhof. Wir stiegen aus und Maximilian verabschiedete sich in aller Eile von uns mit den Worten: „Tschüss Schwesterherz, wir telefonieren und ich besuche dich bald mal", und zu mir, „wir sehen uns wieder im Jazzkeller." Dann stieg er in sein Auto und fuhr zurück zu seiner Bank.

Wie wollte er denn mit ihr telefonieren, dachte ich flüchtig, sie hatte doch gar kein Telefon in ihrem möblierten Zimmer. Vielleicht hatte er aber die Telefonnummer ihrer Vermieterin? Danach wollte ich Mette auch noch fragen. Leider vergaß ich es sofort wieder. Kein Wunder, bei dem heillosen Durcheinander in meinem Kopf.

Wir waren etwas zu früh und gingen langsam in das Bahnhofsgebäude. Ich verstaute meine Collegetasche in einem der Schließfächer und wir sahen nach, auf welchem Gleis Mettes Zug abfahren würde. Nachdem ich mir eine Bahnsteigkarte gekauft hatte, gingen wir Hand in Hand durch eine Unterführung zum Gleis sechs. Unsere Gespräche kamen erneut immer mehr ins Stocken und ich hatte das dumpfe Gefühl, als ob wir uns mit Lichtgeschwindigkeit voneinander entfernen würden.

Auf dem Gleis stand bereits ihr Zug, der sie in Kürze von mir fortführen sollte. An einigen Waggons standen die Türen offen. Mette stieg für einen Moment ein, suchte sich ein Nichtraucherabteil, verstaute ihr Handgepäck und kam wieder heraus zu mir auf den Bahnsteig. Wir hatten noch einige Minuten Zeit bis zur Abfahrt des Zuges.

Wir standen uns gegenüber und sahen uns an, still und hilflos. Die Kälte kroch in mir hoch, diese Kälte, die der Leere vorausging und von mir Besitz ergriff. Sie zog mir den Reißverschluss meiner schwarzen Cordsamtjacke auf und schlug sie zurück. Dann knöpfte sie ihren Mantel auf, schlug ihn auch zurück und schmiegte sich eng an mich. Sie öffnete auch noch zwei oder drei meiner Hemdknöpfe. Ich spürte ihre Zunge, wie die einer Katze, die an der Haut meines Brustkorbs leckte und hörte sie sagen: „Lass mich noch einmal durch dich atmen, Liebster." Ich vergrub meine Nase in ihre vom Dunst feucht gewordenen Haare und nahm noch einmal ihren Duft in mich auf. Wir hielten uns gegenseitig fest, umarmten uns, spürten noch einmal unsere Körper, umklammerten einander, hoffnungslos wie Ertrinkende und atmeten durch uns. Sie durch mich und ich durch sie.

Die Weiden kamen mir auf einmal in den Sinn. Die Trauerweiden unten am Fluss, deren Zweige bis zur Wasseroberfläche herunterhingen und an denen wir an diesem einen Regentag vor drei Wochen vorbeigegangen waren bis zu dem stillen Seitenarm des Flusses, der eher einer kleinen Badebucht glich, in der Schwäne und Entenfamilien zu Hause waren und wo wir uns flache Steine suchten, die wir über das Wasser flutschen ließen. Einen dieser Steine hatte Mette zu spät losgelassen, der daraufhin eine eigenwillige Flugkurve über eine dieser Entenfamilien nahm und einen ufternahen Schwan traf, der empört laut protestierte und wild mit den Flügeln um sich schlagend auf uns zu kam. Lachend waren wir Hand in Hand geflüchtet.

„Das kann doch nicht alles gewesen sein"!, dachte ich verzweifelt, nicht alles zwischen Mette und mir. Panik breitete sich in mir aus, pure Panik, die mich niederbeugte.

„Liebster", sagte sie leise in mein Hemd und nach einer Weile noch einmal „Liebster."

Ich hatte keine Worte mehr. Spürte diese entsetzliche Kälte und Leere in mir, die beide wuchsen und immer weiter wuchsen und mir meine fürchterliche, armselige Ratlosigkeit anzeigten. Der Bahnsteiglautsprecher schnarrte und eine Stimme sagte: „Gleis sechs, bitte einsteigen und die Türen schließen, der Zug fährt gleich ab."

Wir küssten uns noch einmal kurz und Mette löste sich aus meinen Armen. Stumm drehte sie sich um, betrat den Zug und ging zu ihrem Abteil. Sie schob das Fenster herunter, beugte sich heraus und unsere Hände berührten sich leicht. Wir sahen uns in die Augen. Es war alles gesagt zwischen uns. Alles.

Das Abfahrtssignal ertönte. Der Zug ruckte an, nahm langsam Fahrt auf – rattatam – rattatam und fuhr aus dem Schatten der Gleisüberdachung heraus. Wir winkten uns zu, bis wir uns nicht mehr erkennen konnten und das rote Licht der Rückleuchten immer schwächer wurde. Der Zug wurde schneller – rattatam – rattatam – rattatam –, immer kleiner und verschwand nach ungefähr einem Kilometer in einer leichten Linkskurve hinter einem großen Industriegebäude. Dann war sie weg.

Sie war ein Teil von mir geworden, in diesen Wochen unserer Liebe. Jetzt verließ sie mich und riss dieses Teil von ihr wieder aus mir heraus, heraus aus meinem Ich und hinterließ eine offene, tiefklaffende Wunde.

Sie ließ mich zurück in meiner kleinen, miefigen Welt, mitten unter all diesen fantasielosen Spießbürgern, zu denen ich, bevor Mette in mein Leben getreten war, auch gehört hatte und der Zug führte sie hinaus in ihre große, bunte Welt des Theaters, des Rampenlichts und des Beifalls.

Ich sah dem Zug noch lange nach, auch noch, als er schon längst verschwunden war. Der Trennungsschmerz sprang mich mit einer vorher nicht vorstellbaren Wucht an wie ein wildes Tier und krallte sich in mir fest. Mein gesamtes Inneres glich einer einzigen Schmerzlandschaft. Alles in mir wurde stumpf. Geräusche kamen wie unter Wasser zu mir. Mein Gehirn dachte in Zeitlupengeschwindigkeit und meine Glieder schienen mit Blei gefüllt zu sein. Selbst meine Hände fühlten sich plump und ungelenk an und als ich sie ansah, bemerkte ich den Schweißfilm auf den Handrücken und den Innenflächen.

Obschon wir niemals darüber geredet hatten war Mette und mir von Anfang an vollkommen klar gewesen, dass es an dem Tag, an dem sie wegfahren würde, aus sein würde, aus zwischen ihr und mir. Aus und vorbei für immer. Wir wussten um dieses Verlassen. Sela, Psalmenende.

Wir hatten es nur nicht wahrhaben wollen.

Für Mette begann ein neuer Lebensabschnitt – für mich möglicherweise auch – und wir würden uns jeder auf seine Weise weiterentwickeln und dabei immer weiter auseinander driften. Ich war mir sicher, dass wir uns nicht mehr wiedersehen würden – es sei denn der Zufall würde uns eines Tages wieder einmal zusammenführen. Doch dann wären wir beide in unserer jeweiligen Entwicklung so weit voneinander entfernt, dass es kein Zurück mehr für uns geben konnte.

Ich hatte eine unbeschreibliche, wunderbare Zeit, eine große, aufrichtige und intensive Liebe mit Mette erlebt, die mir bis dahin unvorstellbare Glücksgefühle gebracht hatte und die bis an das Ende meiner Tage ihren eigenen Platz in meinem Herzen behalten würde. Es war eine unermessliche Erfahrung für mich gewesen, die mich in ganz außergewöhnlichem Maße bereichert hatte und die mein zukünftiges Leben beeinflussen und verändern würde.

Dieses Wissen, dessen war ich mir selbst in diesem Moment des Abschieds bewusst, würde eines fernen Tages meinen jetzigen Schmerz ablösen, und das stimmte mich fast tröstlich. Natürlich würden wir uns schreiben. Jeden Tag einen Brief, wie wir uns versprochen hatten. Würden erzählen, wie unsere Tage verlaufen waren, wie sehr wir uns liebten und wie sehr wir einander vermissten. Mette würde von ihren Proben, dem unerbittlichen Regisseur und anderen Theatergeschichten erzählen und ich würde in meiner Antwort von meinen Vorbereitungen auf die Aufnahmeprüfung an der Ingenieurschule, an der ich mich kurz nach ihrer Abreise zu einem Abendstudium anmelden wollte, berichten.

Bald darauf würden unsere Briefe kürzer und seltener werden. Von der anfänglich ständig beschworenen Absicht, uns möglichst oft wiederzusehen, sobald sie sich in ihrem neuen Wirkungskreis eingelebt hätte, würde immer weniger die Rede sein. Dann würde nur noch alle drei oder vier Tage ein Brief in unseren Briefkästen liegen. Und in absehbarer Zeit danach maximal ein Brief pro Woche oder nur ein kurzer Kartengruß – bis bald darauf keine Briefe oder Karten mehr zwischen uns hin und her postelten und unsere Liebe immer mehr in dem See der Erinnerung schwimmen würde.

Heute war mir Mette keine Lichtjahre mehr voraus. Ich hatte sehr viel gelernt, erfahren und aufgeholt in den elfeinhalb Wochen, die unsere Liebe gedauert hatte und in denen wir fast Tag und Nacht zusammen gewesen waren.

Ich wusste sehr wohl, dass Rudolf Steiner nichts mit dem Eisernen Kreuz zu tun hatte, aber um so mehr mit der Waldorfschule, die sich mit einem „L" schrieb und die wiederum nichts mit dem Ort Walldorf in der Nähe Frankfurts zu tun hatte. Wusste, auf welche Lehren die neuapostolische Gemeinde zurückzuführen war und dass diese nichts mit einer dubiosen schrägen Sekte, wie zunächst von mir vermutet, zu tun hatte. Ich hatte Bücher von Heinrich Böll, Alfred Andersch, Hans Fallada und einigen anderen mehr gelesen, konnte kompliziertere sexuelle Praktiken gesellschaftsfähig ausdrücken und hatte gegenseitige Toleranz, Liebe und Rücksichtsnahme, Lust und Leidenschaft in einem nie für möglich gehaltenen Maße kennen gelernt.

Immer noch stand ich auf der gleichen Stelle auf dem Bahnsteig und blickte in die Richtung, in der Mette mit dem Zug verschwunden war. Es war, als ob diese ganze Liebe mit ihr von A bis Z noch einmal wie in einem Zeitraffer vor meinem geistigen Auge ablief.

Meine „James-Dean-Krücken" brauchte ich nicht mehr und ich hatte sie auch schon längst in irgendeiner, längst vergessenen Ecke abgelegt. Die kräftigen Wurzeln, die meinem Selbstbewusstsein in den letzten Wochen gewachsen waren boten mir nun in meiner Welt genügend Halt.

Irgendwann drehte ich mich um, knöpfte mein Hemd zu und schloss den Reißverschluss meiner Jacke. Ich nahm, wie Espenlaub zitternd, die nächste Treppe nach unten zu der zugigen Unterführung, die mich zurück in die Bahnhofshalle führte. Anschließend holte ich meine Collegetasche aus dem Schließfach und ging langsam, ohne auf meine Umgebung weiter zu achten, auf den Bahnhofsausgang zu.

Erst jetzt bemerkte ich die stummen Tränen, die mir unaufhaltsam über das Gesicht liefen und mich fast nichts sehen ließen. Ich blieb stehen und klemmte meine Collegetasche zwischen meine Füße. Mit einem Taschentuch wischte ich die Tränen ab, putzte meine Brille, meine Nase, atmete einmal tief durch und hob mein Kinn, wie Mette mir immer wieder geraten hatte. Den Blick nach vorne gerichtet verließ ich das Bahnhofsgebäude und betrat den Bahnhofsvorplatz.

Es war ein heller Tag geworden.

IV. Epilog

Was aus ihnen wurde

Jonas Vater	starb drei Jahre nach dem Tod seiner zweiten Frau in seinem siebzigsten Lebensjahr einsam und verbittert an einem Lungenödem.
Jonas Mutter	führte eine glückliche Ehe mit Hugo, bis sie an Alzheimer erkrankte und mit 77 Jahren in einem Pflegeheim starb.
EvaMaria	gebar, in bescheidenen Verhältnissen lebend, noch einen dritten Sohn und ließ sich scheiden. Der ersten, unglücklichen Ehe folgte eine zweite, die sich liebevoller gestaltete, aber leider nur geringe wirtschaftliche Verbesserungen brachte.
Onkel Bernhard	blieb abgeschoben den Rest seines Lebens in dem Altersheim, in dem er hochbetagt, einsam und völlig verarmt das Zeitliche segnete.
Hennes	heiratete mit 29 Jahren die Tochter eines einheimischen Industriellen. Er zeugte alsbald eine Tochter und einen Sohn und wurde in die Geschäftsführung eines Zweigbetriebs berufen. Mit vierunddreißig Jahren fuhr er auf einer Geschäftsreise mit seinem Wagen in Zürich gegen eine Straßenbahn. Er war auf der Stelle tot.

Jutta	wurde eine erfolgreiche, glamouröse Innenarchitektin der besseren Gesellschaft und ein häufiger Gast ausschweifender Highsociety-Parties, wie in diversen Gazetten gelegentlich zu bestaunen war.
Jörg	starb ein viertel Jahr nach seiner Hochzeit mit dreißig Jahren an einem zu spät erkannten Gehirntumor.
Armin	besuchte anfangs gelegentlich die Vorlesungen der Basler Uni, dann nicht mehr. Er lebte umtriebig, stets mit ausreichenden finanziellen Mitteln versorgt und verfiel dem Alkohol, an dessen Folgen er mit 45 Jahren starb, ohne nur einen einzigen Tag seines Lebens einen Arbeitsplatz ausgefüllt zu haben.
Armins Vater	erlitt mit knapp 60 Jahren einen Herzinfarkt, an dessen Folgen er wenige Wochen später verstarb.
Armins Mutter	blieb danach unverheiratet und starb nach Armins Tod an gebrochenem Herzen.
Kiki	war irgendwann bei Nacht und Nebel nach Irgendwohin mit einem jugendlichen Liebhaber verschwunden.
Uschi	wurde mit fünfundzwanzig Jahren Chefsekretärin und verbrannte kurz darauf mit ihrer Freundin in ihrem Fiat 500 in einer Regennacht nach einem Auffahrunfall.

Manni	machte eine Kaufmannslehre und verzog kurz darauf mit seiner Mutter nach Saarbrücken.
Maximilian	wurde ein erfolgreicher Banker der Mittelklasse, der erst mit Mitte vierzig eine Frau fand, die es länger bei ihm aushielt und ihn heiratete.
Moritz	erlitt mit dreiundvierzig Jahren schwere Kopfverletzungen bei einem Autounfall und musste sein Geschäft verkaufen. Ohne Alkohol war er nett wie früher, mit Alkohol war er ein Monster. Er endete völlig mittellos als Penner am Flussufer, erschlagen von einem Saufkumpan.
Pastor	betreute seine Gemeinde und erlebte die Hochzeit seines Sohnes Maximilian nicht mehr.
Mette ♥ Jonas	sahen einander nie wieder.

Alle in diesem Roman vorkommenden Personen und Handlungen sind frei erfunden. Sollten sich dennoch Ähnlichkeiten mit lebenden oder verstorbenen Personen oder zu vergangenen Ereignissen darstellen, sind diese rein zufällig.

*

Mein besonderer Dank für freundschaftliche Hilfe gilt

Britta Mitzlaff, Magister der Literatur, deren Ratschläge mich ermutigten diesen Roman zu Ende zu bringen. Hilfen, die ich gerne und mit Freude annahm

Daniela Bork, Germanistin und Magister der Literatur, die in der Endphase Lektoratsarbeiten und Korrekturen mit Begeisterung und Leidenschaft verrichtete

Inhalt

Der Autor ...

... wurde im November 1940 in Westfalen geboren, wo er auch seine Kindheit und Jugend verbrachte.

Nach Abschluss seiner Lehrzeit und dem Abendstudium an einer Ingenieurschule arbeitete er zunächst als Konstrukteur im Bereich des Maschinenbaus in Offenbach am Main, bevor er nach Frankfurt zu einem weltweit operierenden Ingenieurbüro für Planungen und Bauüberwachungen auf dem Gebiet des Anlagenbaus wechselte, bei dem er an verantwortlicher Stelle bis zu seinem Ausscheiden im Jahr 1998 tätig war.

Er lebt heute im Landkreis Offenbach am Main.

Dieser Roman ist sein Erstlingswerk.